수레바퀴 아래서

수레바퀴 아래서

클래식 보물창고 21

수레바퀴 아래서

펴낸날 초판 1쇄 2013년 7월 5일
지은이 헤르만 헤세 | **옮긴이** 함미라
펴낸이 신형건 | **펴낸곳** (주)푸른책들 | **등록** 제321-2008-00155호
주소 서울특별시 서초구 양재천로7길 16 푸르니빌딩(양재동 115-6) (우)137-891
전화 02-581-0334~5 | **팩스** 02-582-0648
이메일 prooni@prooni.com | **홈페이지** www.prooni.com

ISBN 978-89-6170-335-2 04850
＊잘못된 책은 구입한 곳에서 바꾸어 드립니다.

ⓒ (주)푸른책들, 2013
＊이 책 내용의 일부 또는 전부를 재사용하려면 반드시
(주)푸른책들의 서면 동의를 얻어야 합니다.

이 도서의 국립중앙도서관 출판시도서목록(CIP)은 서지정보유통지원시스템 홈페이지(http://seoji.nl.go.kr)와
국가자료공동목록시스템(http://www.nl.go.kr/kolisnet)에서 이용하실 수 있습니다.
(CIP제어번호: CIP2013006400)

표지 그림 | 빈센트 반 고흐 作 '사이프러스 나무'

보물창고는 (주)푸른책들의 유아, 어린이, 청소년, 문학 도서 임프린트입니다.

수레바퀴 아래서

Unterm Rad

헤르만 헤세 지음 | 함미라 옮김

보물창고

차례

◈❧ 제1장 ❧◈

도매업자이자 중개상인 요제프 기벤라트 씨는 도시의 여느 시민들에 비해 우월하거나 특별한 점이 있어 두각을 나타내는 인물은 아니었다. 떡 벌어진 건장한 체형에 고만고만한 장사 수완 역시 그들과 다를 바 없었고, 돈에 관해선 솔직하고 진심 어린 숭배의 태도를 보였다. 또 정원이 딸린 자그마한 주택에다 묘지공원엔 가족묘도 소유하고 있었다. 어느 정도 개화된 종교의식을 지니긴 했지만 순수함은 잃은 지 오래되었고, 하느님과 정부 당국에 대해선 적절한 존경을 표하면서도 서민이 지켜야 하는 엄격한 법도에는 맹목적으로 복종했다. 술은 많이 마셨지만 단 한 번도 취한 적은 없었다. 때때로 비난의 여지가 전혀 없지만은 않은 거래를 할 때도 있었지만, 결코 상식적으로 허용된 선을 넘어선 적은 없었다. 가난한 사람들은 배를 곯고 앉아 있다고, 부유한 사람들은 으스댄다고 욕했다. 동호회의 일원으로 금요일마다 '독수리' 주점의 케겔* 모임에 참여했다. 그뿐 아니라 빵 굽는 날과 라구**나 소시지 수프 시식의 날에도 빠짐없이 참여했다. 일할 땐 값싼 담배를 피웠지만, 식후나 일요일엔 고급 담배를 피웠다.

그의 내면은 속물적이었다. 정서적인 면은 먼지를 뒤집어쓴 지 오래되었지만, 전통에서 벗어나지 못한 무뚝뚝한 가족관, 아들에 대한 자부심, 가끔 가난한 사람들에게 적선하고픈 마음이 그의 정서라면 정서랄 수 있었다. 그는 타고나긴 했지만 한계가 빠한 교활함과 계산 실력을 따라잡지 못하는 정신적인 능력을 지닌 인물이었다. 독서 활동은 신문 읽기에 국한되었고, 예술 감상에 대한 욕구는 매년 열리는 시민 단체의 아마추어 공연과 가끔 찾는 서커스 관람만으로 충분히 해결되었다.

그는 이웃 사람 누구와 이름이나 집을 바꾼다 해도 이렇다 하게 달라지는 게 없을 그런 위인이었다. 뛰어난 능력이나 그런 능력을 겸비한 인물에 대한 잠잘 줄 모르는 불신, 그리고 비일상적이고 자유분방한 모든 것, 섬세하고 정신적인 모든 것에 대한 질투에 뿌리를 둔 강한 적대감 역시도 도시의 여느 가장들과 다를 바 없었다.

그에 관한 이야기는 이 정도면 충분하리라. 이런 피상적인 삶

---

*케겔 : 볼링과 비슷하게 공을 던져 9개의 핀을 쓰러뜨려 점수를 내는 구기 운동으로 독일에서 시작된 볼링의 전신. 공의 크기와 무게가 볼링공보다 훨씬 작고 가벼우며 손가락 구멍이 없이 그냥 손바닥에 놓고 굴린다. 평평한 레일이나 넓은 별도의 장소를 필요로 하지 않으므로 카페나 야외에서도 사랑받는 놀이이다. *이하 옮긴이 주.
**라구 : 고기와 야채에 갖은 양념을 하여 끓인 일종의 스튜.

과 그 스스로 의식하지 못하는 비극성에 대해 논하는 건 심오한 풍자가나 맡아야 할 일일 것이다. 그러나 이 남자에겐 외동아들이 있었으니 그에 관해선 할 이야기가 있다.

한스 기벤라트는 누가 보아도 재능 있는 아이였다. 다른 아이들 사이에서 활보하는 그를 보는 것만으로도 그가 얼마나 우아하고 남다른지 충분히 알 수 있었다. 슈바르츠발트의 작은 마을이 낳은 인물 중 지금껏 이런 인물은 없었다. 이곳을 벗어나 이 좁디좁은 곳 너머로 시선을 돌리고 영향력을 행사한 사람이 단 한 번도 나오지 않았던 것이다. 소년이 어디서 그 진지한 눈매와 영리해 보이는 이마, 우아한 걸음걸이를 물려받았는지는 신만이 아실 일이었다. 어쩌면 어머니에게서였을까? 그의 어머니는 수 년 전에 저세상 사람이 되었다. 그리고 사람들이 보아 온 살아생전의 그녀는 늘 병약하고 걱정에 잠겨 있었다는 것 외에는 눈에 띌 만한 점이 아무것도 없었다. 아버지 쪽은 아예 고려도 하지 않았다. 그러니까 정말로 하늘의 신비로운 불꽃이 이 오래된 마을로 튀어 들어온 것이었다. 팔, 구백 년이 흐르는 동안 쓸모 있는 시민은 많이 배출했지만, 아직 단 한 번도 재능 있는 인재나 천재 하나 내어놓지 못한 이 오래된 마을에 말이다.

현대적인 교육을 받은 사람이 본다면 허약한 어머니와 적잖은 가문의 존속 기간을 염두에 두고, 지나치게 높은 지능의 아이가 태어난 건 퇴행이 시작된 징후라고 말했을지도 모른다. 하지만 이 도시엔 정말 다행히도 그런 종류의 사람들이 살지 않았다. 젊고 똑똑한 관료나 교사들만이 신문 기사를 통해 모호하게나마 '현대적 인간'의 존재를 알고 있을 뿐이었다. 이곳에선 차라투스트라가 한 말*을 몰라도 아직까지 교양 있는 척하며 살 수 있었다. 사람들은 견실한 결혼 생활을 유지했고, 행복하게 지내는 경우도 종종 있었으며, 생활 전반에 걸쳐 치유할 길 없는 구식 관습이 지배했다. 추위 걱정 없이 부유하게 사는 사람들 중에는 지난 이십 년 사이에 수공업자에서 공장주가 된 사람들이 많았다. 그들은 관료들 앞에선 모자를 벗어 예를 표하며 그들과 교제를 트려고 하면서도, 자기들끼리 있을 때면 그들을 가난뱅이에 펜대의 노예라고 폄하했다. 그러면서도 그들이 가능한 한 아들들을 공부시켜 관료로 만드는 것, 그것 이상 가는 명예가 없다고 생각하는 건 기이한 일이었다. 유감스럽게도 이것은 아름답지만 이뤄지지 않는 꿈이나 진배없었다. 그들의 후생(後生)들 대부분이 라틴어 학교를 거치는 것만도 쩔쩔매며 같은 학년에 주저앉기를 몇 번이나 반복한 뒤에야 겨우 과정을 통과했던 것이다.

한스 기벤라트의 재능에 관해선 의심할 여지가 없었다. 교사들과 교장, 이웃 사람들, 교구 목사, 학교 친구들 누구랄 것 없이 이 아이는 머리가 좋고, 어쨌거나 뭔가 특별한 아이라는 걸 인정했다. 따라서 그의 장래는 확고하게 결정된 셈이었다. 슈바벤 지역에서 재능 있는 소년들에게는 부모가 부유하지 않을 경우 단 한 가지 길밖에 없었던 것이다. 그 길은 주(州) 시험을 통

*차라투스트라가 한 말 : 독일의 대표적인 철학자인 빌헬름 프리드리히 니체(1844~1900)가 그의 작품 『차라투스트라는 이렇게 말했다』에서 주인공 차라투스트라의 입을 통해 설파한 내용을 언급한 것. 초인 사상과 영원 회귀 사상, '신은 죽었다' 등 기존의 철학 사상에 큰 충격파를 던지며 현대 독일 철학뿐 아니라 세계 철학사에 큰 영향을 주었다.

과해 성직자 양성 학교에 들어가고, 거기서 튀빙엔 신학교에 들어간 다음, 그곳을 나와 설교대에 서거나 강단으로 진출하는 것이었다. 해마다 주 전체에서 사오십 명의 소년들이 이 평온하고 안전한 길로 들어선다. 막 견진례를 받은, 과도하게 공부에 시달려 깡마른 소년들은 이제 국비로 다양한 영역의 인문학적 지식을 두루 섭렵한다. 그리고 팔, 구 년 뒤엔 그들의 인생행로에서 대부분 그 기간보다 더 오래 지속되는 두 번째 인생길을 걸으며, 그간 받았던 혜택을 고스란히 국가에 되갚아야 한다.

몇 주 뒤면 다시 '주 시험'이 치러진다. 이른바 헤카톰베*로 불리는 이 대규모의 희생 현장에서 '국가'는 주의 영재를 선발하고, 그 기간 동안 도시와 마을들에선 수많은 가족들이 한숨과 기도와 소망을 섞어 시험이 진행되는 수도를 향해 보낸다.

한스 기벤라트는 이 소도시에서 그 고통스러운 경쟁의 장에 출전시킬 만하다고 생각되는 유일한 후보였다. 대단한 명예이긴 했지만, 그렇다고 거저 얻은 명예는 절대로 아니었다. 매일 네 시까지 이어지는 정규 수업이 끝나면, 연이어 교장에게서 그리스어 보충 수업을 받았다. 그 다음 정각 여섯 시엔 교구 목사가 친절하게도 라틴어와 종교 과목의 복습에 시간을 내주었고, 또 일주일에 두 번씩 저녁 식사를 마친 뒤엔 수학 교사의 집에서 한 시간 동안 과외를 받았다.

그리스어에선 불규칙 동사 다음으로 주로 불변화사로 표현할

---

*헤카톰베 : 원래 고대 그리스에서 100마리의 소를 제물로 바치던 것을 의미했으나, 시간이 지나면서 다수의 희생을 뜻하는 말로 사용되었다.

수 있는 다양한 복합 문장을 중요하게 다루었고, 라틴어에선 명확하고 간결한 문체 구사와 특히 운율이 지니는 많은 뉘앙스의 차이를 아는 데 주력했다. 수학에선 복잡한 비례식에 역점을 두었다. 수학 교사는 비례 계산식이 겉보기엔 대학 공부나 생활에 별로 유용할 것 같지 않아 보이지만, 그건 진짜로 겉보기에만 그런 것이라고 거듭 강조했다. 실제로 이 계산식은 매우 중요했으며 어찌 보면 다른 주요 과목들보다 훨씬 더 중요했다. 논리적인 능력을 형성하고, 명확하고 냉철하며 효과적인 모든 사고의 토대가 되었기 때문이다.

하지만 정신적으로 부담감을 느끼거나 이성만 단련한 나머지 정서적인 면을 등한시하고 메마른 사람이 되는 일이 없도록, 한스는 매일 아침 수업 시작 전 한 시간씩 견진 교육*을 받을 수 있었다. 이 시간엔 브렌츠**의 교리문답서와 이 질의문답에 활기를 더하는 암기와 암송을 곁들여 청소년들의 영혼에 종교적인 삶의 신선한 숨결을 불어넣어 주었다. 그러나 정작 한스 자신은 안쓰럽게도 이 생기를 북돋는 시간을 제대로 활용하지 못하고 그것이 주는 축복을 스스로 저버리고 말았다. 그리스어와 라틴어 단어나 연습 문제 따위를 적은 쪽지를 교리문답서 속에 몰래 끼워 놓고, 거의 한 시간 내내 이 세속적인 학문에 열중했던 것이다. 그러나 그의 양심은 그렇게 무딘 편이 아니어서 그렇게 하는 내내 고통스러운 불안감과 일말의 두려움에 시달렸다. 교구

*견진 교육 : 주로 견진 성사를 받을 청소년들에게 부과되는 성서 강독 수업.
**브렌츠 : 요하네스 브렌츠(1499~1570). 독일의 신학자이자 뷔르템베르크 대공국의 프로테스탄트 개혁가.

감독이 그의 주변에 오거나 어쩌다 그의 이름이라도 부르면 그는 흠칫 놀라 어깨를 움츠리며 부끄러워했고, 대답이라도 해야 할 땐 이마에 진땀이 맺히고 가슴이 두방망이질 쳤다. 하지만 대답은 흠잡을 데 없이 완벽했고 암송 때에도 마찬가지였다. 교구 감독은 그 점을 높이 쳐주었다.

그러고 나면 쓰기나 암기, 복습과 예습 등 매일 이 수업, 저 수업에서 쌓인 과제들은 밤늦은 시간에야 집 안의 희미한 등잔불에 의지하여 해결할 수 있었다. 담임 교사는 이렇게 집 안의 평화에 둘러싸인 조용한 시간에 편한 마음으로 공부하면, 무엇보다도 깊이 있고 발전된 학문적 성과를 얻는 데 효과가 있을 거라고 격려했다. 이 시간은 대체로 화요일과 토요일엔 열 시까지 이어졌지만 다른 땐 열한 시나 열두 시까지, 가끔씩은 더 늦게까지 계속되었다. 아버지는 아들이 공부하느라 기름을 너무 많이 사용하는 것이 조금 짜증스럽기도 했지만, 그렇게 공부하는 모습을 보노라면 흐뭇하고 자랑스러운 마음이 들곤 했다. 어쩌다 생기는 여유 시간이나 우리네 삶의 일곱 번째 부분을 완성하는 일요일이면, 한스는 누가 학교에서 읽지 못한 작가들의 작품을 읽고 문법도 복습하라고 간곡하게 권하기라도 한 듯이 공부에 매진했다.

"물론 정도껏 해야지, 정도껏 말이야! 일주일에 한두 번은 빼놓지 말고 산책을 해야 한단다. 그러면 정말 좋아질 거야. 날씨가 좋은 날엔 책을 들고 야외로 나가도 되고. 신선한 공기를 쐬며 밖에서 공부하는 게 얼마나 상쾌하고 즐거운 일인지 알게 될 거다. 아무튼 책만 파지 말고 고개를 들고 다녀라!"

그래서 한스는 가능한 한 고개를 들고 다녔고, 이때부터 공부를 위한 방편으로 산책도 나갔다. 밤샘한 얼굴에 푸르스름하고 둥근 그늘이 드리워진 피곤한 눈으로 말없이 쫓기듯 여기저기를 돌아다녔다.

"기벤라트에 관해서 어떻게 생각하시는지요? 통과는 하겠지요?"

담임 교사가 교장에게 물어보았다. 교장이 달뜬 목소리로 말했다.

"하겠지요, 하고말고요. 아주 똑똑한 아이인걸요. 그 아이 생긴 걸 한번 보세요, 정말이지 척 보기만 해도 이지적인 걸 알 수 있지요."

지난 여드레 동안 이 이지적인 면모는 더더욱 빛을 발했다. 아름답고 곱상한 소년의 얼굴에서 움푹 꺼진 불안한 두 눈이 우울하게 이글거리며 불타고 있었고, 잘생긴 이마에선 지성을 고스란히 보여 주는 섬세한 주름들이 꿈틀거렸으며, 원체 가늘고 마른 팔과 손은 나른하고 단아하게 늘어져 보티첼리*를 연상케 했다.

드디어 때가 되었다. 내일 아침 일찍 그는 아버지와 함께 슈투트가르트로 가야 한다. 거기서 주 시험을 치르고 자신이 신학교의 좁은 수도원 정문을 통과할 자격이 있는지 아닌지 보여 주어야 한다. 방금 그는 작별 인사차 교장에게 다녀왔다.

---

*보티첼리 : 산드로 보티첼리(?1445~1510). 〈비너스의 탄생〉이라는 그림으로 우리에게 잘 알려진 초기 르네상스 시대를 대표하는 이탈리아의 화가. 여기선 사람의 몸을 가늘게 표현하는 그의 화풍을 말하는 것이다.

무섭기만 하던 교장이 마지막으로 평소와 달리 온화하게 말했다.

"오늘 밤엔 더 이상 공부하면 안 된다, 약속하렴. 내일은 무슨 일이 있어도 맑은 정신으로 슈투트가르트에 도착해야 한다. 일단 한 시간 정도 산책한 다음 곧바로 늦지 않게 잠자리에 들려무나. 나이 어린 사람들은 충분히 자야 하는 법이다."

한스는 줄줄이 충고가 이어질 거라고 걱정했는데, 호의의 말을 듣게 되자 놀랐다. 그는 안도의 숨을 내쉬며 학교를 나왔다.

키르히베르크의 키 큰 보리수들이 늦은 오후의 뜨거운 햇살 속에서 맥없이 늘어진 채 빛나고 있었고, 시청 광장에선 커다란 분수 두 개가 졸졸거리며 반짝이고 있었다. 근처에 있는 검푸른 빛깔의 전나무 산들은 지붕들이 그려 내는 들쭉날쭉한 선 너머에서 아래쪽을 굽어보고 있었다. 소년은 이 풍경들이 아주 오래전에 보고 처음 보는 것처럼 느껴졌다. 그래서인지 전부 여느 때와 다르게 아름답고 고혹적으로 보였다. 두통으로 머리가 아프긴 했지만 오늘은 더 배우러 가지 않아도 되었다. 그는 어슬렁거리며 광장을 건너 오래된 시청 건물을 지나갔다. 그런 다음 시장통의 골목길을 거쳐 도공(刀工)이 있는 대장간을 지나 오래된 다리가 있는 곳으로 갔다. 한동안 다리 위를 오르락내리락 배회하던 그는 마침내 넓은 난간 위에 자리를 잡고 앉았다. 몇 주, 아니 몇 개월 동안 매일 하루에 네 번씩 이곳을 지나다니면서도 그는 다리에 이어진 고딕 양식의 조그만 예배당에 눈길 한 번 준 적이 없었다. 강물과 작은 수문, 제방과 물레방아도 마찬가지였다. 강 옆으로 펼쳐진 수영장이 있는 풀밭이나 버드나무로 뒤덮인 강기슭은 말할 것도 없었다. 기슭을 따라 가죽 공장의 넓은 작업장이 차례로 늘어서 있었고, 강물은 호수처럼 깊고 푸르른 빛을 띠며 잔잔하게 흐르고 있었으며, 휘청하니 늘어진 버들가지의 끝자락은 물속까지 드리워져 있었다.

이제 그는 다시 옛날이 떠올랐다. 얼마나 많은 날들을 이곳에서 반나절 아니면 종일토록 보냈던가. 또 얼마나 자주 이곳을 찾아 헤엄을 치고 잠수를 하고 노를 젓고 낚시를 했던가. 아, 낚시질이라니! 그동안 어떻게 낚시를 하는지도 가물거릴 만큼 낚시질을 잊고 지냈다. 지난해, 주 시험 때문에 낚시질을 금지당했을 때 얼마나 서럽게 울었는데. 낚시질이라! 낚시질은 그가 오랜 학창 시절을 통틀어 가장 좋아했던 것이었다. 버드나무의 옅은 그늘 아래 서 있던 기억, 가까운 물레방앗간에서 들려오던 철벙거리는 물소리, 깊고 고요한 물! 강물 위에 펼쳐지던 빛의 유희, 기다란 낚싯대가 부드럽게 살랑거리던 모습, 물고기가 입질을 하며 낚싯줄을 끌어당길 때의 그 흥분, 꼬리를 쳐 대는 살집 좋고 차가운 물고기를 손에 넣었을 때 맛볼 수 있는 그 특유의 환희!

그는 살집 좋은 잉어를 많이 낚았었다. 그리고 황어와 돌잉어, 또 맛 좋은 텐치*와 작고 색깔이 예쁜 연준모치**류를 낚은 적도 많았다. 그는 한참이나 강물을 바라보았다. 그리고 짙푸른 강변을 보며 깊은 생각에 잠겼다. 마음이 울적해졌다. 자유롭고 거칠지만 아름다운 소년기의 기쁨이 너무 먼 이야기가 된 것 같은 느낌이 들었다. 그는 무심코 가방에서 빵을 하나 꺼내어 크고 작은 구슬 모양으로 뭉친 다음 물속에 던졌다. 그러곤 빵 덩어리가 물에 잠기고, 물고기들이 그것을 채어 가는 걸 가만히 살펴보았다. 먼저 금가루를 뿌려 놓은 듯 반짝이는 작은 물고기들이 모여들어 작은 덩어리들을 게걸스럽게 먹어 치웠다. 그러고는 허기가 가시지 않았는지 큰 덩어리들을 주둥이로 쑤셔 댔다. 이제 덩치 큰 황어 한 마리가 조심스럽게 천천히 다가왔다. 황어는 등짝이 넓적하고 거무스름하여 강바닥과 잘 구별되지 않았다. 녀석은 빵 덩어리 주변을 미끄러지듯 신중하게 헤엄쳐 돌았다. 갑자기 녀석의 입이 둥그렇게 벌어지는가 싶더니 덩어리가 사라졌다.

굼뜨게 흐르는 물에서 습하고 더운 기가 훅 올라왔고, 푸른 수면 위엔 하얀 구름이 점점이 희미하게 빛나고 있었다. 물레방앗간에선 톱니바퀴가 끼이익 거리며 돌고 있었고, 양쪽 둑에서 시원하고 나직하게 쇄쇄 물 흐르는 소리가 들려왔다. 소년은 최근에 있었던 견진주일이 생각났다. 그날 그는 엄숙하고 감동적인 예식 중에 속으로 그리스어 동사를 떠올리고 있는 자신을 발견했었다. 그뿐 아니라 최근 들어 그는 뒤죽박죽 생각에 두서가 없어지고, 학교에서도 당면한 공부 대신 이전에 했던 공부나 앞으로 해야 할 공부를 생각하는 일이 자주 있었다.

그래도 시험은 잘 치를 수 있을 거야!

그는 멍하니 자리에서 일어났다. 하지만 어디로 가야 할지 몰라 우두커니 서 있었다. 그 순간 그의 어깨를 붙잡는 억센 손과

---

*텐치 : 잉엇과의 물고기. 유럽산 잉어라고도 하며 몸이 녹색이 감도는 황금색 비늘로 덮여 있다.

**연준모치 : 잉엇과의 물고기.

그에게 말을 거는 친절한 남자의 목소리에 깜짝 놀랐다.

"한스야, 잘 지냈니? 나랑 좀 걸을까?"

구둣방 주인 플라이크였다. 예전엔 가끔 그의 집에서 한 시간쯤 저녁 시간을 보내곤 했는데, 그러지 않은 지도 벌써 한참이 지났다. 한스는 그와 함께 걸으면서 이 신앙심 깊은 경건주의자의 말에 귀를 기울였지만, 제대로 귀담아 듣지는 않았다. 플라이크는 시험 이야기를 하며 소년에게 행운을 빌어 주었고 용기도 북돋아 주었다. 하지만 그가 하려는 말의 궁극적인 목적은 시험이란 이를 테면 겉핥기요, 복불복에 불과하다는 걸 알려 주려는 데 있었다. 그는 불합격이 창피해 할 일은 아니며, 그건 최선을 다한 사람에게도 일어날 수 있는 일이라고 했다. 그리고 만약 그가 그런 상황에 맞닥뜨리게 된다면, 하느님이 모든 이들에게 특별한 뜻을 갖고 계시니 각자에게 맞는 길로 이끌어 주실 거라는 것을 명심하길 바란다고 했다.

한스는 플라이크를 대하는 것이 양심상 썩 편하지가 않았다. 한스는 이 사람에 대해 그리고 그의 확고하고 외경심이 들게 하는 성품에 존경심을 느끼면서도, 슈툰덴브루더*에 대한 많은 우스갯소리를 들으면 따라 웃었던 것이다. 그러면 안 된다는 걸 잘 알면서도 종종 그랬다. 그뿐 아니라 그는 얼마 전부터 거의 겁을 먹다시피 그를 피해 다니는 자신이 비겁하게 여겨져 부끄러웠

---

*슈툰덴브루더 : 경건주의자들의 성서 강의 및 거기에 참여하는 사람들을 일컫는 말. 특히 뷔르템베르크와 슈바벤 지역의 경건주의자들 사이에서 성행했다. 이곳에 참여한 사람들은 평생 동안 그네들끼리만 우정을 나누고, 그들만의 끈끈한 사회적 네트워크를 형성하는 경우가 많았다고 한다.

다. 그가 던지는 날카로운 질문 때문이었다. 한스가 선생님들의 자랑거리가 되고 그 자신도 자기를 자랑스럽게 여기며 약간 기고만장해지기 시작하자, 이 구둣방 주인이 그때부터 그를 이상하게 보면서 겸손하게 만들려고 했기 때문이었다. 그 때문에 소년의 영혼은 점차 이 선의의 지도자에게서 떨어져 나왔다. 그렇잖아도 그는 반항기의 정점에 있었고, 자신의 자의식을 건드리는 모든 불쾌한 접촉을 감별해 내는 섬세한 촉수를 지니고 있었던 것이다. 그리고 지금 플라이크가 이야기하는 걸 들으며 나란히 걸어가면서도 한스는 그가 자신을 얼마나 염려하며 어진 눈길로 내려다보고 있는지 알지 못했다.

크로넨 가세*에서 두 사람은 교구 목사와 마주쳤다. 구둣방 주인은 정도에서 벗어나진 않았지만 냉정하게 인사를 한 다음 갑자기 걸음을 서둘렀다. 교구 목사가 신식 사고를 갖고 있는 사람인 데다 예수의 부활마저도 믿지 않는다는 평판이 돌고 있었기 때문이었다. 목사가 소년을 데리고 갔다.

"어떠냐?"

그가 물었다.

"드디어 시험 때가 되었으니 좋겠구나."

"예, 벌써부터 설레는걸요."

"지금부터 그 상태를 잘 유지해 둬라! 우리가 너에게 모든 희망을 걸고 있다는 건 너도 잘 알 게다. 라틴어에선 특히 좋은 성적을 거두리라 기대한다."

---

*가세 : 골목 혹은 골목길을 뜻한다.

"하지만 만약 제가 떨어진다면요……."

한스가 조심스럽게 말을 꺼냈다.

"떨어진다고?"

목사가 깜짝 놀라 멈추어 섰다.

"절대로 그런 일은 없을 게다, 없고말고! 그런 생각을 하다 니!"

"저는 단지 그럴 수도 있지 않을까, 생각……."

"그런 일은 있을 수 없다, 한스. 그럴 수는 없어. 그런 염려일 랑 푹 놓으렴. 자, 그럼 아버지께 안부 전해 드려라. 그리고 용 기를 내!"

한스는 그의 뒷모습을 바라보았다. 그런 다음 구둣방 주인을 찾아 이리저리 둘러보았다. 플라이크는 뭐라고 말했던가? 사람 의 마음이 올바르게 자리 잡고 신을 두려워할 줄 안다면, 라틴어 는 그렇게까지 중요하지 않다고 하지 않았던가. 말은 쉽다. 그 리고 지금 교구 목사 같은 사람도 있다! 시험에서 떨어지면 그는 다시는 목사를 볼 면목이 서지 않을 것 같았다.

그는 무거운 마음으로 기다시피 집으로 돌아와 가파르게 경 사진 작은 정원에 들어섰다. 이곳엔 사용하지 않은 지 오래되 어 다 허물어져 가는 작은 정자가 있었다. 예전에 그는 이 정자 에 널빤지를 대어서 우리를 만들어 3년 동안 토끼를 길렀었다. 그러다 작년 가을에 토끼를 빼앗기고 말았다. 시험 때문이었다. 더는 기분 전환에 신경 쓸 시간이 없었던 것이다.

정원에 들어와 본 게 언제인가 싶었다. 휑한 우리의 판자벽은 금방이라도 쓰러질 듯 보였고, 담장 모퉁이에는 무너져 내린 종

유석 더미가 쌓여 있었다. 나무로 만든 조그만 수차(水車)가 뒤틀리고 부서진 채로 급수관 옆에 널브러져 있었다. 이것들을 전부 짜 맞추고 칼로 깎으며 즐거워하던 시간들이 생각났다. 2년 전 일인데 까마득한 옛일 같았다. 그는 작은 수차를 집어 들었다. 그러곤 이리저리 휘어 부러뜨린 다음 울타리 너머로 던져 버렸다. 이따위 것 없어져 버리라지, 다 지나간 일인걸. 문득 학교 친구 아우구스트가 떠올랐다. 수차를 조립하고 토끼우리를 이어 붙일 때 한스를 도와주었던 친구였다. 둘은 이 정원에서 새총을 쏘며 놀거나 고양이를 쫓기도 했고, 천막을 치고 간식으로 노란 순무를 날것 그대로 먹기도 하며 오후 내내 시간 가는 줄 모르고 놀았었다. 하지만 그 후 그는 기를 쓰고 공부를 하게 되었고, 아우구스트는 일 년 전에 학교를 나와 기계공 견습생이 되었다. 그 후로 그를 본 건 단 두 번뿐이었다. 물론 지금은 그 친구도 시간이 없었다.

골짜기 위로 구름 그림자가 바삐 지나갔고 해는 벌써 서산에 걸려 있었다. 순간 소년은 감정이 북받쳐 오르며 몸을 내던진 채로 마냥 울고 싶은 마음이 들었다. 그러나 그렇게 하는 대신 헛간에서 손도끼를 꺼내어 그 허약한 팔로 공기를 가르며 우리를 산산조각 내었다. 우리에 댔던 각목들이 쪼개져 날아갔고 못들은 끼이익 소리를 내며 휘어졌다. 작년 여름부터 우리에 남아 있던 상한 토끼 사료가 눈에 들어왔다. 그는 우리를 몽땅 들어내 버렸다. 그렇게 하면 토끼와 아우구스트와 옛날 어릴 적 놀던 것들에 대한 그리움을 깡그리 떨쳐 버릴 수 있기라도 한 듯이 말이다.

“쯧쯧, 그건 다 뭐냐?”

아버지가 창가에서 소리쳤다.

“거기서 뭘 하는 게냐?”

“장작 패요.”

그는 더 이상 아무런 말도 하지 않고 도끼를 던져 놓고는 앞마당을 가로질러 좁은 골목으로 뛰어나갔다. 그런 다음 강을 거슬러 올라갔다. 멀리 양조장 근처에는 뗏목 두 개가 묶여 있었다. 예전에 더운 여름날 오후면 이 뗏목을 타고 강 하류 쪽으로 몇 시간이나 떨어진 곳까지 갔다 오곤 했다. 뗏목을 이은 통나무들 사이로 철썩이는 물소리를 들으며 강물을 따라 내려가다 보면 흥분되면서도 동시에 졸음이 쏟아지기도 했다. 그는 줄이 풀려 느슨하게 이리저리 일렁이고 있는 뗏목 위로 풀쩍 뛰어올라, 수북한 한 무더기의 버들가지 위에 누워 상상해 보았다. 뗏목이 떠내려가고 있다. 뗏목은 때로는 급물살을 타다가 또 때로는 완만한 흐름을 타며 풀밭과 농경지, 여러 마을과 시원한 숲 가장자리를 지나쳐 간다. 또 여러 개의 다리와 열려 있는 작은 수문들 아래로 지나간다. 그리고 그는 뗏목 위에 누워 있다. 그러자 모든 것이 다시 예전으로 돌아간 것 같았다. 그땐 카프베르크에 가서 토끼 먹이도 가져오고, 강가에 늘어서 있는 가죽 공장들의 작업장에서 낚시를 하기도 했다. 그리고 그땐 두통이나 근심 같은 것도 없었다.

한스는 피곤하고 짜증 난 모습으로 저녁 식사 때가 되어 집으로 돌아왔다. 아버지는 내일로 다가온 슈투트가르트행 수험 여행 때문에 손써 볼 길 없이 흥분하여 책은 싸 놓았는지, 검정 정장은 챙겼는지, 가면서 문법책은 읽을 작정인지, 기분은 어떤지 열 번도 더 물어보았다.

한스는 짧게 툭툭 끊어 대답을 하며 먹는 둥 마는 둥 식사를 마치고는 곧바로 밤 인사를 했다.

"잘 자거라, 한스야. 푹 자둬야 한다! 내일 여섯 시에 깨우마. '그' 사전도 챙기는 거 잊지 않았지?"

"예, 잊지 않고 챙겼어요. 안녕히 주무세요!"

한스는 자기 방으로 들어온 다음 한참 동안이나 불을 켜지 않고 가만히 앉아 있었다. 이 방은 지금까지의 시험 소동이 그에게 준 유일한 축복이었다. 자신만의 작은 방, 이 방 안에선 그가 주인이었고 누구에게도 방해받지 않았다. 여기서 그는 졸음과 잠과 두통과 싸우면서 밤이 깊도록 카이사르, 크세노폰*, 각종 문법, 어휘 사전들, 수학 과제를 안고 해결점을 찾아 골몰했다. 끈질기고 고집스럽게 문제를 풀며 야심만만하게 자부심을 느끼다가도, 때로는 거의 절망적인 심정을 맛보기도 했다. 그러나 이곳에서 그는 소년 시절의 즐거움 전부를 잃은 것보다 훨씬 더 가치 있는 시간들을 보내기도 했다. 그것은 학교와 시험, 그리고 모든 것을 뛰어넘어 보다 높은 본질적 영역을 꿈꾸고 동경하던 시간, 자부심과 도취와 승리감으로 가득 찬 꿈처럼 신기한 시간이었다. 그럴 때면 그는 자신이 볼이 통통하고 순진한 동급생들과는 정말로 뭔가 다른 그리고 훨씬 더 훌륭한 존재인 것 같다는, 저돌적이고도 살짝 도취된 듯한 예감에 사로잡히곤 했었다.

---

*크세노폰(B.C.431~?B.C.350) : 고대 그리스의 군인·작가.

지금도 그는 이 작은 방 안에 더 시원하고 탁 트인 공기가 들어 차기라도 한 듯 안도의 한숨을 내쉬고는 침대에 앉았다. 그러곤 몇 시간 동안이나 가물가물하게 꿈과 소망과 이런저런 예감에 잠겨 있었다. 공부에 지친 큰 눈동자 위로 맑은 눈꺼풀이 스스르 내려왔다. 소년은 한 번 더 눈을 뜨고 깜빡여 보았지만 다시 눈꺼풀이 눈을 덮었다. 소년의 창백한 얼굴이 깡마른 어깨 위로 툭 떨어졌고, 가느다란 두 팔은 곤히 늘어졌다. 그는 옷도 벗지 못한 채 잠이 들었다. 어머니와 같은 고요한 잠의 손길이 불안한 어린아이의 마음에 일던 파도를 잠재우고, 그의 아름다운 이마에 잡힌 가느다란 주름살을 펴 주었다.

지금껏 한 번도 본 적이 없던 일이 벌어졌다. 이른 아침임에도 불구하고 교장이 몸소 기차역에 나오는 정성을 보인 것이다. 기벤라트 씨는 검정 프록코트에 갇힌 듯한 차림으로 흥분과 기쁨과 자부심에 겨워 가만히 서 있지 못했다. 그는 교장과 한스 주변에서 초조하게 종종걸음을 치며 맴돌다가, 무사한 여행과 합격을 빌며 역장과 전 역무원들이 건네는 인사에 화답하는가 하면, 작고 뻣뻣한 여행 가방을 왼손에 들었다가 이내 오른손으로 바꿔 들곤 했다. 우산도 한 번은 팔에 끼웠다가 다시 무릎 사이에 끼우며 몇 번이나 떨어뜨렸고, 그럴 때마다 우산을 주워 들기 위해 가방을 바닥에 내려놓았다. 다른 사람들이 보면 그가 미국으로 여행을 떠나는가 보다고 생각하지 왕복 차표를 들고 슈투트가르트로 간다고는 생각하지 못할 것 같았다. 아들은 아주 침착해 보였다. 그러나 그도 남모르는 두려움에 목이 조여 왔다.

　기차가 도착해 멈추어 서자 그들은 기차에 올라탔다. 교장이 손을 흔들어 보였다. 아버지는 담배에 불을 붙였다. 골짜기 아래로 도시와 강이 사라졌다. 두 사람에게 여행은 고역이었다.

　슈투트가르트에 도착하자 아버지는 갑자기 부활한 사람처럼 되살아나, 유쾌하고 상냥하며 사교적인 사람으로 변하기 시작했다. 소도시 사람으로 며칠간 수도에 머무르게 되었다는 기쁨이 그에게 생기를 불어넣었던 것이다. 그러나 한스는 말수가 더 없어지고 두려움만 더 커졌다. 도시의 모습을 보자 가슴을 짓누르는 듯한 깊은 불안에 사로잡히고 만 것이었다. 낯선 얼굴들, 우쭐대듯 요란하게 치장한 높은 건물들, 피곤할 정도로 길게 뻗어 있는 길들, 철도마차*와 거리의 소음이 그를 위축시켰고 고통스럽게 만들었다. 두 사람은 한 숙모네 집에서 묵게 되었다. 방들은 낯설고, 숙모는 친절하며 떠들기 좋아하고, 자신은 하릴없이 오래 눌러앉아 있어야 하고, 아버지마저 용기를 북돋아 주겠다고 끝임 없이 권고의 말을 하는 통에 소년의 기분은 완전히 가라앉아 바닥에 쩌억 붙어 버리고 말았다. 그는 서먹해 하며 혼자 뚝 떨어져 쭈그리고 앉아 있었다. 그러면서 익숙지 않은 환경과 숙모, 그녀의 도회풍 옷차림, 큼직한 무늬의 벽지, 탁상시계, 벽에 걸린 그림들이며 창문으로 보이는 소란스러운 거리를 바라보고 있으려니, 자신이 완전히 속은 것 같은 기분이 들었다. 집을

---

*철도마차 : 철도 선로 위 차량을 말이 끄는 수송 기관으로, 1836년 미국 뉴욕에서 처음 나타난 뒤 세계 여러 도시에 보급되었다. 그러나 전차 등장 이후 20세기 초에 거의 자취를 감추었다.

떠나온 지도 벌써 오래전 일인 것만 같았고 공들여 외웠던 것들을 전부 잊어버린 것 같았다.

오후에 그는 한 번 더 그리스어 불변화사를 훑어보려고 했다. 그때 숙모가 산책을 가자고 제안했다. 순간 한스는 푸르른 초원과 숲에서 부는 바람소리 같은 것들이 떠올라 흔쾌히 그러자고 했다. 그러나 그는 이내 이곳 대도시에선 산책 역시도 집에서와는 종류가 다른 기분 전환거리라는 걸 알게 되었다.

아버지는 시내에 방문할 곳이 있었기에 한스는 숙모와 단둘이 산책을 나갔다. 계단에서부터 벌써 불행이 시작되었다. 이층에서 거만해 보이는 뚱뚱한 한 부인과 마주쳤던 것이다. 숙모가 부인에게 무릎을 굽혀 인사를 하자 기다렸다는 듯 부인이 엄청난 말솜씨로 수다를 늘어놓기 시작했다. 어느덧 이렇게 선 채로 수다를 떤 지 십오 분도 더 지났다. 한스는 그 옆에서 계단 난간을 움켜쥐고 서 있었다. 부인의 작은 개가 그의 냄새를 맡으며 으르렁거렸다. 분명치는 않았지만 한스는 그 낯모르는 뚱뚱한 부인이 코안경 너머로 그를 몇 번이나 위아래로 훑어보는 걸 보고, 두 사람이 그에 관해서도 이야기하고 있다는 걸 알 수 있었다. 마침내 거리로 나왔나 싶었는데, 그 즉시 숙모는 어느 가게로 들어갔고 이번에도 또 한참이 지난 후에야 가게에서 나왔다. 그사이 한스는 쑥스러워 하며 멀뚱히 거리에 서 있었다가 지나가는 행인들 때문에 옆으로 밀려나거나 불량배들의 놀림감이 되기도 했다. 숙모는 가게에서 나와 그에게 초콜릿 한 판을 건네었다. 그는 초콜릿을 좋아하지 않았지만 그래도 감사하다며 정중하게 인사를 했다. 다음 길모퉁이에서 그들은 철도마차에 올라탔다. 마차는 쉬지 않고 벨을 울리며 터지도록 사람들을 싣고는 이 거리, 저 거리를 거쳐 마침내 넓은 가로수 길이 있는 유원지에 도착했다. 유원지에는 분수가 솟구쳐 오르고 있었다. 울타리를 두른 잘 꾸민 화단엔 꽃들이 피어 있었고, 작은 인공 연못에선 붕어가 노닐고 있었다. 두 사람은 산책하는 사람들 무리 속에서 오르락내리락 걷다가 이리저리 왔다 갔다 하기도 하고, 또 크게 원을 그리며 걷기도 했다. 그러면서 수많은 사람들의 얼굴과 우아하거나 다른 옷차림들, 자전거와 휠체어와 유모차들을 보았고, 사람들이 시끄럽게 떠드는 소리를 들으며 먼지가 뒤섞인 더운 공기를 들이마셨다. 마침내 두 사람은 다른 사람들이 앉아 있는 벤치 위에 나란히 자리를 잡았다. 숙모는 산책 내내 거의 쉬지 않고 이야기를 해서인지, 이제는 깊은 숨을 내쉬며 소년에게 정감 어린 미소를 지어 보였다. 그러곤 초콜릿을 먹으라고 권했다. 하지만 그는 그러고 싶지 않았다.

"저런, 쑥스러워서 그러는 건 아니지? 괜찮아. 먹어도 돼. 어서 먹어!"

한스는 초콜릿을 꺼내어 잠시 은박지를 잡아 뜯는 시늉을 하다가 결국 아주 조그만 조각 하나를 베어 물었다. 지금껏 초콜릿이 좋았던 적이 단 한 번도 없었지만 그걸 숙모에게 말할 엄두가 나지 않았다. 그가 초콜릿을 빨며 억지로 목구멍으로 넘기고 있는 사이, 숙모는 그 많은 사람들 틈바구니에서 아는 사람을 발견하고 달려가며 말했다.

"어디 가지 말고 여기 앉아 있어라. 곧 돌아올게."

한스는 안도의 숨을 내쉬며 이 기회를 틈타 잔디밭 멀리 초콜

릿을 던져 버렸다. 그러곤 박자를 맞춰 다리를 흔들거리며 지나
가는 많은 사람들을 바라보았다. 그러고 있자니 불행한 마음이
들었다. 마지막으로 그는 다시 한 번 불규칙 동사들을 암송하기
시작했다. 그런데 아무것도 기억이 나질 않았다. 그는 기절초풍
할 만큼 놀라고 말았다. 전부 다 까맣게 잊어버린 것이다. 내일
이 주 시험인데!

숙모가 돌아왔다. 그새 이 숙녀는 올해의 주 시험 응시자가
백십팔 명이라는 걸 전해 듣고 왔다. 합격할 수 있는 사람은 오
직 서른여섯 명뿐이었다. 소년은 기가 죽을 대로 죽어 돌아오는
내내 단 한 마디도 하지 않았다. 집에 오자 두통이 찾아왔고, 또
다시 입맛이 싸악 사라졌다. 어찌나 낙담한 모습을 보였는지,
아버지는 시험 시작 전부터 낙담한 아들을 호되게 나무랐고 숙
모마저도 그의 모습을 못마땅해 했다. 그날 밤 그는 깊이 잠이
들었지만 끔찍한 꿈에 쫓겨 다녔다. 그는 백십칠 명의 응시자들
과 함께 수험장에 앉아 있는 자신을 보았다. 감독관은 언뜻 고
향에 있는 교구 목사처럼 보이기도 했고 또 숙모와 닮은 듯도 했
다. 감독관이 한스의 앞에 산더미처럼 초콜릿을 쌓아 놓고 다 먹
으라고 했다. 눈물을 흘리며 초콜릿을 먹는 동안 다른 응시자들
이 하나둘 차례로 일어나 작은 문으로 사라지는 것이 보였다. 모
두들 맡겨진 초콜릿을 다 먹었지만, 한스의 것만은 눈앞에서 점
점 더 커지더니 책상과 걸상 위로 넘치도록 부풀어 오르며 그를
질식시킬 것처럼 보였다.

다음 날 아침, 한스가 수험장에 늦지 않으려고 시계에서 눈
을 떼지 않고 커피를 마시는 동안, 그의 고향 소도시에서는 많

은 사람들이 그를 생각했다. 우선 구둣방 주인 플라이크가 있었다. 그는 아침 수프를 앞에 두고 한스를 위한 기도를 올렸다. 젊은 기능공들과 두 명의 견습생과 더불어 온 가족이 식탁에 둘러앉아 기도했는데, 오늘은 평소 하던 아침 기도에 이런 기도를 덧붙였다.

"오, 주님, 오늘 시험을 치르는 한스 기벤라트 학생에게 주님의 손길이 함께하시길 빕니다. 그를 축복하시고 강하게 붙잡아 주시옵시며, 주의 거룩한 이름을 올바르고 정직하게 선포하는 사람이 되게 해 주시옵소서!"

교구 목사는 한스를 위해 기도는 하지 않았지만 아침 식사를 하면서 부인에게 말했다.

"지금쯤이면 기벤라트가 수험장으로 가고 있겠군. 그 아이, 뭔가 특별한 인물이 될 거야. 사람들이 곧 그 아이에게 주목하게 될 거요. 그렇게 되면 내가 그 아이에게 라틴어를 가르쳐 준 게 손해 본 일은 아닌 거지."

담임 교사는 수업 시작 전에 학생들에게 말했다.

"자, 이제 슈투트가르트에선 주 시험이 시작된다. 그러니 우리 모두 기벤라트의 행운을 빌어 주자. 물론 기벤라트야 그럴 필요도 없겠지만. 그 아이는 너희 같은 게으름뱅이 녀석들 열 명을 합친 것보다 뛰어난 아이니까."

이제 학생들도 거의 모두 빈자리의 주인공을 생각했다. 특히 그의 합격과 불합격을 두고 내기를 한 많은 학생들이 그랬다.

진심 어린 중보 기도와 심적 동참은 긴 구간을 거뜬히 지나 멀리 떨어진 곳까지 효력을 발휘하는 법이다. 그렇기에 한스 역시도 고향에서 사람들이 자신을 생각하고 있다는 걸 느낄 수 있었다. 한스는 아버지의 손에 이끌려 떨리는 마음으로 수험장에 들어왔다. 그러곤 고문실에 들어온 죄인 마냥 겁먹고 놀란 모습으로 조교의 지시를 따르며, 창백한 소년들로 가득 찬 넓은 수험장 내부를 둘러보았다. 그러나 막상 교수가 들어와 조용히 하라고 요청한 뒤 라틴어 문체 연습용 텍스트를 불러 주며 받아쓰게 하자 안도의 숨을 내쉬었다. 웃음이 나올 정도로 시험이 쉽다는 생각이 들었던 것이다.

그는 빠른 속도로 기분 좋게 초안을 작성한 다음 신중을 기해 정갈하게 정서(正書)했다. 그는 답안지를 냈다. 먼저 답안지를 낸 학생들 중 한 명이었다. 그 후 숙모네 집으로 돌아오다가 길을 잘못 들어 두 시간이나 뜨거운 도시의 거리를 헤매고 다녀야 했지만 다시 되찾은 안정감에 크게 영향을 주지는 않았다. 심지어 숙모나 아버지에게서 잠시나마 떨어져 있다는 것이 기쁘기까지 했고, 시끄럽고 낯선 수도의 거리를 정처 없이 떠도는 자신이 대담한 모험가처럼 생각되기도 했다. 물어물어 고생한 끝에 드디어 집을 찾아오자 질문 공세가 이어졌다.

"어땠냐? 잘 보았어? 할 만하더냐?"

"쉬웠어요. 그 정도 문제는 제가 5학년이어도 풀 수 있었을 거예요."

한스는 당당하게 말했다.

그런 다음 그는 엄청난 식욕을 발휘하며 밥을 먹었다.

오후엔 시험이 없었다. 아버지는 그를 데리고 몇몇 친지들과 친구들 집을 돌았다. 그중 한 집에서 그들은 검정색 옷차림의 숫기 없는 한 소년을 만났는데, 그와 마찬가지로 주 시험을 치르려고 괴핑엔에서 온 소년이었다. 어른들이 둘만 내버려 두자 소년들은 부끄러워하면서도 호기심 어린 눈길로 서로를 바라보았다. 한스가 물었다.

"넌 라틴어 시험이 어땠니? 쉬웠지, 그렇지 않니?"

"엄청 쉬웠지. 하지만 그게 바로 함정이야. 시험이 쉬우면 실수를 많이 하게 되거든. 조심하지 않으니까. 그러니까 이 시험에도 숨은 함정이 있었을 거야."

"그렇게 생각하니?"

"물론이지. 선생님들이 그 정도로 멍청하진 않으니까."

한스는 좀 놀라서 생각에 잠겼다. 그런 다음 그는 소심하게 물어보았다.

"너 그 시험 문제지 아직 갖고 있니?"

소년이 공책을 가져왔다. 둘은 문장 전체를 한 단어 한 단어 짚어가며 다 읽어 보았다. 괴핑엔에서 온 소년은 라틴어를 능숙하게 하는 것 같았다. 한스가 전혀 들어본 적이 없는 문법 용어를 적어도 두 번은 넘게 사용했다.

"그런데 내일 시험이 뭐였더라?"

"그리스어와 작문."

괴핑엔에서 온 소년은 한스네 학교에선 지원자가 몇 명이나 왔는지 물었다.

"아무도 없어. 나뿐이야."

한스가 말했다.

"와, 우리 괴핑엔 애들은 열두 명이나 되는데! 그중에 아주 똑똑한 아이들이 세 명 있어. 다들 상위 몇 명에 들 거라고 예상하는 아이들이야. 작년에도 우리 괴핑엔 출신이 수석을 했었거든. 너 이번에 떨어지면 김나지움*에 갈 거니?"

아직까지 그 생각은 한 번도 해 본 적이 없었다.

"모르겠어⋯⋯. 아니, 내 생각엔 안 갈 것 같아."

"그래? 난 어떻게 되든 진학은 할 거야. 떨어진다고 해도 말이야. 그렇게 되면 우리 어머니는 나를 울름으로 보내실 거야."

그 말에 한스는 강렬하다 못해 압도당하는 인상을 받았다. 괴핑엔의 아주 똑똑한 수재 세 명을 포함한 열두 명의 아이들도 두려움을 안겨 주었다. 한스는 자기는 내세울 게 정말 아무것도 없다는 생각이 들었다.

집에 돌아오자 그는 자리에 앉아 mi와 연관된 동사들을 다시 한 번 훑어보았다. 라틴어와 관련된 것들은 전혀 두려울 것이 없었다. 그건 안정권에 있다는 느낌이 들었다. 하지만 그리스어는 자기 방식대로 공부했다. 그는 그리스어를 좋아했고 거의 열광할 정도였지만, 그건 단지 책을 읽기 위해서였다. 특히 크세노폰의 글은 무척이나 아름답고 역동적이며 생생했다. 전체적으로 경쾌하고 군더더기 없고 힘찬 울림이 있으며, 자유롭고 활기찬 정신을 품고 있는 데다 이해하기도 쉬웠다. 그러나 문법에 돌입하거나 독일어를 그리스어로 번역해야 할 상황이 되면 그 즉시 서로 반대되는 규칙과 형식의 미로에 빠져 길을 잃고 헤맸고, 이

---

*김나지움 : 독일의 9년제 인문계 학교로 일종의 중고등학교. 초등학교 5학년부터 이어지므로 초등학교와 대학을 연결하는 다리 역할을 한다.

생경한 언어에 대해 철자조차도 읽을 줄 모르던 첫 수업 당시와 거의 똑같이 엄청난 불안과 두려움을 느끼곤 했다.

다음 날은 예정돼 있던 그리스어 시험과 뒤이어 독일어 작문 시험이 차례대로 이어졌다. 그리스어 시험은 상당히 길었고 결코 만만치 않았다. 작문 주제 역시 까다로워 잘못 이해할 소지가 있었다. 열 시부터는 강당 내부가 후텁지근하고 더워졌다. 좋은 펜을 갖고 있지 않았던 한스는 두 장의 종이를 망치고 나서야 그리스어 답안을 정서할 수 있었다. 작문 시험 때 한스는 옆자리에 앉은 배짱 좋은 친구 때문에 최대의 위기 상황을 맞았었다. 이 뻔뻔스런 친구가 종이에 질문을 적어 한스에게 쓰윽 들이밀고는 옆구리를 쿡쿡 찌르며 답을 재촉했던 것이다. 옆자리에 앉은 수험생과의 대화는 가장 엄격한 금지 사항이었고, 적발되는 즉시 가차 없이 수험장에서 퇴출당하게 되어 있었다. 한스는 두려움에 떨면서 그 쪽지에 "날 가만히 내버려 둬."라고 쓴 다음, 그 친구를 등지고 앉았다. 날씨까지도 너무 더웠다. 심지어 한결같은 걸음걸이로 끈기 있게 강당을 오가던 감독관 교수들조차도 몇 번이나 손수건으로 얼굴을 닦았다. 한스의 두꺼운 견진 성사 예복 속으로 땀이 흘러내렸다. 머리가 아파왔다. 마침내 답안지를 제출했지만 기분이 몹시 비통했다. 오답만 잔뜩 써 놓은 것 같았고 시험은 이제 물 건너간 것 같은 느낌이 들었던 것이다.

식탁 머리에서 그는 아무 말도 하지 않았다. 피고석에 앉은 사람처럼 쏟아지는 질문에 그저 어깨만 움찔해 보일 뿐이었다. 숙모는 용기를 북돋아 주었지만 아버지는 흥분하여 심기가 불편해졌다. 식사가 끝나자 아버지는 아들을 데리고 방으로 들어가 다시 한 번 깨물었다.

"잘 못 봤어요."

한스가 말했다.

"왜 조심하지 않고 그랬어? 그래도 정신을 차리고 집중했어야지, 젠장할!"

한스는 아무 대꾸도 하지 않았다. 그러다 아버지가 야단을 치기 시작하자 얼굴이 빨개져서 말했다.

"아버지가 그리스어에 관해서 뭘 안다고 그러세요!"

가장 끔찍한 일은 두 시에 구두시험을 치러야 한다는 것이었다. 한스가 가장 두려워하는 시험이었다. 이글거리며 작열하는 뜨거운 도시의 거리를 걸어가자니 아주 비참한 기분이 들었다. 고통과 두려움, 현기증에 더 이상 눈을 뜨는 것조차도 힘이 들었다.

그는 커다란 녹색 책상에 앉은 세 명의 시험관 앞에서 십 분 동안 라틴어 문장 몇 개를 번역하고 주어진 질문에 답변을 했다.

그 다음 십 분 동안은 또 다른 시험관 앞에서 그리스어를 번역했고 다시금 갖가지 질문을 받았다. 마지막으로 시험관이 그리스어 단어의 부정과거형*에 대해 물어보았으나 그는 아무 대답도 하지 못했다.

"이제 가도 돼요. 저기, 오른쪽 문입니다."

그는 문 쪽으로 걸어갔다. 문을 나서려는데 갑자기 그 단어의 부정과거형이 떠올랐다.

---

*부정과거형 : 불규칙 동사 변화의 과거형을 일컫는 그리스어 문법 형태의 하나. 아오리스트라고 한다.

그가 멈추어 섰다. 시험관이 그를 향해 소리쳤다.

"나가세요. 가도 좋다고요! 혹시 어디 불편한 데라도 있나요?"

"아닙니다. 지금 막 그 단어의 부정과거형이 생각났습니다."

한스는 교실 안쪽을 향해 큰 소리로 정답을 외쳤다. 시험관 중 한 사람이 웃는 모습이 보였다. 한스는 얼굴이 화끈거려 그곳을 뛰쳐나왔다. 그는 시험관들에게 받았던 질문과 자기가 했던 답변들을 기억해 보려고 했다. 하지만 전부 뒤섞여 온통 뒤죽박죽이 되었다. 커다란 녹색 책상, 프록코트를 입은 노령의 진지한 시험관들, 책상 위에 펼쳐져 있던 책, 그리고 그 위에 놓인 덜덜 떨던 자신의 손만 계속해서 어른거릴 뿐이었다. 세상에, 도대체 무슨 대답을 하고 나온 거란 말인가!

거리를 걷다가 그는 문득 이곳에 온 지 벌써 몇 주쯤 되었고 이젠 영영 돌아갈 수 없을 것 같은 생각이 들었다. 아버지 집의 정원, 짙푸른 전나무 산, 강가의 낚시터가 너무나도 멀리 떨어져 있는, 아주 오래전에 한 번 보았던 어떤 풍경처럼 여겨졌다. 아, 오늘이라도 집에 갈 수만 있다면! 여기에 더 머무르는 건 가치 없는 일이었다. 어차피 시험도 망치고 말았으니.

그는 브뢰트헨* 한 개를 샀다. 그런 다음 아버지에게 시험에 관해 구차한 말을 하기 싫어 긴 오후 시간 내내 거리를 배회하고 다녔다. 집에 도착해 보니 모두들 그를 걱정하고 있었다. 하지만 힘이 다 빠져 측은해 보이는 그를 보고는 달걀 수프를 먹인

---

*브뢰트헨 : 롤 브레드. 아무런 고명도 넣지 않은 주먹만 한 크기의 동그란 우유 빵.

다음 잠자리에 들게 했다. 내일은 산수와 종교 시험이 남아 있었다. 그것만 치르고 나면 다시 집으로 떠날 수 있었다.

다음 날 오전 시험은 아주 잘 치렀다. 어제 주요 과목들은 그렇게 힘겹게 치렀는데 오늘은 또 이렇게 문제들이 술술 풀린다는 게 고약한 아이러니처럼 느껴졌다. 이런들 어떻고 저런들 어떠랴. 이젠 떠날 일만 남은걸. 자, 집으로!

"이제 시험이 다 끝났어요. 우리, 집에 가도 돼요."

한스가 숙모에게 말했다.

한스의 아버지는 오늘까지 이곳에 더 있고 싶어 했다. 칸슈타트로 가서 그곳에 있는 쿠어가르텐에서 커피를 마시자는 것이었다. 그러나 한스가 너무나 애절하게 청했기 때문에 아버지는 한스 혼자 먼저 집으로 돌아가도록 허락해 주었다. 숙모와 아버지는 기차를 타는 곳까지 그를 배웅하고 기차표를 건넸다. 숙모의 작별 키스를 받은 다음 숙모가 챙겨 준 약간의 먹을거리를 들고, 한스는 이제 지칠 대로 지친 몸으로 멍하니 푸른 구릉 지대를 지나 고향으로 향했다. 온통 검푸른 전나무 숲이 모습을 드러내자 소년은 기쁨과 해방감을 느꼈다. 식모 할멈과 그의 작은 방, 교장 선생, 천장이 낮은 친숙한 교실, 이 모든 것들을 다시 볼 생각에 그는 마음이 설레었다.

다행히 기차역에는 아는 사람들이 없었다. 이것저것 궁금해하며 물어볼 사람들이 없었던 것이다. 그래서 그는 사람들의 눈에 띄지 않고 서둘러 집에 갈 수 있었다.

"슈투트가르트에선 좋았어?"

아나 할멈이 물었다.

"좋았냐고요? 시험이 뭐 좋은 거라도 되는 줄 아세요? 집에 돌아오게 된 것만으로 그저 기쁠 따름이랍니다. 아버지는 내일 오세요."

그는 신선한 우유를 한 사발 들이켠 다음 창문 앞에 걸려 있는 수영복 바지를 걷어들고 곧장 뛰어나갔다. 그러나 풀밭 쪽으로 가지는 않았다. 풀밭은 다른 사람들이 모두 수영 장소로 이용하는 곳이었다.

그는 시내를 벗어나 '바게'로 갔다. 이곳은 깊은 물이 키 큰 덤불 사이로 천천히 흐르고 있었다. 그는 옷을 벗은 다음 서늘한 물속에 손을 넣어 보았다. 뒤이어 발을 넣어 보고는 살짝 몸을 떨다가 재빨리 강물 속으로 뛰어들었다. 느린 물살을 거슬러 천천히 헤엄을 치자 지난 며칠간의 땀과 불안이 몸에서 미끄러져 나가는 느낌이 들었다. 가냘픈 몸을 시원하게 물속에 맡기고 있으려니 그의 영혼에 새로운 기쁨이 찾아 들었고, 아름다운 고향을 혼자 독차지하고 있는 것 같았다. 그는 빠르게 헤엄을 치고는 쉬었다가 다시 헤엄을 쳤다. 기분 좋은 서늘함과 피로가 그를 감싸는 게 느껴졌다. 이번엔 물 위에 등을 대고 누워 다시 물결에 몸을 싣고 둥둥 떠내려가면서, 저녁 날파리들이 황금빛으로 둥그렇게 떼 지어 날아다니며 가느다랗게 잉잉거리는 소리에 귀를 기울였고, 재빠르게 하늘을 가르며 날아가는 작은 제비 떼를 보았다. 어느새 서산으로 넘어간 태양이 산 뒤에서 작열하며 물들인 장밋빛 하늘이 눈에 들어왔다. 그는 다시 옷을 입고 꿈속을 헤매듯 휘적휘적 집으로 향했다. 골짜기는 이미 짙은 그늘로 물들어 있었다.

　　그는 상인 자크만의 정원을 지났다. 아주 어렸을 때 이 정원에서 또래 아이들 몇 명과 덜 영근 자두를 훔친 적이 있었다. 그리고 하얀 전나무 각목들이 여기저기 쌓여 있는 키르히너의 목재 작업장을 지났다. 예전에 그는 그 각목들을 들쳐 낚시에 쓸 지렁이를 찾곤 했었다. 검사관 게슬러의 작은 집도 지나갔다. 2년 전 같았으면 한스는 얼음판 위에서 스케이트를 타며 그의 딸 에마에게 잘 보이려고 애를 썼을 것이다. 에마는 그와 같은 나이였고, 시내에서 가장 예쁘고 우아한 여학생이었다. 그때 한스의 가장 간절한 바람은 그녀와 이야기라도 한번 나눴으면, 아니면 악수라도 한번 해 봤으면 하는 것이었다. 그러나 그런 일은 절대 일어나지 않았다. 그가 지나치게 쑥스러움을 탔던 것이다. 그 후 그녀는 기숙 학교에 들어갔고, 이제는 그녀의 모습이 어땠는지조차 거의 기억나지 않았다. 그런데 지금 이 어린 시절의 이야기들이 문득 멀리 떨어진 곳에 있다가 찾아온 듯, 다시 떠오른 것이다. 이 이야기들은 너무나도 강렬한 색채와 지금껏 경험한 그 어떤 것에서도 찾아볼 수 없을 정도로 묘한 예감들로 가득 찬 향기를 품고 있었다. 거기엔 나숄트 씨네에 살던 리제가 저녁마다 건물 입구 앞 통로에 앉아 감자 껍질을 벗기며 이야기를 들려주던 시간들이 있었고, 일요일만 되면 아침 댓바람부터 바지를 둥둥 걷어붙이고 양심의 가책을 느끼며 가재나 작은 물고기를 잡으러 가던 시간들도 있었다. 나중에 흠뻑 젖은 나들이옷 때문에 아버지에게 매를 맞을 걸 뻔히 알면서도 말이다! 그땐 수수께끼 같이 진기한 일들도, 그리고 사람들도 참 많았었다. 지금 와 돌이켜 보니 정말 오랫동안 그런 걸 잊고 지냈던 것 같다! 사람들 사이에 부인을 죽인 걸로 알려진 목이 구부정한 구두장이 슈트로마이어가 있었고, 배낭에 지팡이 하나 달랑 들고 전국을 두루 휩쓸고 다니며 모험을 즐기던 '베크 선생'도 있었는데, '선생'이라는 호칭이 붙은 건 예전에 그가 부자였고 말 네 마리를 포함하여 마차도 갖고 있었기 때문이었다. 지금은 그들의 이름 말곤 아무것도 기억이 나지 않았다. 그러면서 한스는 이 어둡고 좁은 골목길을 잃어버리고 말았다는 사실, 그렇다고 해서 생동감 넘치고 경험할 만한 가치가 있는 어떤 일이 있었던 것도 아니라는 사실을 어렴풋이 느낄 수 있었다.

다음 날도 학교에서 쉬게 해 주었던 터라 그는 마음껏 늦잠을 자며 자유를 만끽했다.

오후엔 아버지를 마중 나갔다. 아버지는 아직 슈투트가르트에서 보낸 즐거운 시간들에 흠뻑 취해 있었다.

"너 합격하면, 원하는 거 해 주마."

아버지가 기분 좋게 말했다.

"뭐 생각해 둔 거 있니?"

소년이 한숨을 내쉬었다.

"아뇨, 없어요. 분명 떨어졌을 텐데요."

"어리석은 녀석, 생각하는 것 하고는! 애비 마음 바뀌기 전에 갖고 싶은 거 말해 봐."

"방학 때 다시 낚시하고 싶어요. 해도 돼요?"

"그럼, 해도 되지. 시험에 붙으면야."

다음 날은 일요일이었다. 천둥 번개가 치면서 소나기가 쏟아졌다. 한스는 방 안에 앉아 몇 시간 동안 책을 읽으며 깊은 생각에 잠겼다. 슈투트가르트에서 본 시험 결과를 자세히 따져 보고 또 따져 보았지만, 계속해서 지독히도 운이 없었고 훨씬 더 잘 볼 수 있었을 거라는 결론에 도달할 뿐이었다. 이제 합격은 완전히 물 건너간 일이 된 것이다. 왜 머리는 아파 가지고! 서서히 커지는 불안감이 그를 짓눌렀다. 결국 그는 걱정스러운 마음을 이기지 못하고 떠밀리듯 아버지에게로 건너갔다.

"있잖아요, 아버지!"

"뭔데 그러냐?"

"뭣 좀 여쭤 볼 게 있어서요. 그 '원하는 것' 때문인데요. 낚시는 그냥 없던 일로 하고 싶어요."

"그래, 이제 와서 웬 바람이 불어 마음을 바꾼 거냐?"

"왜냐면요……, 그게요, 궁금한 게 있어서요. 혹시 제가…….."

"속 시원히 말해. 왜 안 하던 행동을 하고 그러냐! 그래, 뭔데?"

"만약에 시험에 떨어지면 김나지움에 가도 되는지 궁금해서요."

기벤라트 씨는 할 말을 잃고 잠자코 있었다.

"뭐? 김나지움?"

이윽고 그가 말문을 열었다.

"네가 김나지움에 가? 누가 그런 생각을 네 머리통에 집어넣어 주던?"

"아무도요. 그냥 저 혼자서 생각한 거예요."

한스는 겁에 질려 얼굴이 사색이 되었다. 그러나 아버지의 눈에 그것이 들어올 리 없었다.

“가라, 가.”

아버지는 마지못해 웃으며 말했다.

“정신 나간 소리 그만하고. 김나지움이라니! 너, 내가 무슨 상업고문관이라도 되는 줄 아나 보구나?”

아버지가 격하게 나가라는 손짓을 하는 바람에 한스는 포기한 채 절망적인 심정으로 방을 나왔다.

“저런 녀석을 봤나!”

아버지는 화가 나서 그의 뒤에 대고 불평을 늘어놓았다.

“아니, 그게 될 소리야! 이제 와서 김나지움에 들어가겠다고? 참 대단도 하시네! 네가 정신이 나간 게로구나.”

한스는 삼십 분 정도 창턱에 앉아 새로 청소해 놓은 마룻바닥을 멍하니 바라보며 신학교와 김나지움, 대학 진학이 정말로 물거품이 되어 버린다면 어떻게 할지 생각해 보았다. ‘아마도 치즈 가게나 사무소의 견습생으로 들어가게 되겠지. 그렇게 되면 내가 그렇게 경멸하고, 또 기필코 벗어나려 했던 저 평범하고 구차한 사람들 중 한 사람으로 평생을 살아가게 될 거야.’ 학생다운 곱상하고 영리한 그의 얼굴이 일그러지며 분노와 고뇌로 가득 찬 얼굴이 되었다. 그는 화가 치밀어 벌떡 일어나 침을 뱉었다. 그러곤 마침 그 자리에 있던 라틴어 시선집(詩選集)을 들어 온 힘을 다해 옆쪽 벽에 던졌다. 그런 다음 빗속을 뚫고 뛰쳐나갔다.

월요일은 이른 아침부터 다시 학교에 갔다.

“어떻게 지내니?”

교장이 악수를 청하며 물었다.

“그래도 어제쯤엔 나를 찾아올 거라고 생각했단다. 시험은 어땠니?"

한스는 고개를 푹 숙였다.

"저런, 왜 그러니? 잘 못 본 게냐?"

"그런 것 같아요."

"자, 참고 기다려 보자꾸나! 아마 오늘 오전 중으로 슈투트가르트에서 소식이 올 게다."

나이 든 교장이 그를 위로해 주었다.

오전은 끔찍이도 길었다. 아무런 소식도 없었다. 점심시간에 한스는 속으로 울음을 삼키느라 음식을 거의 넘길 수가 없었다.

오후 두 시에 교실에 들어가 보니 벌써 담임 교사가 들어와 있었다.

"한스 기벤라트."

담임 교사가 큰 소리로 그를 불렀다.

한스는 앞으로 나갔다. 담임 교사가 그에게 악수를 청했다.

"축하한다, 기벤라트. 주 시험에 2등으로 합격했단다."

갑자기 실내가 숙연해졌다. 문이 열리더니 교장이 들어왔다.

"축하한다. 자, 소감이 어떠냐?"

소년은 놀랍기도 하고 기쁘기도 한 나머지 몸이 완전히 굳어 버린 것만 같았다.

"거참, 할 말이 없어?"

"이럴 줄 알았더라면 수석도 할 수 있었을 것 같습니다."

얼떨결에 그의 입에서 이런 말이 튀어나왔다.

교장이 말했다.

"이제 집에 가 봐라. 가서 아버지께 말씀드려야지. 그리고 이

제부턴 학교에 나올 필요 없다. 어차피 일주일만 있으면 방학이
니까.”

소년은 머리가 빙빙 도는 듯한 기분을 느끼며 거리로 나왔다.
줄지어 선 보리수나무와 햇빛을 받으며 누워 있는 시청 광장이
눈에 들어왔다. 평상시와 달라진 것이 하나도 없었지만 하나하
나 빠짐없이 전부 더 아름답고 더 의미 있고 더 즐겁게 보였다.
‘합격이다! 그것도 2등으로!’ 맨 처음 찾아왔던 기쁨의 폭풍이 지
나가자 뜨거운 감사의 마음이 그의 온몸으로 퍼져나갔다. 이젠
교구 목사를 피해 다닐 필요도 없었다.

이제 그는 학업을 이어갈 수 있게 된 것이다! 이제는 치즈 가
게도, 사무소도 겁낼 필요가 없었다!

그리고 이젠 다시 낚시질도 할 수 있다! 집에 도착해 보니 마
침 아버지가 현관에 서 있었다.

“무슨 일 있냐?”

아버지가 짧게 물었다.

“별일 아니에요. 이제 학교에 오지 말래요.”

“뭐? 대체 왜?”

“이제 전 신학생이니까요.”

“이런, 세상에! 그럼 합격한 게냐?”

한스가 고개를 끄덕였다.

“잘 봤대?”

“제가 2등이래요.”

아버지는 사실 그 정도까지는 기대하지 않았었다. 그는 할 말
을 잃은 채 연신 아들의 어깨만 두드렸다. 그리고 활짝 웃으며

고개를 흔들어 댔다. 무슨 말인가 하려고 입을 벙긋 열었다가는 아무 말도 하지 못하고 다시 고개만 절레절레 저었다.

결국 그는 이렇게 소리쳤다.

"이럴 수가!"

그러곤 한 번 더 소리쳤다.

"세상에 이럴 수가!"

한스는 집 안으로 뛰어들어가 계단을 올라 다락방으로 들어갔다. 그러곤 휑한 다락방에 있는 벽장문을 열어젖힌 다음 이리저리 뒤적이며 갖가지 종류의 작은 상자와 굵고 가는 끈 묶음들과 코르크 마개를 끄집어냈다. 그의 낚시 도구들이었다. 이제 무엇보다도 낚싯대로 쓸 멋진 나뭇가지가 필요했다. 그는 아버지에게로 내려갔다.

"아버지, 주머니칼 좀 빌려 주세요!"

"뭐에 쓰려고?"

"나뭇가지를 잘라야 해서요. 낚시에 쓸 거요."

아버지가 주머니에 손을 넣었다. 그리고 환한 얼굴로 화통하게 말했다.

"옜다! 2마르크다. 네 칼을 사도 좋다. 하지만 한프리트네 말고 길 건너 대장간에 가서 도공에게 사라."

그는 빠른 속도로 뛰어갔다. 대장간의 도공이 시험에 대해 물어보았다. 도공이 기쁜 소식을 듣고는 특별히 멋진 칼을 내주었다. 강 하류 쪽, 브뷔엘 다리 아래엔 멋지고 호리호리한 오리나무와 개암나무가 덤불을 이루고 있었다. 그곳에서 한스는 고르고 또 고른 끝에 질기고 탄력이 좋은 흠잡을 데 없는 나뭇가지

한 개를 잘라 서둘러 집으로 돌아왔다.

그는 빨갛게 달아오른 얼굴로 눈을 반짝이며 즐겁게 낚시 도구들을 정리하기 시작했다. 이 작업은 그가 거의 낚시질 그 자체만큼이나 좋아하는 것이었다. 오후 내내 그리고 저녁까지 그는 낚시 도구들을 정리하는 데 매달려 있었다. 흰색과 갈색, 녹색 줄을 종류별로 나누어 꼼꼼히 살펴본 다음, 손볼 곳은 손을 보았고 전에 묶은 매듭과 엉켜 있는 곳들은 다시 풀었다. 갖가지 모양과 크기의 코르크 조각과 깃대를 검사하고 새로 잘라 내기도 했다. 무게가 각기 다른 납 조각들을 망치로 쳐서 둥글게 공 모양으로 만든 다음, 줄을 얹을 수 있도록 칼로 금을 새겼다. 그 다음은 낚싯바늘 차례였다. 바늘은 비축해 둔 것이 조금 있었다. 이것들 중 일부는 네 겹짜리 검정색 재봉실에, 일부는 봉합사(縫合絲) 짜투리에, 일부는 말총을 꼬아 만든 줄에 단단히 얽어맸다. 저녁 무렵이 되어서야 모든 정리 작업이 끝이 났다. 한스는 이제 긴 칠 주간의 방학을 절대 지루하게 보내지 않을 거라는 확신이 섰다. 낚싯대만 있으면 하루 종일이라도 강가에 홀로 앉아서 시간을 보낼 수 있었다.

제2장

여름 방학은 이래야 한다! 산 위엔 용담(龍膽)처럼 푸른 하늘
이 펼쳐져 있고, 아주 가끔 짧고 격한 뇌우를 동반한 날이 있었
을 뿐 몇 주 동안이나 화창하고 더운 나날이 이어졌다. 강물은
그렇게 많은 사암 바위들과 전나무 그늘, 그리고 협소한 계곡을
휘돌아 흘러왔는데도 따끈하게 덥혀져 저녁 늦게까지도 멱을 감
을 수 있었다. 건초와 갓 베어 낸 풀 냄새가 도시 일대를 에워싸
며 진동했고, 작은 띠를 이어 붙인 것처럼 들판에 펼쳐져 있는
밀밭은 노랗게 또는 갈색이 감도는 황금빛으로 물들어 있었다.
개울가엔 흰 꽃을 피우는 독미나리 류의 풀들이 사람의 키만큼
이나 높이 무성하게 자라나 있었다. 이 풀들에서 피어난 우산 모
양의 흰 꽃은 늘 작은 딱정벌레들로 뒤덮여 있었고, 속이 빈 굵
은 가운데 줄기는 잘라서 풀피리를 만들 수도 있었다. 숲 가장자
리로는 보송한 솜털이 난 위엄 있어 보이는 대왕초*가 노란 꽃

을 피운 채 길게 줄지어 서서 눈길을 끌었고, 꽃대 위에서 하늘거리는 부처꽃과 바늘꽃들이 온 비탈길을 보랏빛이 감도는 붉은색으로 뒤덮고 있었다. 안쪽 전나무 아래엔 키가 크고 멋진 붉은 디기탈리스가 진지하고 아름다우면서도 이국적인 모습으로 서 있었다. 디기탈리스의 뿌리 쪽 넓적한 잎사귀는 은빛 솜털로 덮여 있었으며, 가운데 튼튼한 굵은 줄기를 따라 붉은 꽃들이 차곡차곡 쌓아 올린 것처럼 매달려 있었다. 그 곁에는 온갖 종류의 버섯들이 피어 있었다. 윤기가 흐르는 붉은색의 광대버섯이 있는가 하면, 통통하고 넓적한 그물버섯, 진기하게 생긴 선모초, 버섯대가 많은 붉은 싸리버섯도 있었다. 그리고 진기하게도 무색(無色)에 병이 든 것처럼 통통한 수정초**도 있었다. 숲과 풀밭 사이의 히드가 무성한 비탈진 곳엔 억센 금작화가 불타듯 노랗게 빛나는가 하면, 그 다음으로 보랏빛 붉은 에리카***가 긴 띠를 이루고 있었고, 그러고 나면 풀밭이 모습을 드러냈다. 풀밭의 풀들은 대부분 두 번째 풀베기를 앞두고 있었고 황새냉이, 동자꽃, 샐비어, 체꽃이 다채롭게 우거져 있었다. 활엽수림에선

---

*대왕초 : 현삼과의 풀. 주로 흰색이나 노란색 꽃이 피는데, 여기선 줄기가 왕의 촛대처럼 우뚝 솟아 오른 키가 크고 노란색 꽃이 피는 버배스컴을 말하고 있다. 독일어로는 '대왕의 초'라고 불린다.

**수정초 : 진달래목 노루발과의 여러해살이풀. 주로 습기가 많고 그늘진 곳에 산재하며 죽은 식물에서 양분을 섭취하여 살아가는 부생 식물로 엽록소가 없어 식물 전체가 거의 투명한 황갈색을 띤다. 줄기 끝에 종 모양의 꽃들이 핀다.

***에리카 : 철쭉, 진달래 등과 같이 진달랫과에 속하는 꽃. 잎이 작고 좁으며, 종이나 단지 모양의 빨간색이나 분홍색, 흰색 꽃이 핀다. 500여 종이 있으며 스카치히스가 특히 유명하다.

되새가 쉬지 않고 노래했고, 전나무 숲에선 여우 털처럼 붉은 빛깔이 도는 다람쥐가 우듬지 사이를 뛰어다녔으며, 비탈길과 담장과 메마른 도랑가에는 초록 도마뱀이 더운 공기 속에서 희미한 빛을 발하며 기분 좋게 공기를 들이마시고 있었다. 그리고 지칠 줄 모르고 높은 음으로 울어 대는 매미 소리가 초원 너머까지 오래도록 울려 퍼졌다.

이맘때쯤 이 소도시는 시골 같은 인상을 강하게 풍겼다. 길거리며 공기며 할 것 없이 건초 운반차와 건초 냄새로 가득했고, 어딜 가나 낫 벼르는 망치 소리가 울려 퍼졌다. 공장 두 곳이 없었다면 사람들은 어느 시골 마을에 와 있다고 생각했을지도 모른다.

방학이 시작된 첫날, 한스는 아나 할멈이 잠자리에서 채 일어나기도 전 아침 댓바람부터 일찌감치 부엌에 나와 조바심을 내며 커피를 기다렸다. 그는 할멈이 불 지피는 것을 도와 주고, 빵통에서 빵을 꺼낸 다음 신선한 우유를 섞어 식은 커피를 들이켰다. 그리고 가방에 빵을 찔러 넣고 밖으로 뛰어나갔다. 그는 달리다 말고 위쪽 철둑에서 멈춰 섰다. 그러곤 바지 주머니에서 둥그런 양은 상자를 하나 꺼내어 열심히 메뚜기를 잡기 시작했다. 기차가 지나갔다. 그곳은 선로가 심하게 경사진 곳이었다. 기차는 질주하는 대신, 창문을 활짝 열어젖힌 채 얼마 되지 않는 승객을 태우고 아주 느긋이 지나갔다. 기차가 지나간 자리에 경쾌한 깃발처럼 기다란 연기와 수증기가 나부꼈다. 한스는 그 모습을 좇으며 하얀 연기가 소용돌이치며 엉켰다가 이내 햇살이 비치는 청명한 아침 공기 속으로 자취를 감추는 것을 지켜보았다.

이게 다 얼마만인지! 참 오랫동안 이 풍경들을 보지 못하고 지냈다. 한스는 이제 잃어버렸던 아름다운 시간을 두 배로 만회하고, 다시 한 번 거리낄 것 없고 근심 걱정 없는 작은 꼬마로 돌아가고 싶다는 듯 숨을 크게 들이마셨다.

그는 메뚜기를 담은 상자와 새로 장만한 낚싯대를 들고 다리를 건너갔다. 그리고 뒤쪽에 있는 정원을 가로질러 가울스굼펜으로 걸어갔다. 가울스굼펜은 강에서 물이 가장 깊은 곳이었다. 그는 벌써부터 남몰래 솟구치는 기쁨과 사냥에 대한 의욕으로 심장이 터질 것 같았다. 가울스굼펜은 다른 곳들에 비해 아무 방해도 받지 않고 버드나무 둥치에 기대어 편안하게 낚시할 수 있는 곳이었다. 그는 줄을 풀어 산탄으로 만든 조그마한 봉돌을 줄에 매단 다음 가차 없이 통통한 메뚜기 한 마리를 낚싯바늘에 꿰었다. 그러곤 낚시를 휘휘 돌려 멀리 강 한가운데까지 호를 그리며 던졌다. 잘 알고 있는 오래된 놀이가 시작되었다. 조그만 사루기들이 먹이 주변으로 떼 지어 몰려들어 먹잇감을 바늘에서 떼어 내려 했다. 미끼는 곧 없어지고 말았다. 다음은 두 번째 메뚜기의 차례가 되었고, 세 번째 그리고 네 번째와 다섯 번째 메뚜기가 차례를 이어갔다. 한스는 한 마리씩 새로 바늘에 끼울 때마다 더더욱 조심스럽게 녀석들을 바늘에 고정시켰고, 결국엔 봉돌 한 개를 더 얹어 줄의 무게를 더했다. 그제야 처음으로 제법 큰 물고기가 다가와 입질을 했다. 물고기가 미끼를 조금 세게 당기는 척하더니 다시 놓았다. 그런 다음 한 번 더 입질을 했다. 이제 미끼를 완전히 물었다. 솜씨 좋은 낚시꾼은 낚싯줄과 낚싯대를 통해 손끝으로 전해지는 떨림을 느낌으로 아는 법이다! 한스는 줄을 한 번 휙 당기는 척했다. 그러곤 조심조심 줄을 잡아당기기 시작했다. 물고기가 낚싯바늘에 물려 있었다. 물고기가 모습을 드러내자 한스는 녀석이 로치*라는 걸 알 수 있었다. 황백색으로 희미하게 빛나는 넓적한 몸통, 세모꼴의 머리, 그리고 특히 가슴지느러미에 감도는 아름다운 선홍색 기미를 보면 금방 로치임을 알 수 있다. 무게가 얼마나 될까? 그러나 물고기는 한스가 몸무게를 가늠해 보기도 전에 필사적으로 몸을 세차게 튕기더니 잔뜩 겁을 먹은 채 몸부림을 치면서 물보라를 일으키고는 도망쳐 버렸다. 물속에서도 여전히 서너 번 정도 더 몸을 빙빙 돌린 다음 녀석은 은빛 섬광처럼 물속 깊이 사라졌다. 제대로 먹이를 물지 않았던 것이다.

이제 낚시꾼의 내면에선 사냥의 흥분과 열정적으로 사냥에 집중하려는 마음이 눈을 떴다. 그는 한시도 눈길을 떼지 않고 가느다란 갈색 낚싯줄이 물과 닿아 있는 바로 그곳을 매섭게 바라보았다. 뺨이 빨갛게 달아올랐으며 행동은 간결하고 신속, 정확했다. 두 번째 로치가 미끼를 물고 딸려 나왔다. 그 다음은 작은 잉어였다. 몸통이 작은 것이 유감이긴 했다. 그 다음엔 모샘치가 연달아 세 마리나 잡혔다. 모샘치는 아버지가 즐겨 드시는 생선이라 한스는 특별히 기분이 좋았다. 모샘치는 작은 비늘이 덮인 통통한 몸통에 머리통이 두툼하고, 우스꽝스러운 하얀 수염이 달려 있다. 눈이 작고 꼬리 쪽으로 가면서 몸이 날씬해진다.

---

*로치 : 잉엇과의 민물고기. 눈과 지느러미가 빨간색을 띠어 독일어로는 '빨강눈이'라고 한다.

색깔은 녹색과 갈색의 중간 정도이지만 뭍으로 올라오면 강철처럼 푸른 빛깔로 변한다.

그사이 해가 중천에 떠올랐다. 위쪽 둑가에선 물거품이 눈처럼 하얗게 반짝였고, 물 위엔 뜨듯한 공기가 아른거렸다. 시선을 들어 보니 무크베르크 산 위로 손바닥만 한 구름 몇 점이 눈부시게 둥둥 떠 있는 것이 보였다. 햇살이 뜨거워졌다. 파란 하늘에 다다르지 못한 채 중간 어디쯤에서 순백색으로 고요하게 떠 있는 조용한 작은 구름. 온몸 가득 햇빛을 머금어 도저히 오래 바라볼 수 없는 조용하고 작은 몇 점의 조각구름. 완연한 한여름의 열기를 이보다 잘 표현하는 게 또 어디 있을까. 그 구름이 없다면 푸른 하늘을 보아도, 햇빛을 받아 거울처럼 반짝이는 강물을 보아도 얼마나 더운지 알지 못할 것이다. 거품처럼 희고 둥글게 뭉친 범선 같은 한낮의 구름 몇 점을 보는 즉시, 사람들은 불현듯 태양이 불타듯 내리쬐고 있다는 걸 알아차리고 축축해진 이마의 땀을 손으로 닦으며 그늘을 찾는 것이다.

한스는 낚시에 집중하기가 점점 힘들어졌다. 약간 졸리기도 했다. 어차피 정오 무렵엔 고기가 거의 잡히지 않는다. 이 시간 즈음이면 가장 나이가 많고 덩치가 큰 황어까지도 햇볕을 쬐려고 위로 올라온다. 황어는 크고 시커멓게 무리를 지어 수면에 바짝 붙어 꿈꾸듯 강을 거슬러 올라가다 가끔씩 뚜렷한 이유도 없이 갑자기 화들짝 놀라기도 한다. 그래서인지 이 시간대엔 낚시 근처에 얼씬도 하지 않는다.

한스는 낚싯줄을 버들가지에 걸쳐 물속에 드리워 놓고 바닥에 앉아 푸른 강물을 바라보았다. 물고기들이 느릿느릿 위로 올라왔다. 거뭇거뭇한 등판이 수면 위로 모습을 드러내는가 싶더니 차례차례 조용히 그리고 천천히 헤엄을 치며, 마치 더위에 홀려 올라온 것처럼 떼를 지어 수면 위에 모습을 드러냈다. 따뜻한 물에 있으니 좋은가 보다! 한스는 장화를 벗고, 물속으로 발을 늘어뜨렸다. 수면 쪽은 물이 미지근했다. 한스는 잡은 물고기들을 가만히 살펴보았다. 물고기들은 커다란 물 조리개 안에서 헤엄을 치다가 가끔 힘없이 물을 찰방일 뿐이었다. 어떻게 이렇게 예쁠까! 물고기들이 움직일 때마다 비늘과 지느러미가 하얀색, 갈색, 초록색, 은색, 희미한 금색, 파란색을 비롯하여 다른 색색의 빛깔로 빛났다.

사방이 아주 조용했다. 다리를 지나가는 마차 소리도 거의 들리지 않았고, 덜컥거리는 물레방아 소리도 여기선 아주 희미하게 들릴 뿐이었다. 단지 하얀 거품이 이는 둑에서 들려오는 끊임없이 쏴쏴거리는 부드러운 물소리만이 잔잔하고 시원하면서도 졸음을 불러일으키며 아래로 울려 퍼졌다. 뗏목을 묶어 놓는 말뚝 주위로 접어든 물이 소용돌이를 치며 나직이 철썩였다.

그리스어와 라틴어, 문법과 문체론, 산수와 암기 그리고 초조하고 쫓기듯 보낸 긴 한 해의 고문 같았던 괴로운 시간들, 그 한바탕 소동들이 이 졸음을 불러일으키는 따뜻한 시간 속에 고요히 침잠했다. 머리가 살짝 아프긴 했지만 평소처럼 그렇게 심하진 않았다. 이제 그는 다시 물가에 앉아 평소와 다름없이 둑에 거품이 맺히는 걸 바라보다가 눈을 깜빡이며 낚싯줄을 드리워 둔 쪽을 보았다. 그의 곁에선 잡은 물고기들이 물 조리개 안에서 헤엄을 치고 있었다. 정말 근사한 일이었어. 불쑥불쑥 자신이 주 시험에서 합격했고, 그것도 2등으로 합격했다는 사실이 생각나곤 했다. 그럴 때면 그는 맨발을 물에 담그고 철벙이며 바지 주머니에 양손을 찔러 넣고 휘파람을 불었다. 사실 그는 제대로 휘파람을 불 줄 몰랐다. 이건 오래된 고민거리였다. 휘파람 때문에 학교 친구들에게 놀림도 무지하게 받았었다. 그는 잇새로만 휘파람 소리를 냈다. 그마저도 약하게 낼 수 있을 뿐이었다. 하지만 집에서 흥얼거리기엔 그 정도라도 충분했다. 게다가 지금은 아무도 듣는 사람이 없다. 다른 친구들은 지금 학교에 앉아서 지리 수업을 듣고 있을 테니까. 수업을 듣지 않아도 된다며 학교에서 허락해 준 건 한스 혼자뿐이었다. 그는 다른 아이들을 앞선 것이다. 이제 그 아이들은 그보다 아래에 있다. 그동안 그들은 한스를 괴롭힐 만큼 괴롭혔다. 아우구스트 외엔 달리 친구도 없는 데다가 아이들이 하는 몸싸움이나 놀이는 전혀 즐기지 않았기 때문이었다. 그랬는데 이제 그들, 그 어리석고 아둔한 녀석들이 그의 뒤꽁무니나 바라보는 신세가 된 것이다. 그는 잠시 입을 이죽거리느라 휘파람을 멈출 정도로 그들을 경멸했다.

잠시 후 낚싯줄을 말아 올린 한스는 실소를 금치 못했다. 낚싯바늘에 꽂아 두었던 미끼가 흔적도 없이 사라진 것이었다. 그는 상자 안에 남아 있던 메뚜기들을 풀어 주었다. 메뚜기들은 감각을 잃은 듯 어기적거리며 짧은 풀 속으로 기어들어갔다. 인접한 가죽 공장에선 벌써 점심시간을 맞아 잠시 일손을 멈추었다. 식사하러 갈 시간이 된 것이다.

점심을 먹으면서 한스는 거의 한 마디도 하지 않았다.

"그래, 좀 잡았냐?"

아버지가 물었다.

"다섯 마리요."

"어, 그래? 다 큰 놈들은 낚지 않도록 조심해라. 그렇잖으면 나중에 물고기 씨가 말라 버릴 게야."

대화는 이것으로 끝이었다. 날씨가 너무 더웠다. 점심 식사 후에 곧바로 수영하면 안 된다는 건 유감스럽기 짝이 없는 일이었다. 대체 왜 안 된다는 거지? 몸에 해롭기 때문이라고들 하는데! 해롭긴 뭐가 해롭다는 건지. 그건 한스가 더 잘 알고 있었다. 식후 수영 금지에도 수영하러 간 적이 한두 번이 아니었던 것이다. 하지만 이제는 그러지 않는다. 악동처럼 굴기엔 너무 커 버린 것이다. 세상에, 시험 볼 때 감독관들이 '당신'이라고 불러 주신 몸이 아니던가!

결론적으로 한 시간 동안 가문비나무 아래에 누워 있는 것도 결코 나쁘진 않았다. 적잖은 그늘 덕분에 책을 읽거나 조용히 나비들을 구경할 수도 있었다. 그렇게 두 시까지 나무 아래에 누워 있다가 하마터면 잠이 들 뻔도 했다. 자, 이제 수영하러 가야지! 풀밭에는 작은 사내아이들 몇 명밖에 없었다. 큰 아이들은 모두 학교에 앉아 있었다. 한스는 아이들이 그러고 있는 게 내심 그렇게 고소할 수가 없었다. 그는 천천히 옷을 벗고 물이 있는 곳으로 내려갔다. 그는 시원함과 따뜻함을 번갈아가며 만끽했다. 수영을 좀 하다가 잠수하고 물장구를 치기도 했고, 때로는 강기슭에 배를 깔고 누워 빠른 속도로 물기가 말라 버린 등 위로 내리쬐는 작열하는 햇살을 즐기기도 했다. 아까의 그 꼬마들이 우러러보는 눈길로 그의 주변을 서성였다. 그랬다. 그는 유명 인

사가 되어 있었다. 생김새마저도 그는 다른 사람들과 많이 달랐
다. 햇빛에 그을린 갈색의 가느다란 목 위로 지성적인 얼굴과 생
각이 깊어 보이는 두 눈, 그리고 잘 빚어 놓은 것 같은 머리가
자유로우면서도 우아하게 얹혀 있었다. 그뿐 아니라 매우 마른
체형에 뼈대가 가늘고 살결도 부드러웠다. 가슴과 등에 드러난
갈비뼈는 뼈대를 세어 볼 수 있을 정도였고 종아리는 거의 알통
을 찾아볼 수 없을 정도로 밋밋했다.

거의 오후 시간 내내 그는 햇볕을 쬐다가 물속에 들어가기를
반복했다. 네 시가 지나자 반 친구들 대부분이 왁자지껄 떠들며
그곳으로 바삐 달려왔다.

"와, 기벤라트! 너는 이제 좋겠다."

한스는 편안하게 등을 쭉 펴며 말했다.

"그렇지, 뭐."

"신학교엔 언제 들어가는데?"

"9월이나 되어야 해. 지금은 방학 기간이야."

그는 아이들이 부러워하게끔 두었다. 뒤에서 큰 소리로 놀리
는 소리는 물론이고 어떤 한 아이가 다음과 같은 구절을 노래하
며 놀렸는데도 전혀 동요하지 않았다.

술체 리자베트처럼
나도 그래 봤으면!
그녀는 대낮에도 침대에 누워 있는데,
이내 몸은 그러질 못해.

그는 그냥 웃기만 했다. 그사이 아이들도 모두 옷을 벗었다. 그러곤 곧장 물로 뛰어드는 아이가 있는가 하면, 먼저 조심스럽게 몸을 식히는 아이들도 있었다. 우선 풀밭에 잠시 드러눕는 아이들도 많았다. 잠수를 잘하는 한 아이는 아이들의 놀라움과 감탄을 한 몸에 받았다. 겁쟁이 친구 한 명은 아이들이 몰래 뒤에서 물속으로 떠밀자 나 죽네, 하며 고래고래 비명을 질러 댔다. 아이들은 서로 쫓아다니며 잡기 놀이를 하기도 하고, 달리거나 헤엄을 치기도 했다. 아니면 뭍에서 몸을 말리는 아이들에게 물을 뿌리기도 했다. 첨벙거리는 소리와 꽥꽥 질러 대는 고함소리가 대단했다. 온 강물 위가 물에 젖은 발가벗은 허연 몸뚱이들로 반짝였다.

한 시간 후 한스는 그곳을 떠났다. 물고기들이 다시 입질을 시작하는 따뜻한 저녁 시간이 된 것이다. 그는 저녁 식사 때까지 다리 위에서 낚시질을 했지만 아무것도 낚지 못한 거나 다름없었다. 물고기들이 욕심 사납게 낚싯바늘에 모여들어 매 순간 남김없이 미끼를 먹어 버렸지만, 한 마리도 걸리지 않았던 것이다. 낚싯바늘에 끼운 버찌가 아무래도 너무 크고 물렀던 모양이었다. 한스는 나중에 다시 한 번 버찌로 실험해 봐야겠다고 마음을 먹었다.

저녁 식사를 하는 동안 한스는 많은 지인들이 그를 축하해 주러 집에 들렀었다는 이야기를 들었다. 그리고 오늘자 주간 신문도 보았다. 신문의 〈관청 소식〉란에 다음과 같은 토막 기사가 실려 있었다.

"우리 시는 금년도 초급 신학교 입학시험에 한스 기벤라트 단

한 명의 응시생을 보냈다. 그리고 방금 그가 2등으로 시험에 합격했다는 희소식을 접했다.”

한스는 신문을 접어 주머니에 찔러 넣었다. 아무 말도 하지 않았지만 자부심과 크나큰 기쁨으로 가슴이 터질 것만 같았다. 나중에 한스는 다시 낚시를 하러 갔다. 이번에 그는 미끼로 쓸 치즈 몇 조각을 챙겼다. 치즈는 물고기들이 맛있어 하며 좋아하는 것이고, 어스름 속에서도 물고기의 눈에 잘 띄었다.

한스는 낚싯대는 세워 두고 아주 간단한 손낚시 도구만 챙겨 갔다. 손낚시는 그가 가장 좋아하는 낚시질이었다. 낚싯대도 찌도 없이 낚싯줄만 손에 들고 하기 때문에, 낚시가 오직 낚싯줄과 낚싯바늘로만 이루어진다. 힘은 더 들지만 훨씬 재미있다. 이 낚시에선 미끼의 미세한 움직임 하나하나를 다 통제하게 되어 물고기가 시험 삼아 미끼를 무는지 아니면 진짜 무는지를 느낌으로 알 수 있고, 줄의 움직임 속에서 마치 눈앞에서 보고 있는 것처럼 물고기를 관찰할 수 있다. 물론 이런 종류의 낚시질은 하루아침에 이뤄지지 않는다. 숙련된 손놀림이 필요하고 탐정처럼 망을 잘 보아야 한다.

골이 깊고 좁으며 구불거리는 강변의 골짜기엔 어스름이 일찍 내렸다. 다리 아래로 어둠에 물든 검은 강물이 고요하게 누워 있었고, 아래쪽 물레방앗간엔 벌써 불이 켜져 있었다. 다리와 풀밭 너머에서 수다 떠는 소리, 노래하는 소리가 울려왔다. 공기는 조금 후텁지근했다. 강물에선 시커먼 물고기 한 마리가 연신 짧게 수면을 지치고 공중으로 뛰어오르곤 했다. 그런 날이 있다. 물고기들이 이상하게 흥분하여 이리저리 지그재그로 쏜살

같이 움직이다가 재빨리 공중으로 치고 오르는 날, 낚싯줄에 몸을 부딪치고는 눈이 먼 것처럼 미끼를 향해 돌진하는 그런 날 말이다. 이제 한스는 마지막 남은 치즈 조각까지 다 썼다. 그사이 그는 작은 잉어를 네 마리나 낚았다. 내일 교구 목사에게 가져갈 생각이었다. 따뜻한 바람이 계곡 아래로 불어왔다. 깊은 어둠이 내렸지만, 하늘은 아직도 밝았다. 어둠에 물들어가는 도시 위로 교회 탑과 성의 지붕이 밝은 하늘을 배경으로 검고 날카롭게 우뚝 솟아올랐다. 아주 멀리 떨어진 곳 어딘가에서 뇌우가 치는 모양인지 이따금 천둥 치는 소리가 희미하게 들렸다. 열 시에 침대에 눕자 오랫동안 맛보지 못했던 아주 기분 좋은 노곤함과 졸음이 머리와 팔다리로 스며드는 느낌이 들었다.

아름답고 자유로운 여름날이 그의 앞에 길게 펼쳐져 마음을 진정시키기도 하고 유혹하기도 했다. 빈둥거리며 게으름을 피우고, 멱을 감고, 낚시질을 하고, 꿈꾸며 보낼 나날들이었다! 단지 한 가지 그를 화나게 하는 것이 있다면 1등을 하지 못했다는 것이었다.

오전 이른 시간부터 한스는 교구 목사네 현관 문간에 서서 가져온 물고기를 건넸다. 교구 목사가 서재에서 나왔다.

"아, 한스 기벤라트! 잘 지냈니? 축하한다. 정말 진심으로 축하한다. 그런데 이건 대체 뭐냐?"

"그냥 물고기 몇 마리예요. 어제 제가 낚은 거예요."

"그래, 어디 한번 보자꾸나! 고맙다. 자, 안으로 들어가자."

한스는 친숙한 서재로 들어갔다. 사실 이곳에선 다른 목사들의 서재와 비슷한 점은 찾기 힘들었다. 화초 향기도 담배 냄새도 풍기지 않았다. 눈길을 끄는 장서들은 책등이 거의 새것이나 다름없어 윤기가 반질거렸고 금박을 입힌 것들이었다. 사람들이 보통 목사님들의 장서관에서 볼 수 있는 끝이 헤지거나 등이 휘고, 벌레가 슬어 구멍이 송송 뚫리거나, 곰팡이 얼룩이 진 그런 전집들과는 거리가 멀었다. 좀 더 자세히 보면 잘 정돈된 책의 제목들에서도 새로운 정신을 알 수 있었다. 그것은 스러져가는 세대로부터 존경받는 전근대적인 인물들이 품고 있는 그런 정신과는 다른 새로운 정신이었다. 뫼리케가 〈탑 위의 풍향계〉에서 너무나도 아름답게 노래한 경건한 찬송가가 수록된 책을 포함하여 목사들이 명예로운 호화 소장품으로 여기는 벵엘과 외팅어, 슈타인호퍼의 장서들은 여기 없었다. 아니 있더라도 엄청난 양의 현대적 작품들에 파묻혀 보이질 않았다. 잡지철과 서서 책을 읽을 때 쓰는 높은 책상, 그리고 종이들이 여기저기 흩어져 있는 책상까지 서재는 전체적으로 학구적이고 진중한 분위기를 풍기며, 보는 이에게 여기서 많은 연구 작업을 하고 있다는 인상을 심어 주었다. 그리고 실제로도 이곳에선 많은 연구 작업이 이뤄졌다. 물론 설교문이나 교리문답, 성서 강의보다는 교양 학술지에 실을 조사서나 논문, 자신의 저서에 필요한 예비 연구에 더 힘을 쓰긴 했지만 말이다. 꿈꾸듯 느른한 신비주의와 예감으로 충만한 사상은 이곳에 발을 붙일 수 없었다. 학문의 심연을 벗어나 사랑과 동정으로 메마른 민중의 영혼에 다가가는 소박한 심정적 신학도 추방되었다. 대신에 이곳에선 열렬하게 성서 비판이 행해졌고, '역사적인 그리스도'를 찾는 작업이 펼쳐졌다.

신학도 다른 분야들과 다르지 않다. 예술인 신학이 있는가 하면, 학문인 신학 혹은 최소한도 학문이고자 하는 신학이 있다. 그것은 예나 지금이나 똑같았다. 학문에 종사하는 사람들은 언제나 새 가죽 부대에 오래된 포도주 담기를 등한시하였으나, 반면 예술가들은 외적으로 많은 오류를 범하면서도 태평하고도 고집스럽게 그것을 밀고 나감으로써 많은 이들에게 위로자요, 기쁨을 주는 자가 되어 왔다. 이것은 비평과 창작, 학문과 예술 사이에서 벌어지고 있는 오래되고 불평등한 투쟁으로, 이 투쟁에선 항상 전자가 정당했지만 그뿐이었다. 그러나 후자는 거듭하여 믿음과 사랑, 위로, 아름다움, 영원에의 예감에 대한 씨를 마구 흩뿌리고, 또 거듭하여 훌륭한 토양을 찾아냈다. 삶은 죽음보다 강하고, 믿음은 의심보다 힘이 있으니까.

한스는 처음으로 서서 사용하는 높은 책상과 창문 사이에 놓인 작은 가죽 소파에 앉았다. 교구 목사는 부담스러울 정도로 친절했다. 완전히 동료를 대하듯 신학교에 관해 이야기해 주었고, 그곳에선 어떤 식으로 생활하며 공부하는지도 이야기해 주었다. 마지막으로 목사가 말했다.

"거기서 네가 경험하게 될 가장 중요하고 새로운 과목은 그리스어 신약 성경 입문이야. 그걸 배우게 되면 새 세상이 펼쳐지는 것 같을 게다. 공부할 것이 많지만 그만큼 기쁨도 클 거고. 처음엔 언어 때문에 고생을 좀 할 거야. 아테네식의 그리스어가 아니라 새로운 정신이 빚어낸 새로운 어법이거든."

한스는 집중하여 경청하면서 진정한 학문에 다가간 것 같은 기분에 자부심이 느껴졌다.

교구 목사는 계속해서 말했다.

"학교에서 정해 준 규칙에 따라 이 새로운 세상에 입문하게 되면 당연히 거기서 얻을 수 있는 많은 매력들을 놓치게 될 거야. 또 신학교에 들어가면 제일 먼저 히브리어에 많은 시간과 노력을 기울여야 하거든. 너만 괜찮다면 이번 방학 동안에 히브리어를 조금 시작할 수도 있을 것 같은데. 그러면 신학교에 가서 다른 과목을 위한 시간과 힘을 벌 수도 있을 것 같고. 누가복음 몇 장 정도는 읽을 수 있을 것 같구나. 언어도 겸사겸사 놀이하듯 배우게 될 거고 말이야. 사전은 내가 빌려줄 수 있어. 대강 매일 한 시간, 많으면 두 시간씩 진도를 나가면 될 것 같다. 물론 그 이상은 안 돼. 지금 너는 무엇보다 쉬어야 할 때이고 또 그럴 자격도 있으니까 말이야. 당연히 이건 제안일 뿐이다. 이런 일로 즐거운 방학 기분을 망치고 싶은 생각은 정말로 없으니까."

물론 한스는 그렇게 하겠다고 했다. 사실 이 누가복음 시간이 그가 누릴 쾌청한 자유의 하늘에 낀 가벼운 구름처럼 보이긴 했지만 그래도 거절하긴 민망했다. 게다가 방학 중에 겸사겸사 언어를 배우는 건 분명 공부 이상의 많은 재미를 줄 것 같았다. 그렇잖아도 신학교에서 배울 많은 새로운 것들을 두고 조금 걱정이 되던 참이었다. 특히 히브리어가 그랬다.

한스는 그다지 나쁘지 않은 기분으로 교구 목사의 관사를 나왔다. 그리고 낙엽송 길을 따라 죽 올라가다 숲 속으로 향했다. 아주 조금이지만 앙금처럼 남아 있던 불쾌감은 벌써 사라지고, 곰곰이 생각할수록 그 일은 더더욱 수긍할 만한 일이라는 생각

이 들었다. 신학교에 들어간다고 해도 다른 동급생들보다 앞서
려면, 어차피 훨씬 더 열심히 그리고 끈기 있게 공부해야 한다는
걸 누구보다 그 자신이 잘 알고 있었기 때문이다. 그리고 그는
다른 아이들보다 앞서고 싶었다. 왜 그래야 하냐고? 그건 그 자
신도 알지 못했다. 그는 3년 전부터 사람들의 주목을 받았다. 교
사들, 교구 목사, 아버지 그리고 특히 교장이 그를 격려하고 자
극하고 마음을 졸이게 했다. 한 학년을 마치고 다음 학년으로 올
라가는 긴 시간 내내 그는 누가 뭐래도 확실한 일등이었다. 그리
고 이제는 그 스스로도 선두자리에 자존심을 걸고, 누구든 자기
와 어깨를 견주는 건 두고 볼 수 없게 되었다. 게다가 지금은 시
험에 대해 가졌던 어리석은 공포도 다 사라진 터였다.

그래도 원래 방학이 있다는 건 무엇과도 비교할 수 없이 좋
은 일이다. 아침 시간엔 산책하는 사람이 그밖에 없었고, 숲은
또 전에 없이 어찌나 아름다워 보이는지! 줄지어 선 가문비나무
가 청록색으로 아치형 지붕을 드리우며 끝이 보이지 않는 회당
을 이루고 있었다. 소관목*은 거의 찾아볼 수 없었다. 단지 이곳
저곳에 두툼한 블루베리 덤불이 하나씩 있을 뿐이었고, 바닥엔
부드럽고 솜털 같은 이끼가 몇 시간이나 가도 끝이 없을 만큼 멀
리까지 깔려 있었으며, 그 위로 납작한 월귤나무 그루터기와 에
리카가 자라나 있었다. 이미 이슬은 햇살에 말라 버린 뒤였고 화
살처럼 꼿꼿한 나무줄기 사이로 아침 숲 특유의 훈훈한 기운이
일렁이며 햇살이 주는 온기, 이슬에서 올라오는 수증기, 향긋한

---

*소관목 : 큰 교목 아래 자라는 작은 관목이나 잡초.

이끼 냄새, 송진과 솔가지, 버섯 냄새가 한데 뒤섞여 유혹하듯이 감각이란 감각에 착착 감겨 몸이 마비되는 느낌마저 들게 했다. 한스는 이끼 위에 몸을 던졌다. 그러곤 블루베리 덤불에 촘촘하게 열려 있는 열매를 모두 뜯어 먹었다. 여기저기서 딱따구리가 나무를 쪼아 대는 소리, 뻐꾹뻐꾹 샘 많은 뻐꾸기 울음소리가 들렸다. 검은 빛이 감도는 컴컴한 전나무 우듬지 사이로 구름 한 점 없이 짙푸른 하늘이 조각조각 쏟아져 들어왔고, 수직으로 뻗은 수천 그루의 나무줄기는 장엄한 갈색 벽을 이루며 멀리 떨어진 곳까지 빽빽하게 늘어서 있었다. 이끼 위엔 점점이 따뜻하게 빛나는 노란 빛깔의 햇살 얼룩이 여기저기에 흩어져 있었다. 한스는 원래 멀리, 적어도 뤼첼러 호프나 코르쿠스 초원까지 산책하려고 했었다. 하지만 지금 그는 이끼에 누워 허공을 바라보며 블루베리를 먹으면서 한껏 게으름을 피우고 있었다. 그 자신조차도 이렇게 피곤해 하는 것이 신기하게 여겨질 정도였다. 전에는 서너 시간 코스쯤은 아무것도 아니었다. 그는 일어나 힘차게 걸어 보리라 결심했다. 몇백 걸음쯤 걸었을까. 순간 어떻게 그런 일이 일어났는지 그 자신도 모를 일이었지만, 그가 이끼 위에 다시 드러누워 쉬고 있는 것이었다. 그는 가만히 누워서 눈을 깜빡이며 나무줄기와 우듬지, 그리고 숲 속의 푸릇푸릇한 바닥을 둘러보았다. 공기 때문에 이렇게 피곤한 모양이었다!

점심때쯤 집에 돌아오자 두통이 다시 그를 찾아왔다. 눈도 아팠다. 숲 속 비탈길에 쏟아졌던 햇살이 엄청나게 눈이 부셨었다. 이른 오후, 그는 맘에도 없이 집에 눌러앉아 있느라 짜증이 났지만 멱을 감고 나자 다시 상쾌해졌다. 이제 교구 목사에게 갈 시간이 되었다.

목사관으로 가고 있는데 구둣방 주인 플라이크가 작업실 창 가에 놓아둔 세발 의자에 앉아 있다가 그를 보고는 들어오라고 외쳤다.

"어디 가니, 한스야? 도통 얼굴을 볼 수가 없구나?"

"지금은 교구 목사님께 가야 해요."

"아직도? 시험 끝난 지가 언젠데."

"그러게요. 지금은 다른 걸 배우러 가는 거예요. 신약 성경이 에요. 신약 성경이 그리스어로 씌어졌는데 제가 배웠던 것과 완 전히 다른 그리스어래요. 이젠 그걸 배워야 해서요."

구둣방 주인이 모자를 목덜미까지 젖히고는 사려 깊어 보이 는 넓은 이마를 찡그렸다. 깊은 주름이 잡혔다. 그는 무겁게 한 숨을 내뱉은 다음 나직이 말했다.

"한스야. 너에게 해 줄 말이 있다. 지금까지는 시험 때문에 내 조용히 입 다물고 있었다만, 이젠 주의를 주지 않으면 안 될 것 같다. 그러니까 네가 알아 둬야 할 게 있어. 교구 목사님이 무신론자라는 것 말이다. 그 목사님, 성경 말씀은 날조된 것이 고 거짓이라고 말하며 너를 속일 게다. 그러니 네가 목사님과 함 께 신약 성경을 읽는다면, 너도 그동안 네가 지니고 있던 믿음을 잃어버리고 갈피를 못 잡게 될 거다."

"하지만 플라이크 아저씨, 이건 그냥 그리스어를 배우러 가는 것뿐이에요. 신학교에 들어가면 어차피 배워야 하는 것이거든 요."

"그렇게 생각하냐. 하지만 경건하고 양심적인 선생에게서 성경을 배우는 것과 사랑의 하느님에 대한 믿음이 없는 사람에게서 성경을 배우는 것은 차원이 다른 이야기란다."

"그건 그래요. 하지만 사람들은 목사님이 정말로 하느님을 믿는지 아닌지 모르잖아요."

"아니, 한스야. 유감이지만, 다들 알고 있어."

"그럼 저는 어떻게 해야 하는 거죠? 이미 간다고 약속했는데 말이에요."

"그렇다면 가야지. 그렇게 해야 마땅한 일이고. 하지만 그 양반이 성경을 두고 인간이 만든 작품이네, 다 거짓말이네, 성령에 고취되어 쓴 것이 아닙네, 뭐 그런 이야기를 하면 나에게 오너라. 우리 그 문제에 관해 함께 말해 보자꾸나. 그렇게 할 거지?"

"예, 아저씨. 하지만 분명 그 정도로 심하지는 않을 거예요."

"곧 알게 되겠지. 내 말 명심해라!"

교구 목사는 아직 집에 오지 않았다. 한스는 서재에서 그를 기다려야 했다. 금박을 입힌 책 제목들을 살펴보는 동안 그는 구둣방 주인의 말을 곰곰이 생각해 보았다. 교구 목사와 신식 사고를 지닌 성직자들에 대한 그런 식의 견해는 한스도 종종 들은 적이 있었다. 그러나 이제 자기 자신이 이런 일에 끼어들었다고 생각하자 그는 처음으로 긴장과 호기심을 느꼈다. 한스는 그런 것들이 구둣방 아저씨가 생각하는 것처럼 그렇게 끔찍하거나 중요하게 생각되지 않았다. 오히려 그 속에서 오래되고 위대한 비밀을 파헤칠 수 있을 것 같은 느낌이 들었다. 옛날에 학교에 다닐

땐 신의 편재(遍在)와 영혼이 머무는 것, 악마와 지옥에 관한 질
문들에 자극을 받아 종종 공상에 빠졌던 적이 있었다. 그러나 엄
격하게 절제하고 성실하게 지낸 몇 년 사이에 이런 것들은 모두
잠들어 버렸다. 그래서 학교에서 가르쳐 준 대로 배운 그의 그리
스도교 신앙은 오직 구둣방 주인과 대화를 나눌 때에만 가끔씩
되살아나 인격적인 생명력을 얻었다.

그는 구둣방 주인과 교구 목사를 비교하자 절로 미소가 지어
졌다. 혹독하고 신산한 세월을 보내며 얻은 구둣방 아저씨의 확
고한 믿음을 소년으로선 이해할 수가 없었다. 뿐만 아니라 플라
이크는 영리하긴 하지만 단순하고 편파적인 사람이라서, 경건
한 종교적 태도 때문에 많은 사람들에게 조롱을 받기도 했다. 슈
툰덴브루더들의 모임에선 형제들을 재판하는 엄격한 재판관으
로서 또 성경의 유능한 주해자로서의 역할을 맡았으며 마을들을
돌 때에도 기도 시간을 지켰지만, 그 외에는 보잘것없는 수공업
자요, 다른 모든 사람들처럼 편협했다. 그에 반해 교구 목사는
노련하고 언변이 좋은 사람으로, 설교자일 뿐 아니라 성실하고
엄정한 학자이기도 했다. 한스는 경외심을 품고 책들을 올려다
보았다.

곧 교구 목사가 집에 도착했다. 그는 프록코트를 벗고 가벼운
검정색 평상복으로 갈아입은 다음 학생에게 그리스어 판 누가복
음을 쥐어 주고는 소리 내어 읽어 볼 것을 권했다. 이번엔 라틴
어 시간과는 완전히 달랐다. 그들은 단 몇 문장만을 읽고 괴로울
정도로 단어 하나하나를 짚어 가며 문장을 번역했다. 그런 다음
선생은 몇 가지 짧은 예문을 통해 이 언어에 담긴 고유의 정신을

능숙하고 유창하게 풀어 나갔다. 그리고 이 복음서가 생성된 시대와 경위에 대해 설명하며 단 한 시간 만에 소년에게 배우고 읽는 것에 관한 완전히 새로운 개념을 심어 주었다. 한스는 구절구절, 그리고 단어와 단어에 어떤 수수께끼, 어떤 풀어야 할 문제들이 숨어 있는지, 옛날부터 수천 명의 학자와 사상가와 연구가들이 이 문제를 두고 얼마나 노력을 해 왔을지 조금은 알 것 같았다. 그리고 이 시간 만큼은 한스 자신도 진리 탐구자의 일원으로 받아들여진 것 같은 느낌이 들었다.

한스는 사전과 문법책을 빌려와 집에서도 쉬지 않고 저녁 내내 공부했다. 이제 그는 얼마나 많은 공부와 지식의 산을 쌓고 넘어야 진정한 학문 연구의 길이 열리는지 느낄 수 있었다. 그리고 그는 끝까지 밀고 가기로, 그 길을 가는 데 어떤 방해물도 상관하지 않기로 마음을 먹었다. 그러는 사이 구둣방 아저씨에 관한 생각은 뒷전으로 밀려났다.

몇날 며칠을 그는 이 새로운 학문을 익히는 데 몰두했다. 매일 저녁마다 교구 목사를 찾아갔다. 그런 다음 날이면 또 하루도 빠짐없이 진정한 학식을 쌓는 일이 더더욱 아름다우면서도 어렵고 노력할 만한 가치가 있는 일이라는 생각이 들었다. 이른 아침에는 낚시를 하러 갔고, 오후엔 헤엄을 치러 수영장이 있는 풀밭으로 갔다. 그 외에는 거의 집에서 나오질 않았다. 시험에 대한 불안감, 그리고 시험이 준 승리감 속에 잠겨 있던 입신양명에 대한 꿈이 다시 깨어나 그를 가만히 놔두질 않았다. 그러는 와중에 지난 몇 달 동안 무척이나 자주 느꼈던 특이한 감정이 다시 머릿속에서 왕성하게 움직이기 시작했다. 통증은 아니었다. 오히려

급속도로 맥박을 뛰게 하고 불끈불끈 힘이 솟게 만들며 성급하게 승리의 개가를 울리려는 충동, 서둘러 앞으로 나아가려는 격렬한 열망과 같은 것이었다. 그런 다음엔 어김없이 두통이 찾아왔지만, 이 미열이 나는 두통이 지속되는 동안은 폭풍우가 몰아치듯 독서도 공부도 모두 술술 진도가 나갔고, 그러고 나면 크세노폰의 가장 어려운 문장들, 다른 때 같으면 십오 분도 더 걸렸을 그 문장들을 갖고 놀듯이 읽을 수 있었다. 그럴 때면 거의 사전을 볼 필요조차 없었고, 예리해진 이해력을 동원하여 아주 어려운 페이지들도 날개를 단 것처럼 빠르고 즐겁게 넘어갈 수 있었다. 그러고 나면 고양된 학구열과 지식에 대한 갈증이 자랑스러운 자부심과 합쳐져 학교와 교사의 손을 떠나고 수업 과정을 마친 지 오래되어 이제 지식과 능력의 정점을 향해 자신만의 궤도를 걸어가고 있는 것만 같은 기분이 들었다.

그런 느낌이 지금 또다시 그를 찾아왔다. 이상하게 꿈은 선명한데 옅은 잠을 자게 되어 자주 깨어나는 일도 같이 찾아왔다. 밤에 가벼운 두통을 느끼며 잠에서 깨었다가 다시 잠을 이루지 못할 때면 어서 앞서 나가야 한다는 조바심이 그를 사로잡았다. 또 자신이 다른 아이들보다 얼마나 앞서 있는지, 교사들과 교장이 일종의 존경과 나아가 경탄해 마지않는 눈길로 자신을 바라보던 장면을 생각할 때면 주체할 수 없는 자부심이 몰려왔다.

교장은 자신이 일깨워 준 이 아름다운 입신양명의 꿈을 잘 이끌어 주고, 또 그 꿈이 자라는 걸 보는 것이 내심 그의 낙이었다. 교사를 두고 정 없고 고루하며 영혼이 없는 소인배라고 말하지 마라! 오, 천만의 말씀. 교사는 오랫동안 아무리 자극을 주어도 드러나지 않던 어린아이의 재능을 밖으로 드러내어 보이고, 소년이 나무칼이나 새총, 활 또는 다른 유치한 놀이를 버리고 자신의 뜻을 세우고자 노력하기 시작하는 것, 그리하여 통통한 뺨에 거칠게 행동하던 철부지 소년에서 벗어나 진지한 자세로 학업에 임함으로써 섬세하고 진지하며 거의 금욕적인 소년이 되는 것, 그 소년의 얼굴이 더 성숙하고 더 이지적으로 변하고 그의 시선이 더욱 깊어지고 목적을 향해 더욱 꿋꿋해지고 그의 손이 더 희고 차분해지는 걸 보면, 교사의 영혼은 기쁨과 자부심에 뿌듯한 미소를 짓게 된다. 교사의 의무와 국가가 교사에게 위임한 소명은 어린 소년들 속에 있는 날것 그대로의 힘과 욕망을 제어하고 근절시키는 것, 그리하여 침착하고 절도 있으며 국가에서 공식적으로 인정한 최고의 도덕적 모범을 그 자리에 심는 것이다. 지금 만족스러운 시민이요, 공명심에 불타는 공무원들 중 많은 사람들이 이러한 학교의 수고가 없었다면 절제할 줄 모르고 질풍처럼 휘몰아 대는 개혁가가 되었거나 비생산적인 사념에 빠진 몽상가가 되었을 것이다.

소년들의 내면에는 뭔가 거칠고 무질서하고 교양을 갖추지 못한 어떤 것들이 있다. 이것이 우선 제거되어야 한다. 위험한 불꽃, 이것을 끄고 발로 불씨를 밟아 버려야 한다. 자연이 창조한 그대로의 인간은 뭔가 종잡을 수 없고 속을 들여다볼 수 없으며 위험한 존재이다. 이 존재는 알려지지 않은 미지의 산에서 터져 나온 물줄기요, 길도 질서도 없는 원시림이다. 그리고 원시림을 유용하게 쓰려면 나무를 잘라 터를 만들고 깨끗이 한 다음 강제로 구획 정리를 할 수밖에 없듯, 학교도 천연의 인간을 꺾어 버리고 정복하여 강제로 구획 정리를 하지 않으면 안 되는 것이다. 학교가 맡은 과제는 그런 자연 그대로의 인간을 윗선에서 인가한 원칙에 따라 사회에 유용한 손발이 되도록 만드는 것, 그리고 병영에서 엄선된 훈육을 받는 것이 온전한 교양을 쌓는 마지막 영예로운 과정이며, 그것이 그들의 고유한 특성이라는 것을 일깨워 주는 것이다.

꼬마 기벤라트는 얼마나 잘 자라 주었던가! 목적 없이 어슬렁거리거나 노는 건 혼자서 거의 알아서 그만두다시피 했고, 수업 시간에 멍청하게 웃는 행동은 찾아볼 수 없게 된 지 오래였다. 또 정원 손질이나 토끼 기르기, 번잡스러운 낚시질 역시도 어른들의 말을 따라 그만두었다.

어느 날 저녁, 교장이 직접 기벤라트네 집에 나타났다. 그는 기분이 좋아진 아버지를 정중하게 뿌리친 다음 한스의 방에 들어갔다가 책상에 앉아 누가복음을 읽고 있는 소년을 보았다. 교장이 한껏 다정하게 인사를 했다.

"잘하고 있구나, 기벤라트. 벌써부터 열심히 공부하는구나! 그런데 요즘엔 왜 그렇게 얼굴을 보기가 힘든 게냐? 매일 네가 올까 기다렸는데."

한스가 미안해 하며 말했다.

"진즉 찾아뵈려고 했었어요. 하지만 튼실한 물고기라도 한 마리 들고 가야겠다 싶었거든요."

"물고기? 무슨 물고기를 말하는 게냐?"

"그러니까, 잉어나 뭐 그런 거요."

"아, 그랬구나. 낚시를 다시 시작했나 보구나?"

“예, 그냥 조금요. 아버지가 허락해 주셨거든요.”

“음, 그래. 재미있니?”

“예, 그렇죠, 뭐.”

“대단하구나, 아주 대단해. 고생했으니 방학을 실컷 즐겨야지. 그렇다면 지금 뭘 더 배우고 싶은 마음은 별로 없을 것 같구나.”

“아, 아닙니다. 교장 선생님. 물론 더 배워야지요.”

“네가 하고 싶지 않다면, 아무것도 강요하고 싶지 않구나.”

“당연히 하고 싶습니다.”

교장은 몇 번 심호흡을 하며 얇은 수염을 쓰다듬었다. 그러곤 의자에 앉아 이렇게 말했다.

“있잖니, 한스야. 이 이야기를 하는 이유는 말이다. 내가 오래 경험을 하고 보니까, 학생들이 시험을 아주 잘 본 직후에 갑자기 성적이 뚝 떨어지는 일이 잦더구나. 신학교에 들어가면 새로운 많은 과목에 적응해야 한단다. 그래서 많지는 않지만 방학 중에 선행 학습을 하고 들어오는 학생들도 항상 있었단다. 좋은 성적을 거두지 못한 학생들이 종종 그렇게 하곤 하지. 그러고 나면 뒤에 처져 있던 이 아이들이 방학 내내 승리의 월계관을 쓰고 자만했던 아이들을 발판 삼아 갑자기 위로 치고 올라가게 된단다.”

교장이 다시 한숨을 쉬었다.

“여기서는 네가 어렵잖게 늘 일등을 차지할 수 있었지만 신학교에 가면 너는 다른 학교 친구들, 순전히 재능을 타고났거나 아주 열심인 아이들과 맞닥뜨리게 될 게다. 그런 친구들을 넘어서는 게 그렇게 만만치가 않단다. 무슨 말인지 알겠니?”

“아, 예.”

“그래서 너한테 이번 방학에 예습을 좀 해 두면 어떨까 제안하려고 했었단다. 물론 적당히 해야지! 너는 충분히 쉬어야 할 권리와 의무가 있으니까. 내 생각엔 그저 하루에 한 시간 내지 두 시간이면 적당하지 않을까 싶다. 그렇게 하지 않으면 궤도에서 벗어나기 쉽고, 나중에 다시 만회하려면 몇 주나 더 필요하게 되지. 네 생각은 어떠냐?”

“저는 그렇게 할 마음의 준비가 충분히 되어 있습니다, 교장 선생님. 이렇게까지 호의를 베풀어 주시는데…….”

“좋다. 신학교에 들어가면 히브리어 다음으로 특히 호메로스가 새로운 세계를 보여 줄 거야. 이제 기초를 튼튼히 쌓게 되면 두 배로 더 즐겁게, 그리고 그만큼 호메로스를 더 잘 이해하며 읽게 될 거다. 호메로스의 언어는 고대 이오니아 지방 방언으로, 호메로스풍의 운율과 더불어 아주 독특하고 또 아주 독자적인 데가 있어. 그래서 이 문학 작품을 제대로 즐기려는 수준까지 가려면 열심히 공부하고 철저하게 파고드는 자세가 요구되지.”

물론 한스는 기꺼이 이 새로운 세계 역시도 뚫고 나아갈 마음의 준비가 되어 있었고, 최선을 다하기로 약속했다. 그러나 예기치 않은 일은 나중에 오는 법이다. 교장이 헛기침을 한 번 하고는 친절하게 이야기를 계속했다.

“솔직히 말하자면 난 네가 수학에도 몇 시간 투자할 마음이 있다면 좋겠구나. 너는 산수는 잘하지만, 수학에선 지금까지 어쨌든 너의 장점을 십분 발휘하진 못했잖니. 신학교에 가면 대수학과 기하학을 시작하게 될 게다. 그러니 미리 준비하는 차원에서 수업을 좀 받는 것이 아무래도 적절할 것 같구나.”

“잘 알았습니다, 교장 선생님.”

“우리 집에 오는 건 언제나 환영이다, 이미 잘 알고 있겠지만. 네가 유능한 인물이 되는 걸 보는 건 나의 당연한 임무란다. 그런데 수학은 네가 직접 아버지에게 부탁드려서 교수님 댁에서 개인 교습을 받는 게 좋겠다. 일주일에 아마 서너 번 정도면 괜찮겠구나.”

“잘 알겠습니다, 교장 선생님.”

이제 공부의 꽃이 다시 활짝 폈다. 그리고 한 시간씩 낚시를 하러 가거나 산책을 하러 갈 때마다 한스는 양심의 가책을 느꼈다. 평소 즐기던 수영 시간은 헌신적인 수학 교사가 수업 시간으로 결정해 버렸다.

대수학 시간은 아무리 열심히 해도 즐겁지가 않았다. 한창 더운 오후에 강가의 풀밭으로 나가는 대신 교수의 무더운 연구실에 들어가, 모기가 앵앵대고 매캐한 먼지 냄새가 나는 공기를 들이마시며 졸린 머리와 건조한 목소리로 에이 플러스 비, 에이 마이너스 비를 되뇌는 건 혹독한 일이었다. 그러면 뭔가 마비시키는 어떤 것, 극도로 사람을 내리누르는 듯한 어떤 것이 공기 중에 감돌았고, 날씨라도 나쁜 날이면 이것은 암담함과 절망감으로 바뀌기도 했다. 수학은 그에게는 묘한 과목이었다. 그는 수학과 담을 쌓거나, 수학이 불가능하다고 간주되는 부류의 학생은 아니었다. 종종 훌륭하고 멋진 해답을 찾아내기도 했고 그럴 때면 거기서 기쁨을 느끼기도 했다. 그는 수학이 변칙이나 속임수가 없고, 주제를 벗어나거나 속임수를 쓰는 샛길에 빠져 헤맬일이 없다는 것이 마음에 들었다. 같은 이유에서 라틴어도 아주 좋아했다. 이 언어는 분명하고 확실하며 명백했고, 이걸까 저걸까 의심할 것이 거의 없었던 것이다. 하지만 계산의 경우 답이 전부 맞는다 해도 사실 거기서 뭔가 만족할 만한 건 아무것도 나오지 않았다. 한스는 수학 공부와 수업이 마치 밋밋한 국도를 타고 떠나는 도보 여행 같이 여겨졌다. 계속해서 앞으로 나아가는 것이 그랬고, 날마다 어제까지는 이해하지 못했던 것을 오늘은 이해하게 되는 것이 그랬다. 그러면서도 갑자기 먼 곳까지 시야를 확 터 주는 산 위엔 결코 다다르지 못하는 것이 그랬다.

이에 비해 교장과의 수업은 좀 더 활기를 띠었다. 물론 싱싱한 젊음이 묻어나는 호메로스의 언어를 다루는 교장에 비해 변종된 그리스어 신약 성경을 가르치는 교구 목사가 그 속에서 언제나 훨씬 더 매력적이고 장엄한 어떤 면을 뽑아내긴 했다. 하지만 결론적으로는 그래도 호메로스였다. 호메로스는 초반에 어려움을 극복하고 나자 곧이어 놀라움과 즐거움이 솟구쳐 올라 억제할 길 없이 계속 빨려 들어가게 했다. 종종 운율은 신비롭고 아름다운데 이해하기 어려워 조바심을 내고 긴장하게 만드는 시구(詩句)를 대할 때가 있었다. 그러면 그는 조용하고 경쾌한 정원으로 들어가는 문을 열어 주는 열쇠를 찾으려고 서둘러 사전을 찾지 않고는 못 배겼다.

이제 다시 숙제가 많아졌다. 그래서 그는 저녁에 다시 책상머리에 앉아 늦은 밤까지 과제와 씨름할 때가 많았다. 아버지 기벤라트는 열심히 공부하는 아들의 모습을 자랑스럽게 바라보았다. 그의 둔한 머릿속에도 수많은 고루한 사람들이 갖고 있는 이상, 즉 자신의 혈통에서 나온 가지 하나가 자신을 넘어 높이, 그가 숨도 제대로 못 쉴 정도로 존경심을 갖고 우러러보았던 높은 곳까지 성장하는 걸 보리라는 이상이 어렴풋하게 자리 잡고 있었다.

방학 마지막 주, 교장과 교구 목사는 또다시 갑작스럽게 눈에 띄게 온화하고 살뜰해졌다. 그들은 소년을 산책하러 보내 주는가 하면, 수업을 중단하고는 새로운 궤도에 들어설 때 생생하게 체력을 보강하여 들어가는 것이 얼마나 중요한지를 강조했다.

한스는 몇 번 더 낚시질을 하러 갔다. 그러나 머리가 아파 제대로 낚시에 주의를 기울이지 못하고 푸르게 빛나는 초가을 하늘이 비친 강기슭에 앉아 있을 때가 많았다. 대체 왜 그렇게 설레는 마음으로 여름 방학이 오기를 기다렸었는지 스스로도 의아했다. 지금은 방학이 지나가고 전혀 다른 삶과 배움이 시작될 신학교에 들어간다는 것이 오히려 기쁨으로 다가왔다. 이제는 낚시질이 대수롭지 않았기 때문에 고기도 거의 잡지 못했다. 아버지가 그런 그를 보고 한 번 농담을 하자 그는 더 이상 낚시를 하지 않고, 낚싯줄을 다시 다락방의 벽장 속에 넣어 버렸다.

마지막 며칠을 남겨 두었을 때 그는 불현듯 몇 주 동안이나 구둣방 플라이크에게 가 보지 않은 것이 생각났다. 더 늦기 전에 그에게 다녀와야 한다는 생각이 계속 그를 쫓아다녔다. 저녁이어서 구둣방 주인은 작은 아이를 무릎에 앉히고 거실 창가에 앉아 있었다. 창문을 열어 두었는데도 가죽과 구두약 냄새가 온 집

안에 진동했다. 한스는 어색해 하며 아저씨의 딱딱하고 넓적한 오른손을 잡고 악수를 했다. 아저씨가 물었다.

"그래, 잘 지내고 있었냐? 교구 목사에겐 부지런히 다녔고?"

"예. 날마다 가서 많은 걸 배웠어요."

"뭘 그렇게 배웠냐?"

"주로 그리스어였지만 그 외에 이런저런 것들도 배웠어요."

"나한테는 영 오고 싶지 않았나 보구나?"

"벌써부터 오고 싶었죠, 플라이크 아저씨. 그런데 그럴 수가 없었어요. 교구 목사님 댁에서 매일 한 시간씩, 교장 선생님 댁에서 매일 두 시간씩, 그리고 일주일에 네 번씩 수학 선생님께도 가야 했거든요."

"지금, 이 방학 중에 말이냐? 말도 안 되는 일이다!"

"저도 모르겠어요. 선생님들이 그렇게들 생각하셨거든요. 그리고 배우는 거야 저에겐 어려운 일이 아니니까요."

"그렇긴 하겠지."

플라이크는 그렇게 말하고는 소년의 팔뚝을 잡았다.

"배우는 거야 탓할 게 없겠지. 하지만 이 가느다란 팔뚝은 어떡할 거냐? 얼굴은 또 왜 이렇게 야위었어. 아직도 두통은 여전하고?"

"가끔씩만 그래요."

"이건 말도 안 되는 일이다, 한스야. 이건 죄악이다. 네 나이엔 규칙적으로 바깥 공기를 쐬고 운동도 하고 자기 몸에 맞게 휴식도 취해야 하는 법이다. 방학이 대체 왜 있는 것이더냐? 방 안에 틀어박혀서 계속 공부나 하라고 있는 건 아닐 게다. 이 꼴이 뭐냐, 완전히 뼈하고 가죽밖에 안 남았네!"

한스가 웃음을 터뜨렸다.

"하긴, 너야 잘 이겨 내겠지만. 하지만 지나친 건 지나친 거다. 그런데 교구 목사님하고 공부한 것 말이다, 어땠냐? 무슨 말씀을 하시던?"

"말씀이야 여러 가지를 해 주셨죠. 하지만 나쁜 건 전혀 없었어요. 정말 무지무지하게 아는 게 많은 분이시더라고요."

"성경을 업신여기는 이야기는 전혀 없었단 말이냐?"

"예, 단 한 번도요."

"그거 다행이구나. 내가 해 주고 싶은 말이 있었거든. 영혼을 해치는 것보다 차라리 육신이 열 번 망가지는 게 낫다! 너는 나중에 목사가 될 사람이다. 목사가 된다는 건 훌륭하고 또 힘든 사명이란다. 그런 사명을 담당하려면 대부분의 젊은이들과는 다른 사람이 필요하지. 아마도 너는 그럴 만한 적임자일 게다. 훗날 너는 영혼의 조력자요, 선생이 되겠지. 그렇게 되기를 진심으로 빌고 또 그것을 위해 기도하마."

플라이크는 자리에서 일어나 양손으로 힘주어 소년의 어깨를 잡았다.

"잘 지내라, 한스야. 그리고 항상 착하게 살아라! 주여, 한스를 축복하시고 지켜 보호하여 주시옵소서, 아멘!"

엄숙함과 기도, 표준어 구사 때문에 소년은 가슴이 답답하게 옥죄는 것 같았고 괴로웠다. 교구 목사는 헤어질 때 그런 식의 말은 한 마디도 해 주지 않았었다.

남은 며칠은 새 학기 준비와 작별 인사를 하느라 빠르고 부산스럽게 지나갔다. 침구류와 옷가지들, 속옷과 책을 넣은 상자는 이미 보낸 터라 여행 가방만 꾸리면 되었다. 선선한 아침 공기를 가르고 아버지와 아들은 마울브론을 향해 출발했다. 고향을 떠나고 또 아버지 집을 벗어나 멀리 낯선 학교 시설로 들어간다고 생각하니 기분이 이상하기도 하고 우울하기도 했다.

❦ 제3장 ❦

　주의 북서쪽, 숲이 우거진 언덕과 고요하고 작은 호수 사이에 커다란 시토 교단의 마울브론 수도원이 위치하고 있었다. 오래되고 아름다운 수도원 건물들은 규모가 크고 견고했으며 잘 보존된 모습으로 우뚝 서 있었다. 주거지라고 해도 매혹적인 곳으로 꼽힐 것처럼 보였다. 안팎이 모두 화려한 데다 수백 년 동안 고요하고도 아름다운 주변의 녹색 경관과 보조를 맞추어 기품 있으면서도 친밀감 있게 규모를 키워 왔기 때문이었다. 수도원을 방문하려는 사람은 높은 담장에 뚫린 그림 같이 아름다운 문을 통과하여 넓고 고즈넉한 광장으로 들어서게 된다. 광장엔 분수가 물을 뿜고 있고, 자못 근엄해 보이는 고목들이 서 있다. 광장 양옆으로는 오래되고 견고한 석조 건물들이 있고, 후기 로마네스크 양식의 현관홀이 딸린 주예배당의 정면이 광장의 배경을 이루는데, '파라다이스'라고 하는 이곳은 비할 데 없이 우아하고 매혹적인 아름다움을 자랑한다. 거대한 교회 지붕 위엔 바늘처럼 뾰족하고 우스꽝스러운 작은 종탑이 걸터앉은 듯 세워져 있는데, 그 탑을 보고 있노라면 어떻게 종을 매달고 있는지 이해하기 힘들 정도이다. 잘 보전된 십자로(十字路)는 그 자체로 하나의 아름다운 작품이고, 분수대가 있는 멋진 예배당을 보석처럼 품고 있다. 그리고 십자형 둥근 천장*이 있는 성직자 식당과 넓은 기도실, 수도사들의 회의실, 평신도 식당, 대수도원장의 관저, 그리고 두 개의 교회가 연이어 몰려 있다. 그림 같은 담장과 들창, 출입문들, 작은 정원, 물레방아, 주택들이 오래되고 육중한 건축물들을 아늑하고 화사하게 화환처럼 둘러싸고 있다. 넓은 앞쪽 광장은 고즈넉하고 아무것도 없어서 흔들리는 나무 그림자와 꿈결에 함께 놀고 있는 것처럼 보이지만, 단 점심시간 뒤 한 시간 동안만은 얼핏 생동감 넘치는 기운이 깃드는 것처럼 보이기도 한다. 한 무리의 젊은이들이 수도원에서 몰려나와 넓은 광장 여기저기에 흩어져 잠시 몸을 움직이거나 큰 소리로 이름을 불러 대기도 하고 대화를 나누거나 소리 내어 웃기도 했던 것이다. 그리고 공놀이도 조금 하다가 휴식 시간이 다 되면 순식간에 담장 뒤로 흔적도 없이 사라진다. 이 광장을 찾은 많은 사람들은 진즉부터 이곳이 훌륭한 삶을 살게 해 주고 기쁨을 줄 수 있는 장소라고, 여기선 분명 생동감 있고 행복을 주는 무엇인가가 성장할 수 있으며, 성숙하고 선량한 인간들이 그들이 기뻐하는 사

---

*십자형 둥근 천장 : 교차 궁륭. 같은 크기인 두 개의 궁륭(아케이드)을 서로 교차시킨 형태의 건축 양식에서 볼 수 있는 둥근 십자형 천장.

상을 키우고, 아름답고 쾌활한 작품을 창작할 수 있을 것이라고 생각했다. 그리하여 오래전부터 사람들은 세상으로부터 멀리 떨어져 겹겹의 언덕과 숲 뒤에 숨겨져 있는 이 장엄한 수도원을 신교의 교리를 가르치는 신학교의 학생들을 위해 비워 주었다. 감수성이 예민한 젊은이들이 아름다움과 고요함에 둘러싸여 지낼 수 있도록 하기 위해서였다. 더불어 이곳에선 젊은이들이 그들의 정신을 분산시키는 도시 생활과 가정사의 영향에서 벗어나, 일상적인 삶에서 접하게 되는 해로운 구경거리에서 멀찍이 떨어져 보호를 받게 된다. 이것을 위해 수도원에선 젊은이들이 수년 동안 부수 과목들과 더불어 히브리어와 그리스어를 공부하는 것을 진지한 삶의 목표로 생각하도록 만들고, 잡다한 것에 대한 젊은 영혼들의 갈증을 순수하고 이상적인 학문을 연구하고 향유하는 쪽으로 돌려놓는다. 이외에 중요한 요소로서 기숙사 생활과 자기 수련, 그리고 소속감을 들 수 있다. 이를 위해 신학생들의 생활과 학업에 필요한 경비를 지원하는 재단에선 생도들이 훗날 언제라도 그들을 식별할 수 있는 특별한 정신의 소유자가 되는 데 온 힘을 기울였다. 그것은 일종의 섬세하면서도 확실한 낙인과도 같아서, 어쩌다 튕겨져 나가는 거친 학생들을 제외하고는 이 슈바벤 지방 신학교 출신의 사람들은 모두 평생 동안 그런 특별한 정신의 소유자라는 인식을 갖고 살아간다.

수도원 신학교에 입학할 때 어머니가 있었던 사람은 그날을 기억할 때마다 평생토록 감사하는 마음과 감동 어린 미소를 짓게 된다. 한스 기벤라트는 이 경우에 해당하지 않아 이렇다 할 큰 감동 없이 그 시간을 견디었지만, 그래도 처음 보는 많은 어머니들을 살펴볼 수 있었고 거기서 독특한 인상을 받았다.

일명 '공동 침실'이라고 불리는, 빼곡하게 벽장들이 들어찬 커다란 복도를 따라 여기저기 상자와 바구니들이 늘어져 있었고, 부모님과 함께 온 소년들은 가져온 짐을 풀고 일곱 가지 소지품을 꺼내느라 분주했다. 소년들은 각자의 번호가 적힌 사물함을 배정 받았고, 학습실에선 자신의 번호가 적힌 서가를 하나씩 배정 받았다. 아들과 부모가 모두 바닥에 무릎을 꿇고 앉아 짐을 풀고 있었고, 그 사이로 조교가 영주라도 된 듯 오가며 이 사람 저 사람에게 호의 어린 조언을 해 주었다. 가방에서 꺼낸 겉옷은 펼쳐 놓고, 속옷은 개켜 놓아야 했으며, 책은 차곡차곡 쌓아 놓고, 부츠와 실내화는 줄을 딱딱 맞춰 놓아야 했다. 소년들이 챙겨 온 소지품은 누구랄 것 없이 모두 똑같았다. 지참해야 할 최소한의 내의 가짓수와 나머지 기본적인 소지품이 정해져 있었기 때문이다. 소년들은 이름을 새겨 넣은 양은 세숫대야를 꺼내어 세면장에 놓고 거품용 해면과 비눗갑, 빗, 칫솔을 그 곁에 나란히 놓았다. 소지품은 여기서 그치지 않았다. 등잔과 석유통, 식사 도구도 각자 준비해 와야 했다.

소년들은 모두들 괜스레 더 분주하고 흥분한 듯 보였다. 아버지들은 미소를 지으며 함께 도와주려고 하다가, 종종 회중시계를 꺼내어 보며 무척이나 지루해 했고 슬그머니 자리를 뜨려는 사람도 있었다. 헌신적으로 움직이는 건 어머니들의 몫이었다. 그들은 겉옷과 속옷을 하나씩 손에 들고 탁탁 쳐 가며 주름을 없앤 다음, 속옷에 달린 끈들을 잡아당겨 바로잡아 놓았다. 그러곤 꼼꼼하게 시범을 보이며 옷가지를 가능한 한 정갈하고 쓰기 편하게 분류하여 옷장 안에 넣어 주었다. 사이사이마다 경고의 말과 조언과 정감 어린 말들도 섞여 들어갔다.

"새 내복은 특별히 아껴 입어야 한다. 3마르크 50페니히나 주고 산 거야."

"빨랫감은 한 달에 한 번씩 기차 편으로 보내렴. 급할 땐 우편으로 보내고. 검정색 모자는 주일에만 써라."

뚱뚱하고 푸근하게 생긴 한 부인은 높은 상자 위에 앉아 아들에게 단추 다는 법을 가르쳐 주고 있었다.

어딘가에선 이런 말도 들려왔다.

"집 생각이 나거든 언제든 엄마한테 편지 해. 얼마 안 있으면 곧 크리스마스인걸, 뭐."

아직 꽤 젊은 아름다운 한 부인은 그득 채워 놓은 아들의 사물함을 살펴보며 속옷더미와 상의와 바지들을 애정 어린 손길로 쓰다듬었다. 그러고는 이번엔 어깨가 떡 벌어지고 볼에 살이 오른 아들을 쓰다듬기 시작했다. 아들은 부끄러워하며 어머니의 손길을 거부하고 웃었다. 그러곤 정을 내비치기 싫었는지 양손을 바지 주머니에 찔러 넣었다. 아들보다 어머니가 헤어지기 더 힘들어 하는 것 같아 보였다.

다른 소년들의 경우는 정반대였다. 아무 행동도 않고 어쩔 줄 모르며 자기 어머니가 바쁘게 움직이는 모습을 바라보고 있었는데, 그 모습이 마치 어머니와 다시 집으로 돌아갔으면 정말 좋겠다고 말하는 듯이 보였다. 그러나 모두들 이별에 대한 두려움과 점점 더 끓어오르는 애정과 애착을 느끼면서도 주변의 눈이 부끄럽다는 생각, 처음으로 남자다운 담대하고 기품 있는 모습을 보여야 한다는 생각과 힘겹게 씨름하는 분위기였다. 많은 소년들이 마음 같아선 엉엉 울고 싶은 심정이었지만, 짐짓 무심한 표정을 짓고는 아무렇지도 않은 듯 행동했다. 그런 모습에 어머니들은 미소를 지었다.

거의 모든 학생들이 필수품 이외에도 상자에 챙겨 온 조그만 사과 한 자루나 훈제 소시지, 작은 빵 바구니와 그런 비슷한 류의 몇 가지 사치품들을 꺼냈다. 스케이트를 챙겨 온 아이들도 많았다. 키가 작고 꾀가 많아 보이는 한 아이는 햄 덩어리를 통째 갖고 있었는데, 그걸 애써 감추려는 기색도 없어 아이들의 눈길을 끌었다.

학생을 보면 집에서 곧바로 온 아이와 이미 시설이나 기숙 학교에서 생활하다 온 아이를 쉽게 구별할 수 있었다. 그러나 그런 학생들에게서도 들뜨고 긴장한 모습이 그대로 드러났다.

기벤라트 씨는 명석하고 노련하게 아들이 짐 푸는 걸 도와주었다. 그는 다른 사람들에 비해 일찌감치 짐 푸는 걸 마치고 지루해 하며 한스와 함께 하릴없이 공동 침실을 한동안 어슬렁거리며 돌아다녔다. 그러다가 사방에서 아들에게 주의를 주며 가르침을 주는 아버지들과 위로와 조언을 아끼지 않는 어머니들, 그리고 먹먹한 심정으로 귀를 기울이고 있는 아들들의 모습을 보자, 그 자신도 아들의 인생길에 도움이 될 몇 가지 이야기를 하는 것이 합당하다는 생각을 하게 되었다. 그는 오랫동안 고심한 끝에 어색한 표정을 하곤, 조용히 서 있는 아들에게 슬금슬금 다가갔다. 그러곤 갑자기 작정한 듯 관용구들을 마구 쏟아 놓았다. 마치 엄숙한 관용구만 모아 놓은 선집을 샅샅이 뒤적여 보이는 것 같았다. 한스는 놀라서 아버지의 말을 잠자코 듣고 있었다. 그러다 옆에 서 있던 어떤 목사가 아버지의 연설을 재미있게 들으며 웃음 띤 얼굴로 바라보자, 그만 창피해져서 연설 중인 아버지를 옆으로 끌어당겼다.

"그러니까 말이다, 너는 우리 가문의 명예를 빛낼 인물이다, 알겠지? 그리고 윗분들 말씀도 잘 들을 거지?"

"예, 그럼요."

한스가 말했다.

아버지는 이제 입을 다물고 한결 가벼워진 마음으로 숨을 내쉬었다. 그는 이제 지루해지기 시작했다. 한스도 괜히 시간만 허비하는 것 같아 답답해 하며 호기심 어린 눈길로 창밖의 고요한 십자로를 내려다보았다. 십자로는 은둔자와 같은 고풍스러운 기품과 고요함이 감돌아 위쪽의 떠들썩한 젊은이들의 활기와 묘한 대조를 이루고 있었다. 한스는 또 아직은 잘 모르지만 바쁘게 움직이고 있는 친구들을 수줍어하며 살펴보기도 했다. 전에 슈투트가르트에서 만났던 그 괴핑엔 출신의 아이는 세련된 라틴어 실력에도 합격하지 못한 것 같았다. 아무튼 어디를 살펴보아도 한스의 눈에는 보이지 않았다. 이 생각도 잠시, 이제 그는 앞으로 함께하게 될 동급생들을 살펴보았다. 아이들이 가져온 물건들은 종류와 개수는 같았지만 시골 출신과 도회지 출신, 가난한 사람들과 부유한 사람들을 쉽게 구분할 수 있었다. 물론 부유층의 자제가 신학교에 들어오는 경우는 드물었다. 부모가 보다 깊은 분별력이나 자부심에서 그렇게 하기도 했고, 자녀의 재능 때문에 그렇게 하기도 했다. 그러나 아무튼 교수와 고위 관료들 가운데는 자신의 수도원 시절을 추억하며 자녀들을 마울브론으로 보내는 사람들이 많았다. 그래서 마흔 벌의 검정색 상의 사이에도 천과 재단에 따라 다양한 차이가 있었고 또한 몸가짐과 사투리, 태도에선 훨씬 더 많은 차이를 보였다. 팔다리가 뻣뻣하고 바짝 마른 슈바르츠발트 출신의 아이들이 있는가 하면, 밀짚 같이 밝은 금발에 입이 크고 활기가 넘치는 고산 지대 출신의 아이들, 행동 방식이 자유롭고 쾌활하며 움직임이 많은 저지대 출신의 아이들, 코가 뾰족한 장화를 신고 나름 많이 순화된 사투리를 쓰는 세련된 슈투트가르트 출신 아이들도 있었다. 이 꽃다운 청춘들 중 대략 오분의 일 정도가 안경을 쓰고 있었다. 그중 한 명은 약골에다 우아해 보이기까지 하는 슈투트가르트 출신의 마마보이였다. 그는 뻣뻣하고 세련된 펠트 모자를 쓰고 품격 있게 행동했지만, 그 낯선 장식품 때문에 거친 동급생들의 심기를 건드려 훗날 비웃음과 폭행을 당하게 될 거라고는 꿈에도 생각지 못했다. 세심한 사람이라면 이 한 무리의 겁먹은 소년들이 주에서 선발된 훌륭한 면모를 여실히 드러내 보이고 있다는 걸 알아차렸을 것이다. 멀리서 보아도 뉘른베르크식 주입 교육*을 받은 걸 알 수 있는 평균적인 두뇌의 소유자들이 있는가 하면, 매끈한 이마 뒤에 보다 높은 삶에 대한 이상이 아직 절반은 꿈에 잠겨 있는 부드러운 성품, 또한 반항적이고 심지가 굳은 성품의 소년

---

*뉘른베르크식 주입 교육 : 일명 뉘른베르크의 깔때기 교육법이라고 한다. 뉘른베르크의 시인 하르트되르퍼가 6시간만에 속성으로 시학을 공부하는 교육법을 창안한 데서 유래한 것으로, 어마어마한 주입식 교육의 대명사처럼 쓰인다.

들도 없지 않았다. 아마도 저 영특하고 고집 있는 슈바벤의 두뇌들 가운데에는 시간이 흐르면서 넓은 세상의 한가운데로 돌진하여 그들이 지닌 조금은 메마르고 고집스러운 사상을 강력한 새로운 체계의 중심 사상으로 만드는 인물이 한두 명쯤 나올 것이다. 슈바벤이라는 곳은 잘 교육된 신학자들을 세상에 내놓을 뿐 아니라 자부심을 갖고 전통적으로 철학적인 사유를 어렵잖게 구사하는 곳으로서, 이미 주목받는 예언가나 이교적 논리를 주장하는 사람들이 여러 차례 이 지역에서 나온 바 있었다. 그래서 이 비옥한 땅은 정치적으로 위대한 전통에선 한참 뒤쳐져 있지만, 적어도 신학과 철학이라는 정신적인 영역에선 변함없이 세상에 확고한 영향력을 행사하고 있는 것이다. 아울러 민초들 사이에서도 옛날부터 아름다운 형식과 몽환적인 운문을 즐기는 풍토가 자리 잡고 있어, 가끔 제법 괜찮은 대열에 속하는 시인이나 작가가 배출되기도 한다.

마울브론 신학교의 시설과 관례는 겉으로 보아선 슈바벤 풍의 색채가 전혀 없는 것 같았다. 오히려 수도원 시절의 잔재인 라틴어 명칭과 함께 고전주의 풍으로 단장한 표지들이 많이 부착되어 있었다. 생도들에게 배정된 방의 명칭도 '포룸', '헬라스', '아테네', '스파르타', '아크로폴리스'였고, 가장 작은 마지막 방은 '게르마니아'였다. 이것을 보면 이곳 수도원 사람들이 게르만 족의 현재에서 벗어나 가능한 한 그리스 로마 시대라는 이상형에 다가가고자 하는 의도가 드러나 보이는 듯했다. 그러나 이것 역시도 표면적으로만 그랬을 뿐, 실제로는 히브리어 명칭이 더 잘 맞았을지도 모른다. 그래서인지 우연치고는 재미있게도

‘아테네’ 방엔 이를 테면 마음이 넓고 말솜씨가 좋은 아이들이 아니라 반듯한 샌님 같은 아이들 몇 명이 입실하게 되었고, ‘스파르타’ 방에는 군대풍이나 금욕적인 성향이 아닌 명랑하고 사치스러운 임시 청강생들 몇 명이 살게 되었다. 한스 기벤라트는 아홉 명의 아이들과 함께 ‘헬라스’ 방에 배정되었다.

저녁이 되자 아홉 명의 친구들과 함께 서늘하고 아무 장식도 없는 공동 침실에 처음으로 들어와 배정 받은 좁은 학생용 침대에 눕자 한스는 기분이 아주 이상했다. 천장에 걸려 있는 커다란 석유램프의 불빛 아래에서 모두들 옷을 갈아입었고, 열 시 십오 분이 되자 조교가 와서 램프 불을 껐다. 이제 옆으로 나란히 세워진 침대에 한 명씩 누웠다. 두 개의 침대 사이마다 옷을 얹어 놓는 작은 의자가 한 개씩 있었다. 기둥엔 아침 기상 종을 잡아당기는 줄이 걸려 있었다. 소년들 중 두세 명은 벌써 서로 알게 되었는지 소심하게 몇 마디씩 속삭이며 수다를 떨더니 이내 조용해졌다. 다른 아이들은 서로 낯선 사이여서 모두들 답답한 심정으로 죽은 듯 조용하게 각자의 침대에 누워 있었다. 잠든 아이들 중 몇몇은 깊은 숨소리를 내고, 어떤 아이는 잠을 자면서 팔을 휘둘러 리넨 홑청이 부시럭거렸다. 아직 잠이 들지 못한 아이들은 아무 소리도 내지 않고 가만히 누워 있었다. 한스는 오랫동안 잠을 이루지 못했다. 그는 옆에 있는 친구들의 숨소리에 귀를 기울이고 있다가, 한참 뒤에 하나 건너 옆 침대에서 겁을 먹은 듯한 이상한 소리가 나는 걸 알 수 있었다. 거기에 누워 있는 한 친구가 이불을 머리끝까지 덮어쓰고 울고 있었던 것이었다. 먼 곳에서 들려오는 것 같이 나직한 그 흐느낌은 신기하게도 한스의 마음을 뒤흔들어 놓았다. 한스는 사실 고향에 대한 그리움 같은 것은 없었다. 그러나 집에 두고 온 작고 조용한 그의 방이 못내 아쉬웠다. 더불어 막연하기 만한 새로운 환경과 많은 동급생들에 대한 공포도 찾아왔다. 아직 자정이 채 안 된 시간이었지만, 이제 침실에 든 소년들 중 잠들지 않은 아이는 한 명도 없었다. 잠에 빠진 소년들이 줄무늬 베개에 뺨을 파묻고 나란히 누워 있었다. 슬퍼하던 아이나 반항적인 아이, 명랑한 아이, 소심한 아이 누구 할 것 없이 모두 달콤하고 깊은 휴식과 망각에 몸을 맡겼다.

오래된 뾰족지붕들과 종탑들, 들창, 고딕식 첨탑, 왕관 모양의 돌벽, 끝이 뾰족한 아치형의 회랑 위로 휘영청 창백한 반달이 떠 있었다. 달빛은 처마 돌림띠 장식과 횡목에서 머물렀다가 고딕 양식의 창과 로마네스크 양식의 문 위로 흘러내리는가 하면, 십자로의 커다랗고 고상한 분수대의 물받이 속에서 희미한 황금빛으로 빛나며 가늘게 떨기도 했다.

몇 가닥 노란 빛줄기와 달빛 몇 점이 헬라스 방에 난 세 개의 창을 뚫고 들어와 옛날에 수도사들에게 그랬듯, 잠자고 있는 소년들의 꿈 곁에 누워 이웃하듯 함께 머물렀다.

다음 날 예배당에서 엄숙한 입학식이 거행되었다. 교사들은 프록코트를 입고 서 있었고, 신학교 교장이 인사말을 했다. 학생들은 생각에 잠겨 의자에 앉아 경청하다가 뒤편 멀리 앉아 있는 부모님을 보려고 가끔 곁눈질로 뒤를 힐금거리곤 했다. 어머니들은 생각에 잠긴 듯 미소를 지으며 아들들을 바라보았다. 자세를 흐트러뜨리지 않은 채 교장의 연설에 귀를 기울이는 아버지들은 진지하고 단호해 보였다. 그들의 가슴은 자부심과 기특한 마음, 근사한 희망으로 벅차올랐다. 그들 중 누구도 오늘 여기에서 금전적 이득 때문에 자신의 아이를 판다고 생각하는 사람은 없었다. 마지막으로 학생들이 차례로 한 명씩 호명되었고, 호명된 학생들은 앞으로 나가 교장과 악수를 나누고 학생으로서 의무를 부여 받았다. 이로써 그들은 처신만 잘하면 삶이 끝나는 날까지 국가 차원의 보호를 받고 생계를 보장 받게 된 것이다. 그런 혜택은 가만히 앉아서 그냥 얻을 수 있는 것이 아니었다. 하지만 그런 생각을 하는 아이들은 한 명도 없었으며 그건 아버지들도 마찬가지였다.

학생들에게는 어머니, 아버지와 작별을 고해야 하는 순간이 훨씬 더 진지하게 마음을 울리며 다가왔다. 부모들 중 일부는 걸어서, 또 일부는 역마차에 올라타고, 나머지는 서둘러 가까스로 이런저런 교통수단에 몸을 싣고 뒤에 남겨진 아들들의 시야에서 사라졌다. 그러고도 여전히 온화한 9월의 공기를 가르고 나부끼는 손수건의 행렬이 이어지다가, 마침내 길 떠나는 이들의 모습이 숲 속으로 사라지자 아들들은 말없이 생각에 잠겨 수도원으로 되돌아 왔다.

"자, 이제 부모님들은 떠나셨다."

조교가 말했다.

이제 아이들은 서로 안면을 트고 사귀기 시작했다. 우선은 같은 방 친구들끼리 사귀었다. 아이들은 잉크병에다 잉크를 채웠고 램프에 기름을 채워 넣었다. 그리고 책과 공책을 정리한 다음 새 공간에 익숙해지려고 노력했다. 서로 호기심 어린 눈길로 바라보다가 대화를 나누기 시작했다. 고향과 지금까지 다닌 학교에 관해 묻기도 했고, 너나 할 것 없이 진땀을 흘렸던 주 시험을 떠올리기도 했다. 각 책상 주위로 무리지어 수다를 떠는 아이들이 생겼고, 여기저기서 벌써부터 낭랑한 웃음소리가 터져 나오기도 했다. 그리고 저녁이 되자 이미 같은 방 친구들은 함께 배를 타고 여행한 승객들보다 서로를 훨씬 더 잘 알게 되었다.

한스와 함께 헬라스 방에서 지내게 된 아홉 명의 친구들 가운데 네 명은 개성이 강했고, 나머지는 대체로 순하고 평범한 친구들에 속했다. 우선 그 네 명 중 한 명으로 오토 하르트너가 있었다. 슈투트가르트 출신 교수의 아들인 그는 재능 있고 침착하며 자신감에 차 있었다. 행동거지도 나무랄 데가 없었다. 넓은 어깨에 늠름한 기상이 있었고, 옷도 잘 입고 다녔으며, 그의 흔들림 없고 견실한 태도에 같은 방 아이들은 감탄해 마지않았다.

그 다음은 알프스 고산 지대 출신의 작은 읍장의 아들 카를 하멜이었다. 하멜을 아는 데는 시간이 좀 걸렸다. 행동이 앞뒤가 맞지 않았고, 겉으로 둔감해 보이는 태도를 좀처럼 바꾸지 않았던 것이다. 그러나 일단 그런 태도에서 한번 벗어나면 열정적이고 제멋대로 굴며 난폭해지기도 했지만, 이것도 그리 오래 가지는 않아서 다시 자기 속으로 기어들어가 버렸다. 그런 일을 겪고 나면 아이들은 도무지 이 친구가 조용한 관찰자인지, 아니면 꿍꿍이가 많은 속이 시커먼 아이인지 종잡을 수 없었다.

이 정도로 복잡해 보이지는 않지만, 톡톡 튀는 헤르만 하일너도 있었다. 이 친구는 슈바르츠발트 출신으로 좋은 집안에서 자란 아이였다. 방 친구들은 이미 첫날부터 그가 시인이요, 문학과 예술을 사랑하는 애호가라는 걸 알았다. 그가 주 시험 때 육각운에 맞춰 시 작문을 했다는 이야기도 돌았다. 그는 말을 많이 하면서도 생생하게 할 줄 알았고, 멋진 바이올린을 갖고 있었다. 겉으로 드러나는 모습을 보면 그는 무엇보다 청소년기의 미성숙한 감성과 경솔함이 혼재된 성정을 지닌 것 같았다. 그러나 내면을 들여다보면 크게 두드러지진 않지만 심오한 면도 갖고 있었다. 그는 몸과 영혼 모두 그의 또래보다 웃자랐고, 그래서 시험 삼아 이미 자신의 궤도를 걷기 시작한 상태였다.

헬라스 방 친구들 중 가장 독특한 아이는 뭔가 숨기는 것이 있어 보이는 밝은 금발 머리의 키 작은 에밀 루치우스였다. 그는 끈질기고 성실했으며 무뚝뚝하기가 꼭 백발의 농사꾼 같았다. 체격이나 얼굴에서 덜 자란 티가 났는데도 소년 같은 인상을 주기보다는 오히려 하는 짓이 전부 다 큰 어른 같은 데가 있어서 이제 더는 변할 것도 없을 것 같았다. 바로 첫날부터 그는 다른 아이들이 심심해서 수다를 떨며 이곳 생활에 적응하려고 애를 쓰는 동안 곧바로 조용하고 침착하게 자리에 앉아서 문법에 집중했다. 양 엄지로 귓구멍을 틀어막고, 거침없이 공부에 매진하며 잃어버린 시간을 만회하려는 듯했다.

차츰 아이들은 이 조용한 괴짜의 간계를 눈치챘고 이 괴짜 친구가 아주 수완 좋은 구두쇠에 이기주의자라는 것을 알아차렸지만, 이런 악덕을 또 어찌나 완벽하게 행사했던지 그에 대한 일종의 존경심 내지 적어도 그런 그를 묵인하고 넘어가려는 마음까지 먹게 되었다. 그는 체계적으로 절약하고 이익을 챙기는 데 얼마나 도통하였던지, 그가 쓴 책략이 하나하나 드러나자 모두들 경탄해 마지않을 수 없었다.

루치우스의 작전은 이른 아침 기상 시간을 기점으로 시작되었다. 그는 가장 먼저 아니면 가장 나중에 세면장에 들어갔다. 자기의 물건을 아끼고 다른 친구의 수건이나, 상황이 되면 비누를 사용하려던 것이었다. 그래서 다른 아이들에 비해 그의 수건은 2주나 혹은 그보다 더 오래 사용할 수 있었다. 원래 수건은 일주일에 한 번씩 새것으로 바꿔 놓아야 했다. 매주 월요일 오전에 수석 조교가 수건 검사를 했다. 그러므로 루치우스도 매주 월요일이면 일찌감치 자기 번호가 적힌 못에 깨끗한 수건을 걸어 놓았다. 그리고 점심시간이 되면 그것을 다시 거두어 단정하게 개킨 다음, 사물함에 도로 넣어 놓았다. 그리고 대신에 아껴 쓰던 낡은 수건을 다시 걸어 놓았다. 그의 비누는 딱딱하여 별로 거품이 나지 않았지만 대신 몇 달은 거뜬히 쓸 수 있었다. 그렇다고 해서 에밀 루치우스가 외모를 가꾸는 데 게으른 것은 절대 아니었다. 언제 보아도 그는 깔끔해 보였다. 가느다란 금발 머리는 정성 들여 빗고 가르마 하나 흐트러지지 않았으며 속옷과 겉옷은 최선을 다해 아껴 입었다.

세면장 다음 순서는 아침 식사였다. 아침 식사는 커피 한 잔, 각설탕 한 개, 브뢰트헨 한 개가 전부였다. 대부분의 아이들은 그것으로 만족하질 못했다. 일반적으로 청소년기엔 여덟 시간쯤 자고 나면 아침에 엄청난 배고픔을 느끼기 마련인 법이다. 그러나 루치우스는 그걸로 만족했고 아침 식사 때 나오는 각설탕을 아껴 두었다. 그러면 어김없이 1페니히를 주고 설탕 한 개를 달

라고 하거나, 설탕 스물다섯 개에 공책 한 권을 내놓는 구매자들
이 나타났다. 밤이 되면 비싼 석유를 아끼려고 다른 친구들의 램
프 불빛에 기대어 공부하는 건 말할 필요도 없는 일이었다. 가난
한 부모를 두어서 그러는 건 아니었다. 그는 아주 안락한 환경에
서 자란 편이었다. 정말로 가난한 집안의 아이들은 대체로 이재
에 밝지도 않고 절약할 줄도 몰라서, 항상 그들이 가진 것 이상
으로 소비하지 비축할 줄을 모른다.

에밀 루치우스는 자신의 체계적인 방법을 물건을 소유하고
재화를 확보하는 데로 확대했을 뿐 아니라 자신이 할 수 있는 정
신적인 영역에서도 이득을 보려고 애를 썼다. 이 부분에 있어 그
는 아주 영리하여 모든 정신적인 소유물엔 상대적인 가치만 있
을 뿐이라는 사실을 결코 잊지 않았고, 정말로 경작을 하면 나중
에 시험에서 열매를 맺을 수 있는 과목만 성실히 임했으며 나머
지 과목은 고만고만한 중간 성적에 만족했다. 배우고 성적을 올
리는 것도 늘 동급생들의 성적과 견주어 평가했다. 두 배의 지식
으로 2등이 되느니 절반의 지식으로 1등이 되고 싶었을지 모른
다. 그래서인지 저녁때가 되어 친구들이 갖가지 여가 활동이나
놀이, 독서에 몰두할 때 조용히 책상에 앉아 공부하는 그의 모습
을 볼 수 있었다. 다른 아이들이 시끄럽게 구는 건 그에게 전혀
방해가 되지 않았다. 부러운 기색은커녕 심지어 가끔씩은 만족
스러운 눈길로 그런 아이들을 바라보기도 했다. 다른 아이들이
모두 공부한다면 그의 노력이 아무 이득도 거두지 못할 것이기
때문이다.

이 성실한 노력가의 그런 교활함과 잔꾀를 나쁘게 받아들이

는 친구들은 아무도 없었다. 하지만 정도를 넘고 오직 이익만 추구하는 사람들이 모두 그렇듯 루치우스 역시 어처구니없는 일을 저지르고 말았다. 수도원의 수업은 전부 무료였기 때문에 그는 이 점을 이용하여 바이올린 레슨을 받겠다는 발상을 하게 되었다. 조금이라도 기초 교육을 받았다거나, 듣는 귀와 재능이라도 좀 있다거나, 아니면 뭔가 음악을 즐기는 면이라도 있어서 그랬냐면 그것도 아니었다! 그러나 그는 바이올린도 라틴어나 수학과 마찬가지로 배우면 될 것이라고 생각했다. 음악이 나중에 생활을 하는 데 유용하고 동료들에게 호평도 받고 그들을 기분 좋게 만든다는 말을 들은 적도 있었고, 어쨌든 이 일엔 아무런 비용이 들지 않았기 때문이었다. 신학교에서 연습용 바이올린도 지원해 주었던 것이다.

음악 교사인 하스는 루치우스가 그를 찾아와 바이올린 레슨을 받고 싶다고 하자 머리카락이 쭈뼛 서고 말았다. 노래 수업을 통해 익히 그를 파악하고 있었던 것이다. 노래 시간에 부른 루치우스의 노래는 동급생 전원에겐 큰 즐거움을 주었지만, 교사인 그는 절망의 나락으로 떨어지고 말았다. 그는 루치우스가 바이올린을 단념하도록 힘껏 그를 설득했다. 그러나 상대를 잘못 골랐다. 루치우스가 세련되고 겸손하게 미소를 지으며 자신에게 주어진 정당한 권리를 거론했던 것이다. 그리고 음악에 대한 자신의 욕망은 억누른다고 눌러질 것이 아니라고 밝혔다. 그리하여 그는 가장 형편없는 연습용 바이올린을 받아 들고 매주 두 번씩 레슨을 받고, 하루도 빼놓지 않고 삼십 분씩 연습하기로 했다. 하지만 첫 번째 연습 시간 이후 같은 방 친구들은 이 연습이 처음이자 마지막이었으면 좋겠다고, 이건 숫제 신음 소리이니 듣고 싶지 않다는 입장을 밝혔다. 그때부터 루치우스는 바이올린을 연습할 구석지고 조용한 곳을 찾아 쉬지 않고 수도원 구석구석을 누비고 다녔다. 그리고 그런 곳을 찾고 나면 그곳에선 끽끽 긁거나, 길고 날카로운 마찰음이 나거나, 끙끙거리며 애걸하는 이상한 소리가 새어 나와 주변에 있는 학생들을 공포에 떨게 했다. 우리의 시인 하일너가 말하길, 이건 마치 괴롭힘을 당하는 늙은 바이올린이 자기를 좀 아껴달라며 벌레 먹은 구멍 사이로 절망적인 탄식을 내뱉는 것과 같다고 했다. 전혀 실력이 나아질 기미가 보이지 않자 고통에 시달리던 선생은 신경질적이고 거칠게 변했다. 그러자 루치우스는 점점 더 절망적인 심정으로 연습에 매달렸고, 지금까지 제멋에 겨워 만족했던 이 소매상인 같은 얼굴에 근심 어린 주름이 잡히기도 했다. 정말 비극이 아닐 수 없었다. 결국 음악 교사는 그에게 전혀 재능이 보이지 않는다며 더 이상 레슨을 못하겠다고 거절했고, 배움의 욕구에 눈이 먼 루치우스는 이번엔 피아노를 선택해 그걸 붙들고 지쳐 떨어져 조용히 단념할 때까지 아무 성과도 거두지 못한 채 또 몇 개월간 쉬지 않고 애를 썼다. 그러나 나중에 음악에 관한 이야기가 나오면 그는 자기도 전에 피아노와 바이올린을 배웠는데, 단지 사정이 있어서 유감스럽게도 이 아름다운 예술을 차츰 멀리하게 되었다고 넌지시 드러내곤 했다.

그렇게 '헬라스' 방은 괴짜 학생들 때문에 종종 재미있게 보낼 수 있었다. 문예 애호가인 하일너 역시 웃기는 장면을 많이 연출했다. 카를 하멜은 빈정거리는 풍자가이자 농담을 잘하는 관찰자 역할을 했다. 하멜은 다른 아이들보다도 한 살 위였다. 그래서 어느 정도 위세를 떨 수는 있었지만 나이 많은 것이 존경받는 역할로 이어지는 건 아니었다. 그는 성격이 변덕스러웠고 거의 매주 드잡이를 하여 자신의 체력을 시험하려는 욕구를 느꼈다. 그럴 때면 그는 거칠고 거의 잔인하게까지 돌변했다.

한스 기벤라트는 놀라며 그런 것들을 바라보았을 뿐, 착하지만 조용한 방 친구로서 자신의 길을 묵묵히 걸어갔다. 그는 성실했다. 성실함에 있어선 거의 루치우스와 같았고, 그래서 방 친구들의 존경을 받았다. 하일너를 제외하고 말이다. 하일너는 모든 천재적인 경박함을 자신의 기치로 내걸고, 때때로 한스를 출세주의자라며 비웃었다. 저녁이면 공동 침실에서 심심찮게 주먹다짐이 벌어지곤 했지만, 빠른 속도로 자라나는 또래의 소년들은 전반적으로 모두들 잘 지냈다. 다들 스스로를 어른스럽게 느끼려고, 또 여전히 익숙지는 않지만 교사들이 '당신'이라고 불러주는 호칭에 합당하게 학문적인 진지함과 훌륭한 처신을 하려고 열심히 노력했기 때문이었다. 그러면서 막 졸업한 라틴어 학교 시절을 마치 새내기 대학생이 김나지움 시절을 추억하듯 거만하게 뒤돌아보며 불쌍히 여겼다. 그러면서도 가끔씩 순수한 어린 아이 같은 모습이 이 애써 꾸민 품위 사이로 삐져나올 때면, 공동 침실은 다시 발 구르는 소리며 거친 소년들 사이에 흔한 욕설이 울려 퍼졌다.

이런 학교 시설의 교장이나 교사들에게 공동생활을 시작하고 몇 주 뒤 이 일군의 소년들 사이에서 화학적인 혼합물이 침전하는 것과 유사한 현상을 관찰하는 것은 배울 것이 많은 근사한 일일 것이다. 구름 같이 탁한 먼지와 거품만큼 가벼운 작은 알갱이가 액체 속에서 변동하면서 공처럼 둥글게 뭉쳤다가 다시 풀어져 또 다른 형태가 되고 마침내 한 개의 고체 형성물이 되는 것처럼, 아이들 역시 수줍은 시작 단계를 벗어나 서로를 충분히 알게 되면 한번은 파도가 휘몰아치듯 혼란스런 가운데 서로에 대한 탐색이 시작된다. 동아리별로 뭉치고 우정을 나누는 사이와 반목하는 사이가 명확히 드러난다. 동향 친구나 같은 학교 친구끼리 결탁하는 경우는 거의 없다. 대부분 새로 알게 된 친구들에게 더 열중한다. 다양성을 맛보고 자신에게 부족한 면을 보충하려는 은밀한 충동에 따라 도시 출신은 농촌 아이들을 향해, 고산지 출신은 저지대 아이들을 향해 움직였다.

젊은이들은 결단을 내리지 못한 채 더듬거리며 서로를 살핀다. 모두 다 똑같다는 의식과 다르고 싶다는 격리에 대한 요구가 공존한다. 그와 함께 많은 소년들의 내면에 처음으로 잠자는 어린이의 상태에서 벗어나 하나의 인격체를 형성하고자 하는 싹이 눈을 뜬다. 일일이 열거할 수 없는 자잘한 애정과 질투의 장면이 펼쳐지고 이 장면은 우정을 쌓는 동맹 관계로 발전하거나 뚜렷한 반감을 갖는 적대 관계로 발전하여, 정다운 사이가 되어 함께 산책을 나가는 친구가 되거나 아니면 매섭게 격투를 벌이거나 주먹다짐을 하는 사이로 끝이 난다.

표면적으로 볼 때 한스는 이런 쏠림 현상에 관여하지 않았다. 카를 하멜이 확실하게 그리고 열렬하게 친구가 되자고 했지만, 그때도 놀라서 뒷전으로 물러났다. 그 사건 후 하멜은 곧바로

'스파르타' 방의 아이와 친구가 되었다. 한스는 혼자 남겨졌다. 강렬한 감정에 멀리 지평선 너머로 그리움의 색채로 물든 우정의 땅이 모습을 드러내고, 자기에게로 오라고 그를 조용히 부추겼지만 수줍음이 그를 막아섰다. 어머니가 없는 엄격한 소년 시절을 보내며 그에게는 누군가와 밀착된 관계를 맺을 기회가 거의 없었다. 그래서 그는 열정적인 면을 드러내는 것에 대한 두려움이 있었다. 게다가 소년의 자부심과 요컨대 쓸데없는 공명심(功名心)까지 더해졌다. 그는 루치우스와는 달리 진정으로 지식을 쌓는 것을 중요하게 여겼다. 그러나 공부를 멀리하게 만드는 건 뭐든 가까이하지 않으려 애를 쓰는 건 루치우스와 똑같았다. 그래서 그는 고집스럽게 열심히 책상머리에 붙어 있었다. 그러면서도 다른 아이들이 우정을 쌓으며 즐거워하는 모습을 볼 때면, 질투를 느끼며 자신도 그런 우정을 쌓고 싶은 마음에 괴로워했다. 카를 하멜은 우정을 쌓기엔 부적당한 친구였다. 만약 다른 누군가가 와서 그를 강하게 잡아끌었다면 기꺼이 따라갔을 것이다. 그는 마치 수줍어하는 소녀처럼 조용히 앉아서 누군가가 와서 자신을 데려가 주기를 기다리고 있었다. 자기보다 더 강하고 더 용감한 어떤 사람, 그의 마음을 빼앗고 행복하게 지내게 해 줄 그런 사람을.

이런 일들 뿐 아니라 수업, 특히 히브리어 수업에서 너무 할 것이 많았기 때문에 소년들은 처음 몇 주간이 무척이나 빨리 흘러가는 것 같았다. 늦가을의 빛바랜 하늘과 시들어 가는 물푸레나무, 자작나무, 참나무 그리고 긴 저녁 어스름이 마울브론 일대를 둘러싸고 있는 수많은 작은 호수와 연못 위에 제 모습을 비추고 있었다. 아름다운 산과 숲으로 초겨울을 맞아 마지막 무도회가 펼쳐진 듯 바람이 때로는 신음 소리를 내다가 때로는 기쁨의 환호성을 지르며 미친 듯 날뛰었다. 벌써 여러 번 가벼운 서리가 내리기도 했다.

서정적인 헤르만 하일너는 기질이 맞는 친구를 찾으려 애를 썼지만 찾지 못하자, 이제는 매일 외출 시간이 되면 홀로 숲 속을 누비고 다녔다. 그는 특히 숲 속의 호수를 좋아했다. 갈대숲에 둘러싸인 그 호수는 고목들이 나무 꼭대기에 시들어가는 잎사귀를 매단 채 비스듬히 물 위에 가지를 드리운 우울한 갈색 빛의 호수였다. 몽상가 하일너는 이 슬프고도 아름다운 숲의 한쪽 구석이 너무나도 마음에 끌렸다. 이곳에 오면 꿈을 꾸듯 나긋한 나뭇가지로 고요한 물에 동그라미를 그리거나, 레나우*의『갈대의 노래』를 읽을 수도 있었고, 또 키 작은 갈대 사이에 누워 죽음이나 소멸과 같은 가을에 어울리는 주제에 대해 곰곰이 생각할 수 있었다. 그러는 동안 낙엽이 떨어지고 앙상한 우듬지를 흔드는 스산한 바람 소리가 우울한 화음을 넣어 주었다. 그러면 그는 주머니에서 검정색 작은 수첩을 꺼내어 연필로 한 절, 혹은 두 절씩 시구를 써 넣었다.

늦은 시월의 어느 흐린 날 점심시간에 한스 기벤라트가 혼자 산책을 하다가 그곳으로 들어섰을 때에도 그는 시를 쓰던 중이었다. 한스는 소년 시인이 작은 수문에 달린 판자다리에 앉아서

---

*레나우 : 니콜라우스 레나우(1802~1850). 헝가리 출신의 오스트리아 시인으로 염세주의적인 시를 많이 썼다.

무릎에 작은 수첩을 펼쳐 놓고 뾰족한 연필 끝을 입에 문 채 깊이 생각에 잠겨 있는 것을 보았다. 그 옆에는 책 한 권이 펼쳐져 있었다. 한스는 천천히 그에게로 다가갔다.

"안녕, 하일너! 뭐하고 있니?"

"호메로스를 읽고 있지. 기벤라트, 그러는 너야말로 뭘 하는 거니?"

"그걸 믿으라는 거니? 난 네가 뭘 하는지 다 알고 있는걸."

"그래?"

"물론이지. 너, 시를 쓰고 있었잖아."

"그렇게 생각해?"

"물론이지."

"이리 와서 앉아!"

기벤라트는 하일너와 나란히 판자 위에 앉아서 물 위에 다리를 늘어뜨렸다. 그러곤 다리를 흔들며, 여기저기에서 갈색으로 물든 나뭇잎이 한 잎, 또 한 잎 팔랑거리며 서늘하고 고요한 허공을 맴돌다 소리 없이 갈색 빛의 수면 위로 가라앉는 것을 보았다.

"적막강산이 따로 없구나."

"그래, 그렇지."

둘은 나무다리 위에 등을 대고 세로로 길게 누웠다. 그래서 두 사람은 가을 분위기에 물든 주변은 물론이고 호수 위로 길게 삐져나온 우듬지도 거의 볼 수 없었다. 대신 구름 섬이 조용히 떠다니는 연푸른 하늘이 보였다.

"구름 정말 아름답다!"

한스가 편안하게 누워 하늘을 바라보며 말했다. 하일너가 한숨을 쉬며 말했다.

"그러게, 기벤라트. 우리도 저런 구름이 될 수 있다면!"

"그렇다면 어떻게 할 건데?"

"그렇다면, 우리도 하늘을 항해해 갈 수 있겠지. 숲과 마을, 이 지역 일대는 물론이고 주들도 다 돌아다닐 수 있을 거야. 아름다운 배처럼 말이지. 너 아직 배 본 적 없지?"

"없어. 하일너, 너는?"

"물론 있었지. 그럼 세상에, 넌 그런 건 아무것도 모른다는 이야기네. 넌 공부하고 노력하고 들고팔 줄만 아는구나!"

"그 말은 너 지금 나를 바보로 생각한다는 거니?"

"난 그런 말 한 적 없다."

"난 네가 생각하는 것처럼 그렇게 멍청하지 않거든. 아무튼 배 이야기나 계속 해 봐."

하일너는 돌아눕다가 하마터면 물에 빠질 뻔했다. 이제 그는 배를 바닥에 대고 엎드려 양손으로 턱을 괴었다. 그는 배 이야기를 계속했다.

"라인 강에서 그런 멋진 배를 보았어. 방학 때였지. 언젠가 일요일이었는데 배 위엔 음악이 흐르고 있었어. 밤이어서 색색의 등불이 켜져 있었는데 그 오색찬란한 불빛이 물 위를 비추었지. 우리는 음악을 들으며 물결을 따라 강 하류 쪽으로 내려갔어. 사람들은 라인 지역에서 나는 포도주를 마셨고 소녀들은 하얀 드레스를 입고 있었어."

한스는 귀를 기울이며 아무런 대꾸도 하지 않았다. 두 눈을 감은 채 음악이 흐르고 붉은 등불이 흔들거리고 하얀 드레스를 입은 소녀들을 실은 배가 여름 밤공기를 가르며 항해하는 모습을 그려 보고 있었다.

하일너는 이어서 말했다.

"그래, 지금과는 달랐지. 지금 여기서 누가 그런 걸 알고 있겠냐? 지루하기 짝이 없는 녀석들, 뒤로 꿍하고 있는 녀석들뿐인데 말이야! 죽어라고 공부하고 기를 쓰면서, 히브리어 철자보다 더 고상한 건 아무것도 모르지. 너도 다를 거 하나 없어."

한스는 잠자코 있었다. 이 하일너라는 친구는 요상한 인간이었다. 몽상가이며 시인이었다. 한스는 하일너에게 놀란 적이 벌써 여러 번 있었다. 하일너는 도무지 공부는 손도 대지 않았다. 그건 누구나 다 알고 있었다. 그런데도 아는 게 많았고 훌륭하게 답변할 줄도 알았지만, 그러면서도 또 그런 지식을 경멸했던 것이다. 하일너는 계속 빈정대며 말했다.

"자, 호메로스를 읽을 때를 봐 봐. 우리는 아주 자연스럽게 『오디세이』가 무슨 요리책이라도 되는 듯이 다루지. 한 시간에 두 구절을 읽고 그 다음엔 단어 한 자, 한 자를 구역질이 나올 때까지 되새김질을 하지. 그런데 수업이 끝날 땐 매번 뭐라고 말하지? 자, 여러분은 이제 이 시인이 얼마나 세련되게 단어를 구사했는지 보았습니다. 이 시를 통해 잠시나마 시적 창작의 비결을 터득한 것입니다! 라고 말해. 그렇게 불변화사와 부정과거형에 돌아가며 소스를 치는 거지, 사람들이 그것들에 질식하지 않도록 말이야. 그런 식으로라면 나는 호메로스를 안 해도 좋아. 고대 그리스 시대의 산물이 대체 지금 우리랑 무슨 상관이 있는 거지? 우리들 중 누군가 시험 삼아 약간만이라도 그리스식으로 살려고 한다면, 쫓겨나고 말걸? 그런데도 우리 방이 헬라스란 다! 정말 헛웃음밖에 안 나온다! 왜 '휴지통'이나 '노예 우리' 아 니면, '실크 햇'이라고 하지 않은 거지? 고전이라고 하는 건 전 부 사기일 뿐이야."

하일너는 허공에 대고 침을 뱉었다.

"너, 아까 시 쓰고 있었지?"

이번엔 한스가 물었다.

"응."

"뭐에 관한 거였니?"

"여기. 이 호수와 가을에 관한 거였어."

"좀 보여 주라!"

"안 돼. 아직 다 쓰지도 못했어."

"그럼 다 쓰면?"

"그땐, 뭐 상관없어."

둘은 자리에서 일어나 느릿느릿 수도원으로 돌아왔다. '파라 다이스'를 지날 때였다. 하일너가 물었다.

"저길 봐, 너 저게 얼마나 아름다운지 생각해 본 적 있냐? 회 당이랑 아치형 창문, 수도원 안뜰을 둘러싼 회랑들, 식당들 모 두 고딕 양식과 로마네스크 양식이고 전부 예술가의 풍성하고 정교한 손길로 만들어진 거란다. 하지만 이런 매혹적인 작품이 무슨 소용이 있을까, 목사가 되어야 하는 서른여섯 명의 불쌍한 소년들한테? 국가에서 돈이 남아도나 봐."

한스는 오후 내내 하일너에 대한 생각을 떨칠 수가 없었다.

대체 어떤 녀석일까? 한스가 알고 있는 걱정이나 소원이라는 것 자체가 그 아이에겐 존재하지 않았다. 그에겐 자기만의 고유한 생각과 언어가 있었다. 그는 남들보다 더 열렬하고 더 자유롭게 살았으며, 독특한 고민거리로 괴로워했고, 주변 사람을 전부 경멸하는 것 같아 보였다. 그는 오래된 기둥과 담장의 아름다움을 이해할 줄 알았다. 또 자신의 영혼을 시구에 반영하고, 공상을 소재로 고유의 생동감 있는 가상의 삶을 만들어 내는 신비롭고 요상한 기술을 행했다. 그는 활발하고 제멋대로이며, 매일같이 한스가 일 년 내내 하는 것보다도 더 많은 양의 농담을 했다. 그런가 하면 침울해 하며 마치 비범하고 굉장한 일인 양 자신만의 슬픔을 즐기고 있는 듯 보이기도 했다.

그날 저녁에도 하일너는 방 친구들 모두에게 그의 일관적이지 못하고 튀는 성격의 한 단면을 보여 주었다. 같은 방 친구들 중 오토 벵어라는 허풍쟁이에 속이 좁은 아이가 한 명 있었는데, 이 친구가 그에게 싸움을 걸었던 것이다. 하일너는 한동안 조용히 농담으로 되받아치며 생각에 잠겨 있는가 싶더니, 느닷없이 상대의 따귀를 한 대 후려쳤다. 그 즉시 두 적수는 격정적으로 한데 뒤엉켜 서로를 물어뜯었고, 키 잃은 배처럼 서로 이리저리 부딪히는가 하면 반원을 그리며 물러서기도 하면서 온 '헬라스'를 휘젓고 다녔다. 벽으로 몰아세우는가 싶더니 의자를 타 넘고 바닥을 뒹굴었다. 둘 다 아무 말도 하지 않고, 끓어오르는 분노를 삭이지 못하고 씩씩거리며 거품을 물었다. 방 아이들은 비평가와 같은 얼굴로 냉정하게 서서 두 사람을 지켜보았다. 뒤엉킨 두 친구를 피해 발을 빼거나 책상과 램프를 보호하면서 짜릿

한 긴장을 즐기며 마지막이 어떻게 될지 기다렸다. 몇 분쯤 지나
자 하일너가 힘겹게 몸을 일으키며 뒤엉켰던 덩어리에서 풀려나
와 숨을 몰아쉬며 서 있었다. 여기저기 상처투성이에 눈은 빨갛
게 충혈된 데다, 셔츠는 깃이 찢어졌고 바지는 무릎에 구멍이 뚫
려 있었다. 맞수가 다시 그를 덮치려고 했다. 그러나 그는 팔짱
을 끼고 서서 거만한 말투로 말했다.

"난 이제 그만할 거야. 자, 때리고 싶으면 때려."

오토 벵어가 욕을 퍼부으며 자리를 떴다. 하일너는 자신의 책
상에 기대어 서서 책상용 램프를 돌려 불을 지폈다. 그러곤 바
지 주머니에 양손을 찔러 넣고 골똘히 뭔가를 생각하는 것 같았
다. 갑자기 그의 눈에서 눈물이 흐르기 시작했다. 뚝뚝 방울져
떨어지던 눈물이 어느덧 주체할 길 없이 흘러내렸다. 이것은 전
무후무한 일이었다. 우는 것이야말로 누가 뭐랄 것 없이 신학교
학생이 할 수 있는 가장 창피한 일로 간주되었던 것이다. 게다가
하일너는 우는 걸 숨기려고도 하지 않았다. 방을 나가지도 않았
고, 가만히 선 채로 창백해진 얼굴을 램프 쪽으로 돌리고 있었을
뿐이었다. 눈물을 닦기는커녕 주머니에 넣은 손조차도 빼려고
하지 않았다. 다른 아이들은 그의 주위에 둘러서서 신기해 하거
나 고소해 하면서 그를 바라보았다. 마침내 하르트너가 다가가
그의 앞에 버티고 서서 말했다.

"야, 하일너. 너 부끄럽지도 않냐?"

하일너는 여전히 눈물을 흘리며 아이들을 둘러보았다. 마치
깊은 잠에서 막 깨어난 사람 같았다. 그런 다음 그는 큰 소리로
그리고 멸시하는 말투로 말했다.

"부끄럽냐고? 내가, 너희들한테? 아니, 천만에!"

그는 눈물을 닦고는 화난 얼굴로 미소를 지었다. 그러곤 램프를 불어 불을 끈 다음 방에서 나갔다.

한스 기벤라트는 소동이 벌어지는 내내 자기 자리를 뜨지 않고, 놀라움과 충격에 휩싸여 그저 힐끔힐끔 하일너 쪽을 건너다보았을 뿐이었다. 십오 분쯤 지났을 때, 그는 용기를 내어 사라진 친구의 뒤를 쫓아갔다. 그리고 어둡고 싸늘한 공동 침실의 깊숙한 창틀 중 한 곳에 앉아 꼼짝도 않고 십자로를 내려다보고 있는 하일너를 보았다. 뒤에서 보는 그의 어깨와 좁고 오뚝한 두상은 이상하게도 소년답지 않게 진지해 보였다. 한스는 그에게로 다가가서 창가에 멈추어 섰다. 하일너는 미동도 하지 않았다. 한참이 지나고 나서야 여전히 얼굴을 밖으로 향한 채 그가 물었다.

"무슨 일인데?"

"나야."

한스가 수줍게 말했다.

"왜 왔어?"

"그냥."

"그래? 그렇다면 돌아가."

한스는 상심하여 정말로 돌아가려고 했다. 그 순간 하일너가 그를 붙잡았다.

"가지 마. 그런 뜻으로 말한 건 아니었어."

하일너는 일부러 농담하는 듯한 말투로 말했다.

둘은 서로의 얼굴을 마주 보았다. 아마도 두 사람이 서로의 얼굴을 이렇게 진지하게 바라본 건 지금이 처음인 것 같았다. 그들은 소년티를 벗지 못한 매끈한 얼굴 생김새 뒤편에 자기만의 독자적인 면을 가진 특별한 인간의 삶과 영혼이 살고 있을 거라고 상상해 보았다.

헤르만 하일너가 천천히 팔을 뻗어 한스의 어깨를 잡더니 자기 쪽으로 끌어당겼다. 마침내 두 사람의 얼굴이 스치듯 가까이 마주했다. 다음 순간, 한스는 갑자기 상대의 입술이 자신의 입에 닿은 것을 느끼고 묘한 충격을 받았다.

그의 심장은 전에 겪어 본 적 없는 압박감에 두방망이질 쳤다. 어두운 공동 침실에 함께 있는 것도 그렇고 이 갑작스런 입맞춤까지. 이것은 모험적이고 새롭고 그러면서도 어쩌면 위험한 일일 수도 있었다. 한스는 이러다 누군가에게 들키기라도 하면 얼마나 끔찍할까, 하는 생각이 들었다. 다른 아이들에게 이 입맞춤은 아까 하일너가 보였던 눈물보다 몇 배는 더 우습고 낯 뜨거운 일로 비춰질 것이라는 확실한 느낌이 들었던 것이다. 그는 아무 말도 할 수 없었다. 다만 피가 세차게 머리 위로 솟구쳐 오르는 기분이었다. 이곳에서 달아나 버리고 싶은 마음뿐이었다.

어른이 있어 짧게 지나간 이 장면을 목격했다면 아마도 남몰래 기쁨을 느꼈을지도 모른다. 수줍게 우정을 표시하는 그 서툴고 부끄러워하는 정감 어린 행동에 기쁨을 느꼈을 것이고, 잘생기고 전도유망한 두 소년의 아직 어린아이의 귀여움이 반쯤 남아 있으면서도 벌써 청년기의 수줍으면서도 아름다운 반항기가 서려 있는 그 얼굴에 기쁨을 느꼈을 것이다.

젊은이들은 차츰차츰 공동생활에 적응해 갔다. 이제 모르는 친구가 없이 다들 서로 알고 지냈다. 각자 서로에 관해 확실히 알게 되었고, 그러면서 한 사람, 한 사람에 관해 서로 이 친구는 어떻고, 저 친구는 어떻다는 어떤 상(像)이 생겼으며 수많은 친구 관계가 맺어졌다. 함께 히브리어 단어를 공부하는 친구들이 있는가 하면, 같이 그림을 그리거나 산책을 나가거나 실러를 읽는 친구들도 있었다. 라틴어는 잘하는데 산수는 잘 못하는 학생들은, 라틴어는 잘 못하는데 산수를 잘하는 학생들과 연대하여 함께 공부하며 결실을 거두려고 했다. 그리고 이와는 다른, 협정과 물건의 공유를 토대로 맺어진 친구 관계도 있었다. 그리하여 아이들의 부러움을 샀던 햄을 가진 아이는 슈탐하임에서 온 원예가의 아들에게서 자신의 부족한 반쪽을 찾아냈다. 이 원예가의 아들이 사물함에 탐스런 사과를 잔뜩 갖고 있었던 것이다. 어느 날 햄을 가진 아이가 햄을 먹다가 목이 말라 그 아이에게 사과를 한 개 달라고 부탁하면서 대신에 햄을 떼어 주겠다고 했다. 둘은 함께 앉아서 신중하게 얘기를 나눈 결과, 햄은 다 먹을 경우 곧바로 보충될 것이라는 것, 그리고 사과를 가진 아이도 초봄까지는 아버지가 저장해 놓은 사과를 계속 먹을 수 있을 것이라는 사실을 알아냈다. 이리하여 견고한 관계가 성립되었으며, 이 관계는 보다 모범적이고 떠들썩한 다른 많은 동맹 관계보다 오래 지속되었다.

극히 소수만이 혼자 다니는 축으로 남았다. 그중 한 명이 루치우스였다. 이즈음 예술에 대한 그의 탐욕스러운 애정은 절정에 달해 있었다.

어울리지 않는 친구들도 있었다. 가장 어울리지 않는 짝으로 꼽힌 친구는 헤르만 하일너와 한스 기벤라트였다. 이 둘은 경솔한 사람과 성실한 사람, 시인과 노력가의 결합이었다. 둘 다 머리가 좋고 재능이 뛰어난 학생으로 손꼽혔지만, 하일너는 반쯤 빈정거리는 차원에서 천재라는 평판을 누렸고 반면에 한스는 모범생이라는 영예가 주어졌다. 그러나 그런 두 사람을 크게 괴롭히거나 하지는 않았다. 저마다 각기 우정을 쌓기에 바쁜 데다 끼리끼리 있고 싶어 했기 때문이었다.

그러나 이런 개인적인 관심사와 경험을 쌓느라 학교를 등한시하는 일은 없었다. 학교는 오히려 하나의 거대한 악장(樂章)이요, 리듬이었다. 이 거대한 악장에 비하면 루치우스의 음악과 하일너의 시, 아이들끼리 맺은 모든 결속 관계와 거래, 가끔씩 보게 되는 드잡이는 단지 장난삼아 즐기는 소소한 오락에 지나지 않았다.

무엇보다도 히브리어는 할 게 너무 많았다. 이 이상한 태곳적 여호와의 언어는 갈라져 터지고 바짝 말랐는데도 신비롭게도 여전히 생명이 붙어 있는 한 그루의 나무와 같았다. 이 나무는 소년들이 보는 앞에서 이국적이고 울퉁불퉁 옹이진 모습으로 수수께끼처럼 불가사의하게 자라났으며, 이상하게 생긴 나뭇가지로 눈길을 끌고, 색채와 향기가 독특한 꽃을 피워 사람을 놀라게 했다. 이 나무의 가지와 동굴처럼 움푹 팬 구멍과 뿌리 속엔 몇 천 년이나 묵은 정령들이, 이를 테면 상상 속에서나 나올 법한 끔찍한 용이나 아름다운 소년, 조용한 눈을 가진 소녀, 억척스러운 여자, 주름살투성이의 근엄하고 기름기가 쪽 빠진 백발머리 노인, 소박하고 사랑스러운 동화 속 인물들이 무섭거나 상냥한 모습으로 터를 잡고 살고 있었다.

루터판 성경에선 꿈결같이 멀게만 들리던 것들이, 이제는 거칠지만 가공되지 않은 진짜 언어 속에서 피와 목소리를, 그리고 진부하고 답답하긴 하지만 끈질기고 엄청난 생명력을 획득했다. 적어도 하일너에게는 그렇게 비춰졌다. 그는 날마다 그리고 매 시간마다 모세 오경을 저주했지만, 거기에 나오는 단어를 죄다 외우고 독해도 완벽하게 하는 참을성 있는 다른 많은 학생들보다도 그 속에서 훨씬 더 많은 생명과 영혼을 발견했고 그것들을 흡수했다.

그리스어에 비해 신약 성경은 더 부드럽고 투명하며 친근하게 다가왔고, 신약에서 사용된 언어는 그렇게까지 오래되지도 심오하거나 풍부하지도 않았지만, 젊고 열렬하며 꿈으로 가득 찬 정신으로 충만했다.

그리고 『오디세이』가 있었다. 힘 있고 울림이 좋으며 강하면서도 균형을 이루고 물 흐르듯 흐르는 오디세이의 시구는, 하얗고 포동포동한 물의 요정의 팔처럼, 지금은 저물었지만 한때 격식 있고 행복했던 삶을 수면으로 솟아오르게 하여 그 시절을 짐작케 하였지만, 이것 역시 힘 있고 투박하게 그려 낸 표현들을 통해 손에 잡힐 듯 확실해 보이다가도, 또 때로는 몇 개의 단어와 시구들에선 그저 한낱 꿈이요, 아름답기만 한 예감에 불과한 것 같아 보일 때도 있었다. 이것과 견주어 볼 때 역사가 크세노폰과 리비우스는 거의 없는 존재나 다름없거나, 아니면 미미한 불빛처럼 보잘 것 없고 윤기를 잃은 채 오디세이의 옆에 비켜서 있는 셈이었다.

한스는 친구인 하일너가 모든 것을 자신과 다른 눈으로 바라본다는 걸 알고 깜짝 놀랐다. 하일너에게는 추상적인 것이란 존재하지 않았다. 그에게는 상상할 수 없거나 공상의 색채를 입혀 그려 내지 못할 것이 없었던 것이다. 그렇게 되지 않는 것은 아예 눈길도 주지 않고 내버려 두었다. 하일너에게 수학은 음흉한 수수께끼를 쌓아 놓고 냉정하고 차가운 눈길로 희생물을 꼼짝 못하게 만드는 스핑크스였다. 그는 이 괴물을 멀찍이 피해 다녔다.

둘의 우정은 별났다. 하일너에게 이 우정은 오락이자 사치였고 편안함인 동시에 변덕이기도 했지만, 한스에게 그것은 때로는 자부심을 갖고 경계를 서는 보물과도 같은 것이자 때로는 짊어지기 벅찬 커다랗고 무거운 짐이기도 했다. 한스는 저녁 시간을 늘 공부하는 데 사용했었다. 하지만 이제는 거의 매일 같이 하일너가 들고파는 공부에 싫증이 날 때마다 그에게 건너와 그의 책을 밀쳐 버리고는 귀찮게 했다. 한스는 친구를 무척 좋아하긴 했지만, 결국 매일 저녁 하일너가 올까 봐 벌벌 떨면서 뒤처지지 않기 위해 의무적으로 주어진 공부 시간에 갑절이나 열심히 그리고 허겁지겁 공부를 했다. 그를 더욱 괴롭게 했던 것은 하일너가 성실하게 공부하는 그를 두고 논리적으로 싸움을 걸어 올 때였다. 이런 식으로 말이다.

"이런 거 품팔이 짓이다. 너, 이런 공부 전부 좋아서 하는 것도, 하고 싶어서 하는 것도 아니지 않냐. 선생님이나 너의 아버지가 무서워서 하는 것일 뿐이지. 일등? 아님 이등이 되어서 뭐 할 건데? 나는 이십 등이지만, 그렇다고 너희 공부벌레들보다 멍청하냐면 것도 아니지 않냐.”

한스는 하일너가 어떻게 교과서를 다루는지 처음 보았을 때도 엄청나게 놀랐다. 한번은 한스가 강당에 책을 두고 온 적이 있어서 다음 지리 시간을 위해 예습을 하려고 하일너의 지리부도를 빌린 적이 있었다. 그때 그는 한 페이지도 빠짐없이 빼곡하게 연필로 끄적거려 놓은 것을 보고 전율이 일 정도로 놀랐다. 피레네 반도의 서해안은 길게 잡아 늘여 그로테스크한 옆모습이 되어 있었다. 포르투에서 리스본까지가 코였고, 피니스테레 곶은 고불고불한 머리카락으로 장식된 반면, 세인트빈센트 곶은 예쁘게 돌돌 만 턱수염의 뾰족한 끝을 이루고 있었다. 책장을 넘길 때마다 다 그런 식이었다. 지도의 하얀 뒷면엔 캐리커처를 그리거나 무례한 농담이 가득한 시를 써 놓았다. 또 잉크 얼룩이 없는 곳이 없었다. 한스는 책을 성전이나 보물처럼 다루는 데 습관이 들어 있었다. 그래서 그는 이 대담함이 한편으로는 성전에 대한 모독이라고 생각되면서도, 다른 한편으로는 범죄에 해당하는 행위이긴 하지만 그래도 영웅적인 행동이라는 생각이 들기도 했다.

착한 기벤라트가 그의 친구인 하일너에게는 단지 갖고 놀기 좋은 장난감, 이를 테면 집고양이 같은 존재에 불과해 보일 수도 있었다. 한스 자신도 가끔 그런 생각을 하곤 했었다. 하지만 한스에게 매달린 건 하일너였다. 그에겐 한스가 필요했던 것이다. 하일너는 자기의 속마음을 털어놓을 수 있는 사람, 자기 말에 귀 기울여 주고, 그를 보고 감탄해 주는 누군가가 반드시 있어야 했다. 그가 학교나 삶에 관한 혁신적인 열변을 토할 때 자신의 말을 묵묵히 그러나 열심히 들어줄 사람이 필요했다. 또한 자기가 우울할 때 위로해 주고 그에게 베개 삼아 무릎을 내어 줄 사람도 필요했다. 이런 천성을 지닌 사람들이 하나같이 전부 그렇듯 이 젊은 시인 또한 발작적으로 찾아오는 근거를 알 수 없는, 약간은 관심을 끌려는 어리광 같기도 한 우울증에 시달렸다. 이런 우울 증의 원인은 일정 부분 어린아이의 영혼과 조용히 이별하는 데 서 온 것일 수도 있고, 아니면 아직 무얼 할지 목표도 정하지 못 했는데 힘과 예감과 욕망은 주체할 길 없이 넘쳐 나는 데서 오는 것일 수도 있으며, 또 일부는 어른이 되려는 이해할 수 없는 어 두운 충동 때문일 수도 있었다. 그럴 때면 그는 동정 받고, 어리 광을 부리고 싶은 병적인 욕구를 느꼈다. 이전에 그는 어머니의 귀여움을 듬뿍 받던 아들이었다. 그리고 아직 여자를 사랑할 정 도로 성숙하지 않은 지금은 저 온순한 친구가 그에게 위로자가 되어 주었던 것이다.

저녁때면 하일너는 종종 죽을 것 같이 불행한 얼굴을 하고 한 스를 찾아왔다. 그러곤 공부하고 있는 한스를 꾀어내 공동 침실 로 가자고 재촉했다. 그곳에서 그들은 나란히 서서 추운 대강당 혹은 어두워져 가는 높다란 기도실을 오르락내리락 걸어 다니거 나 아니면 한기를 느끼며 창가에 걸터앉기도 했다. 그럴 때면 하 일너는 하이네를 읽는 서정적인 젊은이답게 비참하기 그지없는 온갖 탄식을 늘어놓으며, 약간 유치한 슬픔의 구름에 휩싸이곤 했다. 한스는 그 슬픔을 잘 이해할 수는 없었지만 그것에 감명을 받았고 가끔씩은 그 슬픔에 전염되는 느낌이 들 때도 있었다. 이 예민한 문예가는 특히 흐린 날만 되면 방치되다시피 발작에 내

맡겨졌다. 늦가을의 비구름이 컴컴하게 하늘을 뒤덮고 그 뒤에서 달이 얇은 천처럼 희뿌연 구름 사이로 얼굴을 내밀며 유유히 제 길을 가는 밤이면, 비탄과 신음은 정점에 이르렀다. 그러면 그는 오시안*이라도 된 듯한 기분에 도취되어 안개가 자욱한 모호한 비애에 잠겼다. 그러면 이 비애는 한숨이 되고 이야기가 되고 시구가 되어 죄 없는 한스에게 폭포수처럼 쏟아졌다.

이러한 고통의 장면에 짓눌리고 괴로워하면서도 한스는 남은 시간 동안 몰아치듯 열정을 다해 공부에 달려들었지만, 공부는 점점 더 힘들어졌다. 옛날의 두통이 다시 찾아온 것도 그다지 놀라울 게 없었다. 그러나 아무것도 하지 않는데도 피곤한 시간들이 점점 더 많아지고, 꼭 필요한 일만 하는 데도 자신을 채찍질하지 않으면 안 되는 건 몹시 걱정스러웠다. 한스는 이 괴짜 친구와의 우정이 그를 소진시키고 지금까지 아무도 건드리지 않은 그의 본성의 한 부분을 병들게 만들었다는 걸 어렴풋하게 느꼈지만, 그 괴짜가 우울해 할수록 또 울면 울수록 그에게 점점 더 동정이 갔고, 자신이 그 친구에게 없어서는 안 되는 존재라는 생각에 그만큼 더 다정해지고 자부심을 갖게 되었다.

그뿐 아니라 한스는 이 병적으로 비애에 빠지는 성정은 건강하지 못한 과도한 충동의 분출에 불과할 뿐이고, 그 자신이 진심으로 그리고 솔직하게 놀라 마지않는 하일너의 본성에 속하지는 않는다는 걸 잘 알 수 있었다. 하일너가 자신이 지은 시구를 낭송하거나 시인의 이상을 이야기할 때, 그리고 실러와 셰익스피

어의 독백을 크게 몸짓까지 해 가며 정열적으로 낭독할 때면 한스는 하일너라는 아이가 자신에게는 없는 마법과 같은 재주를 부려서 공중을 떠돌며, 신처럼 자유롭고 불같이 정열적으로 움직이고, 호메로스에 나오는 하늘의 사자처럼 발에 날개를 달고 그와 또 그의 친구들을 떠나 하늘로 두둥실 사라지는 것만 같았다. 지금껏 한스에게 시인의 세계란 별로 잘 알지도, 또 중요하게 생각하지도 않았던 세계였다. 그러나 지금은 비로소 수려하게 흐르는 말, 착각에 빠지게 하는 비유, 추임새를 넣어 주는 각운이 갖는 그 미혹적인 위력이 거역하기 힘들다는 걸 느끼게 되었다. 새롭게 펼쳐진 이 세계에 대한 그의 존경은 친구에 대한 감탄과 한데 버무려져 어떤 '독특한' 감정이 되었다.

그러는 사이에 사나운 날씨가 이어지는 컴컴한 11월이 되었다. 이때쯤에는 램프를 켜지 않고 공부할 수 있는 시간이 몇 시간밖에 없었다. 그리고 검은 밤이면 폭풍이 산처럼 거대한 구름을 이리저리 굴리며 칠흑같이 깜깜한 하늘가로 종횡무진 몰고 다녔고, 견고하고 오래된 수도원 건물을 돌며 신음 소리를 내거나 악다구니를 쓰듯 우우거리며 몸을 부딪쳤다. 나무는 이제 잎사귀 하나까지 남김없이 떨구어 앙상한 가지만을 남겨 놓았다. 다만 나무가 많은 지역 일대의 제왕인 억세고 마디마다 가지를 내는 거대한 참나무만이, 아직 시든 잎사귀를 우듬지에 매단 채 바람을 맞으며 다른 나무들을 모두 합친 것보다 더 큰 소리를 내며 투덜거렸다. 하일너는 우울해질 대로 우울해져 이즈음엔 한스에게 와서 죽치고 앉아 있는 대신, 멀리 떨어진 음악 연습실에서 몰아치듯 바이올린에 몰두하거나 아니면 다른 아이들에게 시비를 걸곤 했다.

어느 날 저녁, 하일너는 연습실에 갔다가 그곳에서 연습 벌레 루치우스가 보면대를 앞에 두고 열심히 연습하는 걸 보게 되었다. 그는 화가 나서 그곳을 떴다가 삼십 분이 지난 뒤 다시 돌아왔다. 루치우스는 그때까지도 연습을 하고 있었다.

하일너가 욕을 하듯 거칠게 말했다.

"이제 그만해도 될 것 같은데. 다른 사람도 연습 좀 하자. 그렇잖아도 네 바이올린 긁어 대는 소리, 재앙이 따로 없거든."

루치우스는 물러서려는 기미를 보이지 않고 다시 침착하게 바이올린 활을 긁기 시작했다. 그러자 하일너는 거칠게 돌변하여 루치우스의 보면대를 발로 걷어차 버렸다. 연습실 여기저기 악보가 흩어졌고, 보면대가 넘어지면서 바이올린을 켜던 루치우스의 얼굴을 쳤다. 루치우스가 악보를 주우려고 몸을 구부리며 단호한 말투로 말했다.

"교장 선생님께 말씀드리겠어."

"좋아."

하일너는 격분하여 소리를 질렀다.

"그럼 하는 김에 이것도 말씀드려. 내가 덤으로 네 엉덩이도 걷어찼다고 말이야."

하일너는 말을 마치기 무섭게 즉시 행동으로 옮기려고 했다. 루치우스는 옆으로 풀쩍 뛰어 몸을 피하고는 문 쪽으로 뛰어갔다. 하일너는 이제 추격자가 되어 그를 뒤쫓았다. 통로와 강당을 지나며 시작된 과격하고 요란한 추격전은 계단과 복도를 거쳐 수도원에서 가장 멀리 떨어져 있는 익랑까지 이어졌다. 그곳엔 신학교 교장의 관사가 조용하고 기품 있게 자리 잡고 있었다. 하일너는 교장의 서재로 들어가는 문 앞에 이르러서야 간신히 도망자를 따라잡을 수 있었지만, 도망자는 이미 노크를 한 뒤였고 열린 문 앞에 서서 막 실내로 들어가려던 참이었다. 바로 그 마지막 순간에 하일너는 약속했던 대로 발길질을 했고, 도망자는 문을 닫을 새도 없이 가장 신성한 교장의 서재에 폭탄처럼 뛰어들고 말았다.

이런 일은 지금까지 본 적이 없었고 또 앞으로도 다시 보기 힘든 사건이었다. 다음 날 아침, 교장은 청소년의 타락상에 대한 빛나는 연설을 했다. 루치우스는 깊은 생각에 잠겨 동의한다는 듯 연설에 귀를 기울였다. 하일너는 무거운 감금형 징계를 받았다.

교장이 호통을 치며 하일너에게 말했다.

"지난 수년 동안 여기서 이 징계를 받은 학생은 한 명도 없었어요. 하일너 군, 나는 당신이 10년이 지난 뒤에도 이 일을 잊지 않도록 할 겁니다. 일벌백계 차원에서 이 하일너 군을 벌하는 겁니다."

학생 전체가 겁을 먹고 힐끔거리며 하일너를 쳐다보았다. 하일너는 창백하고 반항기 어린 모습으로 꼿꼿하게 서서는 교장 선생의 눈을 똑바로 쳐다보고 있었다. 마음속으로는 그런 그의 모습에 감탄하는 학생들이 많았지만, 훈계가 끝나고 모두들 왁자지껄하게 복도를 가득 채우며 나왔을 때 하일너는 홀로 남았고 마치 나병 환자처럼 기피 대상이 되었다. 지금 그의 편에 선다는 건 용기가 필요한 일이었다.

한스 기벤라트도 그의 편에 서지 않았다. 그렇게 하는 게 자신이 해야 할 의무임을 잘 알면서도, 이런 비겁한 감정 때문에 괴로워했다. 불행하고 부끄러운 마음에 창가까지 갔지만 하늘을 우러러볼 용기가 나지 않았다. 친구를 찾아가고픈 충동에 사로잡혔고, 남의 눈에 띄지 않고 그렇게 할 수 있다면 많을 걸 포기할 수도 있을 것 같았다. 그러나 수도원에서 무거운 감금형을 받은 사람은 마치 낙인이 찍힌 것처럼 형이 끝나고도 긴 시간 동안 그 꼬리표를 달고 다니게 된다. 그런 사람은 그때부터 특별한 감시를 받게 되어서, 그와 왕래하는 것은 위험한 일이며 좋지 않은 평판을 받게 된다는 건 누구나 알고 있는 사실이었다. 국가가 그의 생도들에게 베푸는 혜택에는 그에 상응하는 엄격하고 혹독한 훈육 과정이 있을 수밖에 없는 것이다. 그건 이미 입학식 때 거창한 기념 축사에서도 언급되었던 사실이었다. 한스도 그걸 잘 알고 있었다. 그는 친구로서의 의무와 입신양명 사이에서 싸우다 패하고 만 것이다. 두각을 나타내고 시험을 잘 보아서 명성을 얻고 당당히 사회에서 한 역할을 담당하는 것이 그의 이상이지, 낭만적이고 위험한 역할을 하는 것은 아니었다. 그리하여 그는 소심하게 자신만의 은신처에 틀어박혀 지냈다. 그는 그곳을 벗어나 용감하게 행동할 수도 있었다. 그러나 시간이 지날수록 그렇게 하기가 점점 더 어려웠고, 그래서 어느 틈엔가 그의 배신은 기정사실이 되고 말았다.

하일너도 그걸 잘 감지하고 있었다. 이 정열적인 소년은 아이들이 자기를 피한다는 걸 느꼈고, 또 그건 그럴 수도 있다고 이해했다. 그러나 한스에 대해선 믿는 바가 있었기 때문에 기대를 했었다. 하일너는 현재 자신이 느끼고 있는 아픔과 분노에 비하면, 지금껏 자신이 느꼈던 그 내용 없는 비탄은 공허하고 우습게 생각될 뿐이었다. 하일너는 잠시 기벤라트의 곁에 와서 멈추어 섰다. 그리고 창백하면서도 오만한 모습으로 목소리를 깔고 말했다.

"기벤라트, 너는 비열한 겁쟁이야. 빌어먹을 자식!"

그렇게 말하고 그는 양손을 바지 주머니에 넣은 채 나직이 휘파람을 불며 돌아갔다.

젊은이들에게 다른 생각할 거리와 몰두할 일들이 있다는 건 좋은 일이었다. 이 사건이 있고 며칠 지나지 않아 갑자기 눈이 내렸고, 그러고 나자 맑고 추운 겨울 날씨가 찾아왔다. 눈싸움도 하고 스케이트도 탈 수 있었다. 그리고 이제 크리스마스와 방학이 코앞에 닥쳤다는 걸 불현듯 깨닫고는 모두들 방학에 관해 얘기하기 시작했다. 하일너는 거의 관심 밖에 서게 되었다. 그는 조용히 그리고 반항적으로 고개를 빳빳이 들고 오만한 얼굴로 어슬렁어슬렁 돌아다녔다. 아무하고도 이야기를 하지 않았고, 종종 공책에 시구를 적곤 했다. 밀납을 먹인 검정색 천으로 감싼 공책 겉장엔 '어느 수도사의 노래'라는 표제가 붙어 있었다.

참나무, 오리나무, 개암나무, 버드나무에 서리와 언 눈이 매달려 부드럽고 환상적인 풍경을 자아내고 있었다. 작은 호수에선 맑은 얼음이 결빙하며 쩡쩡 소리를 냈다. 십자로가 있는 광장 안마당은 고요한 대리석 정원처럼 보였다. 각 방마다 즐거운 명절 축제의 설렘이 파고들었고, 크리스마스를 앞둔 기쁨에 심지어 점잖고 품위 있는 두 교수마저 웃음기를 머금고 미미하게나

마 온화하고 설렌 모습을 보였다. 교사들과 학생들 누구랄 것 없이 크리스마스를 앞두고 무심할 수는 없었다.

하일너도 기분이 좀 풀리고 비참한 심경도 누그러들기 시작한 것 같았다. 루치우스는 크리스마스 방학 때 책은 뭘 가져가고, 신발은 어떤 걸 가져갈지 곰곰이 생각하고 있었다. 집에서 오는 편지들에 이런저런 예상을 하게 하는 멋진 일들이 씌어져 있었던 것이다. 이를 테면 가장 갖고 싶은 게 뭐냐고 묻거나, 빵 굽는 날을 알려 주기도 하고, 깜짝 선물이 기다리고 있을 거라고 암시하거나 다시 만날 날을 고대하며 기쁜 마음으로 기다린다는 등의 말들이 씌어져 있었다.

크리스마스 방학을 맞아 집으로 떠나기에 앞서 학생들은, 특별히 '헬라스' 방의 학생들은 한 가지 사건을 더 경험하게 되었다. 작지만 유쾌한 사건이었다. 크리스마스 전 저녁 시간에 가장 큰 방인 '헬라스'에서 펼칠 크리스마스 축하연에 교사들을 초대하기로 결정한 것이었다. 축하의 말과 두 편의 시 낭송, 플루트 독주, 바이올린 이중주가 준비되었다. 그러나 이게 다가 아니었다. 이제 한 순서는 무조건 웃기는 것이 프로그램에 들어가야 했다. 아이들은 모두 나서서 상의하고, 서로 흥정을 하기도 하며, 이런저런 안을 내놓았다가 거부당하기도 하면서 결국 의견 일치를 보는 데 실패하고 말았다. 그때 카를 하멜이 그냥 지나가는 말로 루치우스가 바이올린 독주를 한다면 그거야말로 가장 재미있는 일일 거라고 말한 것이 덜컥 당첨이 되었다. 아이들은 부탁도 하고 이런저런 약속과 협박도 곁들여 기어이 이 불행한 음악가가 재능을 기부하게 만들었다. 이제 정중한 초대장과 함께 교사들에게 보낼 프로그램에 특별 순서로 '고요한 밤. 바이올린을 위한 가곡. 실내악의 대가 에밀 루치우스 연주'라는 문구가 들어갔다. 끝에 붙은 실내악의 대가라는 칭호는 그가 외따로 떨어진 음악실에서 열심히 연습한 덕분에 붙은 것이었다.

교장과 교수들, 복습 지도 교사들, 음악 교사와 수석 조교가 초대를 받아 축하연에 모습을 드러냈다. 루치우스가 곱게 빗은 머리에, 하르트너에게서 빌린 검은 연미복을 다려 입고, 부드럽고 겸손하게 미소를 지으며 등장하자 음악 교사의 이마에는 벌써부터 땀이 맺혔다. 이미 루치우스가 인사할 때부터 누가 웃으라고 시키기라도 한 것처럼 여기저기서 웃음이 터져 나왔다. 가곡 〈고요한 밤〉은 그의 손가락 아래에서 가슴을 부여잡게 하는 탄식이자 고통에 겨워 신음하는 고뇌의 노래가 되어 흘러나왔고, 중간에 두 번이나 다시 시작되었다. 그 바람에 멜로디는 갈기갈기 찢기고 잘게 저며졌지만, 그는 발로 박자를 맞추며 강추위 속에서 일하는 벌목꾼처럼 애를 썼다.

화가 난 나머지 창백해진 음악 교사를 바라보며 교장 선생이 즐거운 표정으로 고개를 끄덕여 보이며 인사했다. 세 번째로 다시 연주를 시작하게 되었을 때도 루치우스는 퇴장할 생각은커녕 바이올린을 내린 채 청중을 향해 돌아서서는 이렇게 변명했다.

"잘 안 되네요. 제가 가을에 처음으로 바이올린을 켜기 시작했거든요."

그러자 교장이 목소리를 높여 말했다.

"잘했어요, 루치우스 군. 우리는 당신이 그렇게 노력한 것만으로도 고마울 따름입니다. 그렇게 계속 배우도록 하세요. Per aspera ad astra!*"

12월 24일은 새벽 세 시부터 모든 침실이 활기를 띠며 떠들썩한 분위기가 되었다. 창문엔 얇은 잎사귀 모양으로 두툼한 얼음꽃이 피어 있었다. 세면용 물은 꽁꽁 얼어붙었고 살을 에는 예리한 칼바람이 수도원 안뜰을 휩쓸고 다녔지만 거기에 연연하는 사람은 아무도 없었다. 식당에선 커다란 커피 주전자가 김을 내뿜고 있었다. 얼마 지나지 않아 외투와 목도리로 온몸을 감싼 학생들이 검은 무리를 지어선, 희미하게 빛나는 하얀 들판을 지나 조용한 숲을 가로질러 멀리 떨어져 있는 기차역으로 향했다.

모두들 잡담을 나누며 농담도 하고 큰 소리로 웃기도 했다. 그러면서도 마음 한편은 비밀로 간직한 소망과 기쁨과 기대로 한껏 부풀어 있었다. 그들은 잘 알고 있었다. 도시와 마을 그리고 외따로 떨어진 농가까지 슈바벤 전역에서 부모님과 형제자매들이 크리스마스 장식을 한 따뜻한 방에서 그들을 기다리고 있다는 것을. 대부분의 아이들은 그들 자신이 고향으로 귀성하는 첫 크리스마스였기에, 부모님들이 사랑과 자부심을 갖고 그들을 기다리고 있다는 것 또한 알고 있었다.

눈 덮인 숲 한가운데에 있는 작은 역에서 모두들 혹독한 추위를 견디며 기차를 기다렸다. 지금처럼 이렇게 모두들 한마음이 되어 정겹고 즐겁게 함께했던 적이 없었다. 하일너만이 홀로 뚝

---

*Per aspera ad astra : '곤란을 넘어서 별까지'라는 뜻의 라틴어. 우리말로 '고생 끝에 낙이 온다.'는 말에 해당된다.

떨어져 말없이 서 있었다. 기차가 도착하자 그는 다른 친구들이 다 탈 때까지 기다린 다음 혼자 다른 칸으로 갔다. 한스는 다음 정거장에서 기차를 바꿔 타면서 한 번 더 그를 보았다. 순간적으로 부끄러운 마음과 후회가 밀려왔지만, 귀성 여행의 흥분과 기쁨에 덮여 이 마음은 빠르게 잦아들었다.

집에 돌아와 보니 아버지가 흡족한 얼굴로 싱글벙글 웃고 있었고, 선물이 잔뜩 쌓인 탁자가 그를 기다리고 있었다. 애당초 기벤라트네 집에선 제대로 된 크리스마스 같은 건 없었다. 크리스마스 캐럴도, 들뜬 명절 분위기도 없었고, 어머니도, 크리스마스트리도 없었다. 기벤라트 씨는 명절을 즐길 줄 몰랐다. 그러나 그는 아들이 자랑스러웠고, 그래서 이번엔 선물을 사는 데 돈을 아끼지 않았다. 그리고 한스는 달리 습관이 들여지지 않은 터라 불평할 거리가 전혀 없었다.

모두들 한스에게 너무 마르고 창백해 안쓰러워 보인다며, 수도원에서 대체 식사를 얼마나 조금 주기에 그런 거냐고 물었다. 한스는 그렇지 않다고 열심히 부정하면서 자기는 잘 지내고 있고 단지 두통이 좀 잦을 뿐이라고 말했다. 이 말을 듣고 교구 목사는 젊을 때 자기도 두통 때문에 고생을 했다며 그를 위로해 주었다. 이로써 모든 문제가 한 번에 해결되었다.

강물이 반질반질하게 얼어붙어 명절 내내 스케이트를 타는 사람들로 그득했다. 한스는 새 옷을 입고, 녹색의 신학교 학생모를 쓴 채 거의 하루 종일 밖에서 지냈다. 그는 예전 그의 학교 친구들에게는 먼, 부러움을 받는 한층 더 높은 세계로 들어선 것이었다.

∞ 제4장 ∞

　수도원에서 4년의 시간이 흐르는 동안 통상적으로 신학교에
선 각 학년별로 한 명 내지 여러 명의 소년들이 길을 잃곤 한다.
때로는 죽어 찬송가를 들으며 땅에 묻히거나, 친구들이 함께하
는 가운데 고향으로 보내지기도 한다. 또 때로는 우격다짐으로
도망쳐 나가거나 특별한 죄를 지어 제명되기도 한다. 그러나 간
혹 높은 학년에서만 드물게 벌어지는 일이긴 한데, 해결하기 힘
든 청춘의 고뇌에서 빠져나오지 못하고 혼란스러워 하다가 스스
로 총을 쏘거나 물에 뛰어듦으로써 어둡고 짧은 출구를 찾는 일
이 벌어지기도 한다.
　한스 기벤라트의 학년에서도 동급생 몇 명이 사라져야 했다.
우연치고는 이상하게도 이 아이들 모두 '헬라스' 방의 아이들이
었다.
　헬라스 방 친구 중에 이름이 힌딩어라고 하는 금발 머리의 얌

전하고 왜소한 친구가 한 명 있었다. 별명이 힌두인 이 친구는 알고이 지방의 종교적 소수파들이 거주하는 지역에서 온 아이로 재봉사의 아들이었다. 그는 조용한 학생이었던지라 떠나고 나서야 아이들 사이에서 다소 화제가 되긴 했지만 그것도 오래가지는 않았다. 절약이 몸에 밴 실내악의 대가 루치우스와 이웃한 책상을 쓰고 있던 그는 루치우스와 친하게 지냈다. 친하다고 해봤자 다른 아이들보다 조금 더 자주 접촉한 정도에 불과한 소극적인 아이였다. 그 이외에는 전혀 친구가 없었다. 그가 없어지고 난 뒤에야 헬라스 방의 친구들은 자기들이 그 아이를 좋아했다는 걸, 자주 흥분하는 헬라스 방의 아이들 사이에서 하나의 쉼표로서 그리고 겸손하고 선량한 이웃으로서 그를 좋아했다는 걸 깨달았다.

1월의 어느 날, 힌딩어는 로스바이어 연못에 스케이트를 타러 가는 아이들 사이에 끼었다. 스케이트가 없었던 그는 그냥 구경이나 한번 하려던 참이었다. 하지만 얼마 안 있어 그는 추위에 떨게 되었고, 몸을 덥히려고 힘을 주어 연못 기슭을 걸어 보았다. 그러다 안 되겠던지 달음박질을 하며 들을 지나 멀리 또 다른 작은 호수가 있는 곳까지 가게 되었다. 이 호수는 바닥에 따뜻하고 힘차게 솟구쳐 오르는 샘들이 있어서 표면만 살짝 얼어 있었다. 그는 갈대 사이를 헤치고 건너가다가, 작고 가벼운 몸이었음에도 기슭 가까운 곳에서 얼음이 깨지는 바람에 물에 빠지고 말았다. 물에 빠지지 않으려고 몸부림을 치며 잠시 비명을 질렀지만, 아무에게도 눈에 띄지 못한 채 어둡고 차가운 물속으로 가라앉고 말았다.

두 시에 오후의 첫 수업이 시작되어서야 다들 그가 없다는 걸 알아차렸다.

"힌딩어 군은 어디 갔나요?"

보충 담당 교사가 물었다.

대답하는 학생이 아무도 없었다.

"헬라스 방을 찾아보세요!"

그러나 헬라스 방에서도 그의 흔적은 찾아볼 수 없었다.

"지각인가 보네요. 그럼 힌딩어는 빼고 시작합시다. 칠십사 쪽, 칠 번 구절입니다. 당부해 두겠는데 다시는 이런 일이 없도록 합시다. 반드시 시간을 지키도록 하세요!"

세 시를 알리는 종이 쳐도 힌딩어가 모습을 보이지 않자 보충 담당 교사는 걱정이 되어 교장에게 학생을 보냈다. 그 즉시 교장이 직접 교실을 찾아와 이런저런 질문을 했다. 그런 다음 조교와 보충 담당 교사 한 명과 열 명의 학생을 수색대로 보냈다. 남은 학생들에게 교장은 쓰기 연습을 시켰다.

네 시에 보충 담당 교사가 노크도 하지 않고 교실로 들어왔다. 그가 교장에게 속삭이며 보고했다.

"조용히 하세요!"

교장이 명하자 학생들은 꼼짝도 않고 의자에 앉아서 기대감에 차 그를 바라보았다. 이어서 교장이 낮은 목소리로 말했다.

"여러분의 친구 힌딩어가 연못에 빠진 것 같습니다. 이제 여러분도 힌딩어 군을 찾는 걸 도와야겠습니다. 마이어 교수님께서 여러분을 이끄실 거예요. 교수님이 하라는 대로 정확히 잘 따르세요. 절대로 독단적으로 행동해서는 안 됩니다."

학생들은 모두들 놀라서 수군거리며 선두에 선 교수를 따라 출발했다. 시내에서 몇 명의 어른이 밧줄과 길고 가는 각목과 장대를 들고 서둘러 가는 행렬에 합류했다. 날은 지독히도 추웠고 태양마저도 벌써 숲 가장자리에 걸려 있었다.

마침내 뻣뻣하게 굳은 소년의 작은 몸을 발견하고 눈 덮인 갈대밭에서 들것에 옮겨 실었을 땐 이미 어스름이 짙게 깔려 있었다.

학생들은 겁에 질린 새처럼 두려움에 떨며 그 주위에 서 있었다. 시신에서 눈을 떼지 못한 채 추위에 곱아 파래진 손가락을 문질렀다. 익사한 친구를 실은 들것이 앞장서고, 학생들은 그 뒤를 따르며 눈 덮인 들판을 지나갔다. 그제야 학생들은 짓눌린 영혼에 전율을 일으켰고, 모두들 사슴이 적의 낌새를 알아차리듯 잔혹한 죽음의 존재를 어렴풋하게나마 느꼈다.

추위에 떨며 슬퍼하는 작은 무리 속에서 한스 기벤라트는 우연히 친구였던 하일너와 나란히 걷고 있었다. 둘은 들판의 울퉁불퉁한 곳에서 똑같이 발을 헛디디게 되었고, 그 순간 둘이 나란히 걷고 있다는 걸 동시에 알게 되었다. 죽음의 장면에 사로잡혀 순간적으로 자기 본위적인 모든 것의 허무함을 확신하게 되었던 탓인지 모르겠지만, 여하튼 한스는 예상치 않게 친구의 창백한 얼굴을 가까이에서 보게 되자 뭐라 말할 수 없는 깊은 아픔을 느꼈고, 그래서 불쑥 하일너의 손을 잡아 주려고 했다. 하지만 하일너는 짜증을 내며 손을 뿌리치고는 감정이 상했는지 시선을 돌려 버렸다. 그러곤 곧바로 다른 자리를 찾더니 행렬의 맨 끝줄로 가 버렸다.

모범 소년 한스의 가슴은 고통과 부끄러움에 숨이 막혀 들썩거렸다. 그는 비틀거리며 얼어붙은 들판을 행진하는 내내, 퍼렇게 언 양 볼 위로 하염없이 흘러내리는 눈물을 주체할 수 없었다. 그는 잊으려 해도 잊을 수 없고 또 아무리 후회해도 돌이킬 수 없는 죄와 대수롭지 않게 여겨 범하는 잘못된 행동이 있다는 사실을 깨달았다. 그리고 선두에서 높이 들린 들것에 누운 것이 재봉사의 아들이 아니라 그의 친구 하일너인 것만 같았고, 하일너가 자신의 충실하지 못한 태도에 대한 고통과 노여움도 함께 싣고 멀리 또 하나의 다른 세계, 성적이나 시험이나 능력이 아닌 오직 양심의 순수함이나 더러움에 따라 판단하는 그런 세계로 넘어가는 것 같이 느껴졌다.

그사이 수색 행렬은 국도에 다다랐고, 그래서 속도를 내어 수도원에 안전하게 도착할 수 있었다. 수도원에서는 교장을 선두로 모든 교사들이 나와서 죽은 힌딩어를 맞았다. 힌딩어가 살아 있었다면 자신이 이런 영광을 누릴 거라는 생각만으로도 그곳에서 도망쳐 버렸을지도 모른다. 죽은 학생을 대할 때 선생들은 살아 있는 학생을 대할 때와는 다른 눈길로 그들을 바라본다. 그러면서 잠시나마 평소 자신들이 편하게 막 대하던 젊은이들 한 사람, 한 사람이 그리고 살아 있는 생명 하나하나가 다시없을 귀한 존재요, 가치를 지닌 존재라는 걸 깨우치게 되는 것이다.

그날 밤과 그 다음 날 하루 종일 눈에 보이지 않는 주검의 존재는 마치 마법처럼 작용하여, 아이들의 모든 행동과 언행을 부드럽고 차분하고 순하게 만들었다. 그리하여 이 짧은 시간 동안은 싸우거나 화를 내고, 시끄럽게 굴거나 웃음소리를 내는 것조차 자취를 감추었다. 마치 물의 요정들이 잠시 물 위에서 사라져, 물이 움직임을 그쳐 얼핏 보기에 생명체가 살고 있지 않은 듯 보이는 것과 같았다. 둘이 모여 익사한 친구에 관한 이야기를 할 때엔 항상 친구의 본명을 불렀다. 죽은 사람에게 힌두라는 별명을 쓰는 건 품위 없는 행동으로 생각되었던 것이다. 이리하여 평소 눈에 띄지도 않고, 이름을 불러 주는 친구 하나 없이 무리 속에 묻혀 없는 듯 지내던 그 조용한 힌두가 지금은 자신의 이름과 죽음으로 수도원 전체를 가득 채우고 있었다.

이튿날, 힌딩어의 아버지가 도착했다. 그는 아들이 누워 있는 작은 방에서 몇 시간 머무른 다음, 교장에게서 차 대접을 받고 그날 밤은 사슴 여관에서 묵었다.

그 다음 날 장례식이 있었다. 관은 공동 침실이라 부르는 복도에 놓았다. 알고이의 재봉사는 관 옆에 서서 모든 장례 과정을 지켜보고 있었다. 그는 영락없는 재봉사의 모습을 하고 있었다. 깜짝 놀랄 정도로 마르고 홀쭉한 몸매에, 녹색 빛이 감도는 검정색 프록코트와 통이 좁은 궁색해 보이는 바지 차림에다 손에는 낡은 예식용 모자를 들고 있었다. 작고 마른 그의 얼굴이 슬픔에 잠겨 애처롭고 연약해 보이는 것이, 마치 바람 속에 세워 둔 1크로이처짜리 촛불 같았다. 그는 교장과 교수들 앞에서 줄곧 경의를 표하며 어쩔 줄 몰라 했다.

슬픔에 잠긴 왜소한 몸집의 그 남자는 인부들이 관을 들어올리기 직전 마지막 순간에 한 번 더 관 앞으로 다가섰다. 당혹스러운 듯 머뭇거리며 수줍지만 애정 어린 몸짓으로 관 뚜껑을 쓰다듬고는, 우물쭈물 눈물을 참으려고 애를 쓰면서 멈추어 섰다.

정적이 흐르는 커다란 방 한가운데 우두커니 서 있는 그의 모습은 마치 한겨울의 바싹 마른 작은 나무 같았고, 그 모습이 어찌나 쓸쓸하고 모든 걸 체념한 듯 보였던지 애통하기 이루 말할 수 없었다. 목사는 그의 손을 잡고 잠시 그의 곁에 머물렀다. 재봉사는 환상적으로 휘어진 실크 햇을 머리에 쓰고, 관 바로 뒤쪽 가장 앞쪽에 서서 관을 따라갔다. 계단을 내려가서 수도원 안뜰을 지나 오래된 정문을 빠져나간 장례 행렬은 하얗게 눈이 쌓인 땅을 밟으며 야트막한 묘지 담장을 향해 걸어갔다. 신학생들은 묘지에서 합창을 하는 동안 지휘를 하는 음악 선생이 짜증을 내는데도 박자를 맞추는 그의 손이 아닌, 쓸쓸하고 바람에 날아갈 것 같은 왜소한 재봉사에게 눈길이 가 있었다. 그는 슬프고 꽁꽁 언 모습으로 눈 속에 서서 고개를 떨군 채 목사와 교장과 조교의 조사를 들었다. 그리고 노래하는 생도들을 보며 멍하니 고개를 끄덕이기도 하고, 가끔 왼손을 들어 윗옷에 숨겨 놓은 손수건을 만지작거렸다. 그러나 손수건을 꺼내 들지는 않았다.

"난 말이야, 그분 대신에 우리 아버지가 그렇게 서 계셨더라면 어떤 모습일까 하는 생각이 절로 들더라."

장례식 후 오토 하르트너가 말했다. 그러자 모두들 한목소리로 말했다.

"그래, 나도 같은 생각을 했었어."

나중에 교장이 힌딩어의 아버지와 함께 헬라스 방으로 왔다.

"여러분 중에서 죽은 친구와 특히 친하게 지냈던 사람 있습니까?"

교장이 안쪽을 향해 물었다. 처음에는 아무도 나서려는 사람이 없었다. 그러자 힌두의 아버지는 근심 어리고 참담한 표정으로 젊은이들의 얼굴을 하나하나 들여다보았다. 조금 있다가 루치우스가 앞으로 나왔다. 그러자 힌딩어 씨는 그의 손을 잠시 꼭 잡고 있을 뿐, 아무 말도 하지 못하고 곧 겸손하게 고개를 끄덕여 보이고 다시 방에서 나갔다. 그날 안에 집에 돌아가 아내에게 아들 카를이 지금 어디에 누워 있는지 이야기를 해 주려면, 길을 떠나 하루 온종일 눈 덮인 겨울 땅을 지나가야 했다.

수도원을 지배하던 마력은 곧 다시 사라지고 말았다. 선생들은 다시 원래대로 돌아갔다. 문 닫는 소리도 다시 거칠어졌다. 사라진 헬라스 방의 친구를 생각하는 순간들도 점점 줄어들었다. 몇몇 학생은 저 우수에 잠긴 연못가에 오랫동안 서 있었던 탓에 감기에 걸려 양호실에 누워 있거나, 털 실내화를 신고 목도리를 둘둘 두른 모습으로 돌아다녔다. 한스 기벤라트는 목과 발은 멀쩡했지만 불행했던 그날 이후로 좀 더 진지하고 어른스러워진 것처럼 보였다. 그의 내면에서 무어라 말할 순 없지만 뭔가가 달라져 그를 소년에서 청년으로 보이게 한 것이었다. 동시에 그의 영혼 역시 다른 어떤 세계로 자리를 옮겨, 뿌리를 잃은 채 두려워하며 아직 쉴 곳을 찾지 못하고 이리저리 펄럭거리고 있었다. 그렇게 된 것은 죽음의 충격도, 선량한 힌두에 대한 애도 때문도 아니었다. 그것은 오롯이 하일너에 대해 갑작스레 눈뜨게 된 그의 죄의식 때문이었다.

하일너는 다른 두 아이와 함께 양호실에 누워서 뜨거운 차를 마셔야 했다. 그리하여 그는 힌딩어의 죽음을 겪으며 받았던 인상을 나중에 시를 쓸 때 이용할 수 있도록 뭔가 준비할 수 있는 시간을 가졌다. 그렇다고 그에게서 그 일이 그렇게 중요한 것 같아 보이진 않았다. 도리어 그는 비참하고 고통스러워 보였고, 한방에 누워 있는 친구들과 거의 한 마디도 나누지 않았던 것이다. 감금형을 받은 이후 그에게 강요된 고독은 자주 심정을 털어놓아야 하는 그의 여린 성정에 상처를 주고 사람을 독하게 만들었다. 선생들은 그를 혁명적인 불평분자로서 엄격하게 감시했고, 학생들은 그를 피해 다녔으며, 조교들은 조롱하듯 친절하게 그를 대했다. 그리하여 그의 친구인 셰익스피어와 실러와 레나우는 그에게 자신을 억누르고 비하하는 주변 세계와는 또 다른, 보다 강력하고 웅대한 세계를 보여 주었다. 처음엔 우수에 잠긴 은둔자의 색조가 지배적이던 그의 '어느 수도사의 노래'는 차츰 수도원이나 교사, 함께 공부하는 친구들에 대한 신랄하고 증오에 찬 시구 모음집이 되어 갔다. 그는 고독 속에서 악전고투하는 순교자의 기쁨을 발견했고, 자신이 이해받지 못하는 것에 만족감을 느꼈으며, 인정사정 보지 않고 대놓고 경멸하는 수도사의 시구를 지으며 자신이 마치 유베날리스*라도 된 것처럼 생각되었다.

장례식이 끝난 후 일주일이 지났다. 두 명의 친구가 완쾌되어 하일너 혼자 양호실에 누워 있을 때 한스가 그를 찾아왔다. 한스는 조심스럽게 인사를 건네고는 침대 곁으로 의자를 가져가 자리를 잡고 앉아서 환자의 손을 잡았다. 환자는 짜증을 내며 벽

---

*유베날리스(50?~130?) : 고대 로마의 풍자 시인.

쪽으로 돌아누웠다. 절대로 곁을 내주지 않겠다는 듯 보였다. 그러나 한스는 물러서지 않았다. 그는 옛 친구의 손을 단단히 부여잡고 억지로 자기를 보도록 했다. 친구는 화가 나서 입술을 찌그러뜨렸다.

"대체 왜 이러는 건데?"

한스는 손을 놓아 주는 대신 이렇게 말했다.

"내가 하는 말 잘 들어줘. 그땐 내가 비겁했어. 그랬으니까 어려움에 처한 널 그냥 내버려 두었던 거고. 너 알잖아, 내가 어떤 사람인지. 신학교에서 상위를 차지하고 가능하다면 일등이 되겠다고 굳게 결심했었잖아. 너는 그걸 두고 출세주의라고 불렀지. 틀린 말은 아니라고 생각해. 하지만 그때 그건 나에겐 이상과도 같은 것이었어. 더 좋은 건 아무것도 몰랐으니까."

하일너는 눈을 감고 있었다. 한스는 목소리를 완전히 낮추고 말을 이었다.

"있잖아, 하일너! 미안하다. 네가 다시 나와 친구가 되어 줄지 어떨지는 잘 모르겠지만, 아무튼 나를 용서해 줘야겠다."

하일너는 아무 말도 않고 눈을 감은 채로 누워 있었다. 마음속으로는 착하고 기쁜 마음이 한꺼번에 몰려와 친구를 향해 웃고 있었지만, 지금은 신랄하고 고독한 역할에 익숙했던 터라 적어도 잠시 동안은 이 역할을 위해 쓴 가면을 우선 쓰고 있기로 했다. 한스는 물러서지 않았다.

"용서해 줘야 해, 하일너! 네 주위에서 계속 이렇게 빙빙 도느니 꼴찌가 되는 게 나을 것 같아. 너만 좋다면 우리 다시 친구가 되어서 다른 아이들에게 우리는 그런 아이들이 없어도 된다는 걸 보여 주자."

그 말을 듣자 하일너는 그의 손을 힘차게 쥐어 응답했고 감았던 눈을 떴다.

며칠 후 하일너도 침상에서 벗어나 양호실을 떠났다. 수도원에선 다시 맺어진 두 사람의 우정을 두고 적잖이 흥분했다. 두 사람은 이때부터 실제로 이렇다 할 어떤 체험을 한 것도 아닌데, 서로가 서로에게 속해 있다는 사실 자체가 주는 묘한 행복감과 말을 하지 않아도 은연중에 서로를 이해하고 있다는 느낌으로 꽉 찬 묘한 시간들을 보내게 되었다. 그것은 예전과는 뭔가 달랐다. 몇 주 동안 떨어져 지낸 시간이 두 사람을 변화시켰던 것이다. 한스는 더 다정다감해지고 더 따뜻해지고 더 열정적으로 변했다. 하일너는 한층 힘차고 남성적인 본색을 갖추었다. 떨어져 지낸 지난 시간 동안 서로를 너무나도 그리워했기 때문에 다시 하나가 되었다는 사실 자체가 둘에겐 하나의 커다란 체험이요, 귀중한 선물처럼 여겨졌다.

이 조숙한 두 명의 소년은 그들의 우정 속에서 알듯 모를 듯한 수줍음과 함께 부드러운 첫사랑의 비밀과 같은 어떤 감정을 자신들도 모르는 사이에 미리 맛보고 있었다. 그뿐 아니라 두 사람의 결합에는 남성다움이 익어가면서 풍기는 아릿한 매력과 동급생 전체에 대한 반항심이 마찬가지로 아릿한 양념처럼 얹어져 있었다. 동급생들은 하일너를 불쾌한 인물로 보고 한스를 이해할 수 없는 친구라고 생각했다. 그때까지만 해도 동급생들이 맺고 있는 수많은 우정이란 아직도 천진난만한 소년들의 장난에 불과했던 것이다.

한스가 열렬히 그리고 행복해하며 우정에 매달릴수록, 그만큼 학교는 그에게서 점점 멀어져만 갔다. 새로 찾아온 행복감은 마치 갓 담근 포도주처럼 그의 피와 생각을 돌며 부글거렸고, 행복감이 발효하는 동안 호메로스와 마찬가지로 리비우스도 그 중요성과 빛을 잃어갔다. 교사들은 지금까지 흠잡을 데 없던 기벤라트가 문제아로 변하고, 하는 짓이 의심스러운 하일너에게 넘어가 나쁜 영향을 받고 있는 것을 보고 경악을 금치 못했다. 교사들이 가장 두려워하는 것은 그렇지 않아도 피가 끓어오르는 위태로운 청년기의 초입에 조숙한 소년들에게서 드러나는 묘한 현상들이었다. 그렇지 않아도 교사들은 예전부터 하일너의 천재적인 기질을 무시무시하게 여겼었다.

예로부터 천재와 선생들 사이엔 깊은 심연이 단단히 버티고 있었다. 그래서 천재성을 가진 아이들이 학교에서 보여 주는 것들은 처음부터 교사들에겐 만행일 수밖에 없다. 교사들에게 천재란 교사에 대한 존경심은 눈곱만큼도 없고, 열네 살에 담배를 시작하고, 열다섯 살에 연애를 하고, 열여섯 살이 되면 술집을 드나들고 금서를 읽는가 하면 무례한 글을 쓰고 가끔씩 교사들을 조롱하는 묘사를 하여 교무 일지에 주동자나 감금 후보자로 기록되는 그런 질 나쁜 존재인 것이다. 교사는 담당 학급에 천재 한 명이 있는 것보다 머리가 떨어지는 학생들 몇 명이 들어오기를 더 원한다. 곰곰이 따져 보면 그러는 것도 이해는 간다. 교사의 임무는 극단적인 지력의 소유자를 키워 내는 것이 아니라 라틴어에 능한 사람, 계산을 잘하는 사람, 성실한 소시민을 길러 내는 데 있으니까 말이다. 그런데 둘 중 어느 쪽이 다른 쪽 때문에 더 힘들어 하고 더 어려워할까. 교사가 학생 때문일까, 아니면 그 반대일까. 둘 중 누가 더 폭군이고 더 귀찮은 존재일까. 둘 중 어느 쪽이 상대방의 영혼과 삶을 해치고 상하게 할까. 수치심과 분노의 감정을 느끼며 자기 자신의 젊은 시절을 돌이켜 보지 않는다면, 이 문제에 대한 답은 알아내기 힘들 것이다. 하지만 그것은 우리가 관여할 일이 아니다. 그래도 우리에게 위로가 되는 것은, 정말로 천재적인 사람들은 거의 항상 그런 상처를 훌훌 털어 버리고, 학교에 저항하면서도 훌륭한 작품을 창작해 내는 인물이 된다는 것이다. 그리고 훗날 이들이 죽고 먼 시간이 흘러 영광스러운 명성을 누리게 되면, 교사들은 새로운 세대들에게 이들의 작품을 걸작이요, 기품 있는 본보기로서 제시하게 된다. 이리하여 학교에서 학교로 이어지면서 규칙과 정신 사이의 난투극이 반복되는 것이며, 그리하여 우리는 국가와 학교가 매년 등장하는 몇몇 심오하고 보배로운 지성들을 뿌리부터 꺾어 놓으려 숨 쉴 틈 없이 노력하는 것을 되풀이하여 보게 되는 것이다. 또한 그 누구보다도 특히 교사에게서 미움을 샀던 사람, 자주 벌을 받았던 사람, 학교에서 도망친 사람, 학교에서 쫓겨났던 사람들이 나중에 우리 민족의 보화를 더 늘리는 인물이 되는 것 역시도 계속해서 되풀이되고 있다. 그러나 속으로 조용히 반항하느라 골병이 들고 끝내 파멸하고 마는 학생들 또한 많고도 많다. 이들의 수가 얼마나 많을지 누가 알랴마는.

유서 깊고 훌륭한 학교의 교칙에 따라 이 두 명의 이상한 젊은이도 그들에게서 위험이 감지되자, 그 즉시 사랑이 아닌 곱절로 더 엄격한 처우가 가해졌다. 다만, 한스를 히브리어를 가장

열심히 공부하는 학생으로 자랑해오던 교장만은 그를 구제하려
는 마음에 격에 맞지 않는 시도를 하고 말았다. 그는 자신의 집
무실로 한스를 불렀다. 집무실은 오래된 수도원 원장의 관저로
들창이 있는 그림같이 아름다운 구석방이었다. 전설에 의하면
가까운 크니트링엔을 고향으로 둔 파우스트 박사가 이곳에서 엘
핑어주(酒)를 겁나게 많이 즐겼다고 하는 그런 곳이기도 했다.
교장은 괜찮은 인물이었다. 그는 통찰력으로 보나 실무적인 영
민함으로 보나 부족함이 없었다. 더군다나 자신의 관할 하에 있
는 학생들에겐 친절하게 호의를 갖고 대하였으며, 특히 당신이
아니라 자네라고 칭하기를 좋아했다. 그의 중요한 결점은 자만
심이 강하다는 것이었다. 이것 때문에 그는 강단에서 과시욕이
지나쳐 곡예를 펼칠 때가 종종 있었다. 또 이 자만심 때문에 자
신의 권력이나 권위를 조금이라도 의심하는 눈치가 보이면 그걸
그냥 보아 넘기질 못했다. 그는 반론을 용납하지 못하였고 어떠
한 잘못도 인정할 줄 몰랐다. 그래서 자기 의지가 없이 남의 말
을 잘 따르거나 솔직하지 않은 학생들은 교장과 기가 막히게 잘
지냈지만, 힘이 있고 정직한 학생들은 이론을 제기할 것 같은 낌
새만 보여도 그를 자극하는 꼴이 되었기 때문에 그와 잘 지내기
가 어려웠다. 그러나 그는 용기를 북돋는 눈길과 마음을 움직이
게 하는 어조로 아버지 같은 친구의 역할을 소화하는 데 있어선
대가였다. 지금도 그는 그 대가급의 연기를 했다.

"자리에 앉아요, 기벤라트 군."

그는 쑥스러워 하며 방에 들어온 젊은이의 손을 잡고 힘차게
악수한 다음 친절하게 말했다.

"당신과 이야기를 좀 하고 싶은데. 혹시 '자네'라고 말을 터도 괜찮겠나?"

"그럼요, 교장 선생님."

"자네 스스로도 잘 느끼고 있겠지만 친애하는 기벤라트 군, 최근 들어 성적이 좀 떨어졌더군. 적어도 히브리어 과목에선 그랬네. 지금까지는 아마 자네가 히브리어에선 전교에서 최고였을 걸세. 그래서 나로서는 갑작스럽게 성적이 떨어지는 걸 보는 게 유감스러울 수밖에. 자네, 이젠 히브리어 공부가 재미없어진 건가?"

"아, 아닙니다, 교장 선생님."

"잘 생각해 보게나! 그런 일이야 있을 수 있는 일이니까. 혹시 특별히 집중하고 있는 과목이라도 있나?"

"아닙니다. 교장 선생님."

"정말로 아니야? 좋네, 그렇다면 우리 다른 데서 원인을 찾아봐야겠군. 도와주겠나?"

"저도 잘 모르겠습니다……. 늘 빠짐없이 과제를 했는데……."

"분명 그랬지, 그랬고말고. 하지만 differendum est inter et inter*라고 했네. 물론 자네는 맡겨진 과제를 다 해 왔지. 그건 자네의 의무이기도 하고. 하지만 전에는 더 좋은 성적을 내지 않았는가. 아마 그때 더 열심히 했을지도 모르지. 여하튼 더 많은

---

*differendum est inter et inter : '같은(같아 보이는) 것 사이에도 차이가 있다.'는 뜻의 라틴어.

관심을 갖고 과제에 임했을 걸세. 그래서 말인데 지금 내가 궁금한 건 말이야, 이렇게 갑작스럽게 열정이 뒤처진 원인이 어디서 왔냐는 거야. 자네 혹시 어디가 아픈 건 아니겠지?"

"아닙니다."

"아님 두통이라도 있나? 솔직히 안색이 그다지 좋아 보이진 않는구만."

"예, 두통은 가끔 있습니다."

"날마다 해야 하는 공부가 자네한테 좀 과하던가?"

"아, 아닙니다. 전혀 그렇지 않습니다."

"아니면 개별적으로 독서를 많이 하는가? 솔직히 말해 보게!"

"아닙니다. 거의 아무것도 읽고 있지 않습니다. 교장 선생님."

"그렇다면 나로선 정말 모르겠군, 젊은 친구. 어딘가 틀림없이 잘못된 데가 있을 걸세. 자네 나한테 약속해 주겠나, 앞으로 본격적으로 열심히 공부하겠다고?"

한스는 권력자가 진지하면서도 온화한 눈길로 자신을 바라보며 내민 오른손에 자신의 손을 얹었다.

"그렇게 하는 게 좋아. 그렇게 하는 게 옳네, 친구. 다만 지칠 정도로 하면 안 되네. 안 그러면 수레바퀴 아래 깔리고 말 테니까 말일세."

교장이 한스의 손을 힘껏 쥐었다. 한스는 안도의 숨을 내쉬며 문 쪽으로 걸어갔다. 그때 교장이 그를 다시 불렀다.

"할 말이 더 있었네. 기벤라트, 자네 하일너와 자주 만나는 것 같던데, 그렇지 않은가?"

“예, 꽤 자주 만납니다.”

“다른 친구들보다도 훨씬 친하게 지내는 것 같더군. 맞나?”

“그렇습니다. 친구니까요.”

“어쩌다 그렇게 되었나? 둘이 원체 기질이 다르지 않나.”

“저도 잘 모르겠습니다. 아무튼 지금은 제 친구입니다.”

“내가 자네의 친구를 별로 좋아하지 않는다는 건 자네도 알걸세. 그 친구는 가만히 있지를 못하는 불평가야. 타고난 재능은 있을지 몰라도 성적으로 보여 주는 건 아무것도 없는 친구지. 자네한테 좋은 영향을 끼치는 친구는 더더욱 아니고. 자네가 앞으로 그 친구를 멀리하는 모습을 보여 준다면 더할 나위 없이 좋을 것 같네만. 그렇게 하겠는가?”

“그럴 수 없습니다. 교장 선생님.”

“그럴 수 없어? 대체 왜인가?”

“그래도 제 친구이기 때문입니다. 친구를 그렇게 곤란한 상황에 둔 채 저버릴 수는 없습니다.”

“흐음, 하지만 다른 친구들과 좀 더 친하게 지내며 유대 관계를 쌓을 수도 있지 않나? 자네 혼자만 지금 하일너에게서 나쁜 영향을 고스란히 받고 있지 않은가. 그리고 그 결과를 벌써 눈으로 보고 있고. 그 친구의 어떤 점이 그렇게 자네를 놓아주지 않는 건가?”

“저도 잘 모르겠습니다. 하지만 우리는 서로 좋아합니다. 그러니까 제가 그 친구를 버린다면 그건 비겁한 행동일 겁니다.”

“그렇군. 흠, 강요하진 않겠네. 하지만 차차 그에게서 벗어나기를 바라겠네. 그렇게 한다면 좋겠어. 그렇게 해 준다면 정말 좋겠네."

교장의 마지막 말에는 앞서 보여 주었던 온화함을 더 이상 찾아볼 수 없었다. 한스는 그제야 사무실을 나올 수 있었다.

그때부터 한스는 다시 새롭게 공부에 매진했다. 그러나 예전처럼 빠른 속도로 진도가 나가진 않았다. 오히려 최소한도 뒤로 더 처지지 않도록 간신히 보조를 맞추는 정도에 불과했다. 그 역시 이러한 현상이 부분적으로 하일너와의 친구 관계에서 비롯되었다는 건 알고 있었다. 그래도 그와의 우정에서 어떤 손실이나 방해를 받았다고 생각하기보다는 오히려 그 속에서 그동안 소홀히 했던 모든 것을 보상해 주는 하나의 보물, 즉 의무에만 충실했던 예전의 무미건조한 삶과는 비교가 되지 않는 보다 따뜻한 하나의 고양된 삶을 보았다. 그는 사랑에 빠진 젊은 연인처럼 지냈다. 위대한 영웅적 행동은 거뜬히 해낼 것 같은데, 지루하고 사소한 일상적인 일은 도저히 할 수 없을 것 같이 느껴졌던 것이다. 그는 계속해서 절망적인 한숨을 내뱉으며 힘들게 공부했다. 한스는 하일너처럼 겉핥기식으로 공부하고 가장 중요한 부분만 재빨리 그리고 무서울 정도로 서둘러 암기하는 그런 방식의 공부는 할 줄 몰랐다. 하일너가 거의 매일 저녁 쉬는 시간마다 함께 있기를 원했기 때문에 한스는 억지로 아침에 한 시간 일찍 일어나 공부를 적(敵)과 싸우듯이 했고, 무엇보다 히브리어 문법을 붙들고 씨름을 했다. 사실 한스가 즐거워하며 공부한 건 호메로스와 역사 시간밖에 없었다. 그는 어둠 속을 더듬거리는 기분으로 호메로스의 세계에 다가갔다. 역사에선 이제 영웅들이 점차 이름이나 숫자에서 벗어나 가까이에서 불타는 눈길로 그를 바라보았고, 생생하고 붉은 입술과 저마다 자신의 얼굴과 손을 가진 존재들로 부각되었다. 어떤 이는 붉고 두툼하고 거친 손을 지녔는가 하면, 또 어떤 이는 조용하고 차가우며 돌처럼 딱딱한 손을 지녔고, 작고 뜨거우며 가는 핏줄이 돋은 손을 지닌 인물들도 있었다.

그리스어 본문으로 된 복음서를 읽을 때에도 그는 때때로 복음서 속 인물들이 뚜렷하게 가까이 있는 것처럼 다가와 놀랐다. 아니 압도되는 느낌을 받곤 했다. 한 번은 마가복음 6장에서 예수가 제자들과 함께 배에서 내리는 대목을 읽는데 그땐 특히 그랬었다. 'εὐθὺς ἐπιγνόντες αὐτόν περιέδραμον(그들이 예수를 곧 알아보고 그리로 달려왔다.)' 그 대목에서 그 또한 사람의 아들이 배에서 내리는 것을 보고 곧바로 그를 알아보았다. 어떤 형상이나 얼굴을 보고 알아차린 것이 아니었다. 그는 사랑으로 가득 찬 그의 위대하고 빛나는 깊은 눈과 섬세하고 강한 영혼으로 만들어지고 그 영혼이 깃들어 있는 것처럼 보이는 그의 가늘고 아름다운 구릿빛 손이 조용히 움직이는, 아니 그보다는 초대하고 환영하는 듯 손짓하는 걸 보고 그라는 걸 알아보았다. 출렁거리는 물 언저리와 육중한 뱃머리가 순간적으로 함께 떠오르는가 싶더니, 그 모든 장면이 한겨울의 입김처럼 하얗게 부서지며 사라져 버렸었다.

이따금 이런 일이 반복되었다. 책 속에 나오는 어떤 인물 혹은 이야기의 편린이 다시 한 번 살아나, 살아 있는 사람의 눈 속에 자신의 시선을 비춰 보기를 갈망하면서 욕심 사납게 튀어나오는 것이었다. 한스는 이런 일이 벌어지면 그냥 받아들이고 왜 그러는지 의아해 했다. 그리고 나타났는가 싶으면 재빨리 다시 날아가 버리는 이런 현상을 겪을 때마다 그는 자신이 마음속 깊이 그리고 기묘하게 변화하는 듯한 느낌을 받곤 했다. 그럴 때면 그는 자신이 마치 검은 대지를 유리라도 되듯 꿰뚫어 본 것 같았고, 아니면 하느님이 그를 바라보고 있는 것 같은 그런 느낌이 들었다. 이 귀중한 순간들은 부르지 않는데 불쑥 찾아와선 아쉬워할 틈도 없이 사라졌다. 뭔가 낯설고 신성한 분위기가 감돌아 차마 말을 붙이기도 또 가지 말라고 청할 수도 없는 순례자나 친절한 손님들처럼 말이다.

한스는 이러한 체험을 혼자 간직하고 하일너에게도 이 일에 관해선 일절 말하지 않았다. 하일너는 예전의 우울이 불안하고 날카로운 지성으로 변하여 수도원과 선생들 그리고 동급생에 대해, 또 날씨와 인간의 삶 그리고 신의 존재에 대해 비판을 가했고, 때로는 마구 싸우려 들거나 갑자기 어리석은 장난을 치는 등 이상 행동을 보였다. 한번 격리된 적이 있었고 또 다른 나머지 아이들과는 대립 관계에 있었기 때문에, 그는 덮어놓고 자존심을 부리며 이 대립 관계를 완전히 반항적이고 적대적인 관계로 몰고 가려고 했다. 기벤라트는 그것을 막는 대신 그 속으로 함께 빠져 들어갔고, 그리하여 이 두 친구는 대다수의 친구들에게서 동떨어져 눈에 띄기는 하지만 곱지 않은 시선으로 바라보는 하나의 섬이 되었다. 한스는 이렇게 지내는 데 점점 익숙해져 불편함을 느끼지 않게 되었다. 단, 교장만 없었더라면 말이다. 교장에 대해 그는 막연한 두려움을 느끼고 있었다. 예전에 애제자였던 그를 대하는 교장의 태도는 냉담했고, 누가 보아도 고의적으로 그를 홀대하는 모습이 역력했다. 그리하여 한스는 다름 아닌 교장의 전문 분야인 히브리어 과목에서도 모든 의욕을 점점 잃게 되었다.

별 변화를 보이지 않고 그대로인 몇몇 학생들을 제외하고 벌써 몇 달 사이에 마흔 명의 신학생들이 심신에 변화를 일으킨 모습을 보는 건 유쾌한 일이었다. 많은 학생들이 넓이에 가야 할 힘이 길이에 보태져 엄청나게 키만 쑥쑥 자라나, 함께 자라지 못한 옷 밖으로 팔목과 발목이 희망에 부푼 듯 고개를 내밀고 있었다. 얼굴에선 어린아이다운 기운이 서서히 사라지면서 소심하게 활개를 치기 시작한 남성다운 기운이 서리기까지의 여러 모습들이 고스란히 담겨 있었다. 아직까지 사춘기의 각이 잡힌 몸매를 갖추지 못한 학생들도 모세 오경을 공부하면서 그들의 매끄러운 이마에 일시적이나마 남성적인 진지함을 띠게 되었다. 이제 볼이 통통한 학생은 거의 찾아볼 수 없었다.

한스도 변했다. 키와 깡마른 정도가 하일너와 엇비슷해졌다. 아니 지금은 하일너에 비해 더 성숙해 보일 정도였다. 전에는 부드럽고 투명해 보이던 각진 이마의 선이 뚜렷하게 드러났고, 두 눈은 더욱 깊이 자리를 잡았으며, 얼굴은 건강하지 못한 안색을 띠었다. 팔다리와 어깨는 앙상하게 뼈가 도드라졌다.

한스는 학교 성적이 불만족스러울수록, 하일너의 영향을 받아 더더욱 심하게 다른 친구들과 관계를 끊고 지냈다. 모범생이요 장래의 일등감으로서 다른 친구들을 내려다볼 어떠한 근거도 이젠 없었기 때문에 오만은 어울리지 않는 옷과 같았다. 그러나 다른 친구들이 그런 사실을 깨우쳐 주거나 스스로 그걸 뼈저리게 느낄 때면 그는 그들을 용서하지 않았다. 특히 바른 생활 사나이 하르트너와 주제넘은 오토 뱅어와는 여러 번 시비가 붙었다. 어느 날 한스는 오토 뱅어가 또 그를 조롱하며 화를 돋우자 이성을 잃고 그만 주먹으로 답하고 말았다. 둘 사이에 심각한 주먹다짐이 벌어졌다. 뱅어는 겁쟁이였지만 약한 상대를 때려눕히는 것 정도는 식은 죽 먹기였다. 그는 인정사정 보지 않고 한스를 구타했다. 마침 하일너는 그 자리에 없었고, 다른 학생들은 한가롭게 그 모습을 바라보며 한스가 응징당하는 걸 축하하기라도 하듯 즐기고 있었다. 한스는 멍이 시퍼렇게 들 정도로 흠씬 얻어맞았다. 코피가 흘렀고 갈비뼈란 갈비뼈는 모두 욱신거렸다. 밤이 새도록 그는 수치심과 고통과 분노로 잠을 이룰 수 없었다. 하일너에게는 이 일을 이야기하지 않았지만 그때부터 한스는 아이들과 완전히 담을 쌓고 살았고, 같은 방 친구들과 한마디도 나누지 않고 지내다시피 했다.

이른 봄으로 접어들면서 한낮이나 일요일에 비가 내리는 날이 많아지고, 또 황혼녘이 길어진 영향을 받아서인지 수도원 생활에도 새로운 조직과 움직임이 나타났다. 훌륭한 피아노 연주자 한 명과 플루트 주자 두 명이 속해 있는 아크로폴리스 방에선 두 악기 종류에 따라 정기적인 음악의 밤을 열었다. 게르마니아 방의 아이들은 희곡 강독반을 열었고, 젊은 경건주의자 몇 명은 성서 동아리를 결성하여 칼버에서 펴낸 성서 주해를 부교재로 매일 밤 성경을 1장(章)씩 읽었다.

하일너는 게르마니아 방의 희곡 강독반에 회원 신청을 했지만 받아들여지지 않았다. 그는 화가 나서 속을 끓이다가 강독반에 대한 복수로 성서 동아리로 갔다. 성서 동아리에서도 그를 원하는 분위기가 아니었다. 그러자 그는 그냥 막무가내로 밀고 들어가 겸손한 신도들의 작은 모임에서 나누는 경건한 대화에 대담한 이야기와 신을 부정하는 견해로 괜한 논쟁과 불화를 불러일으켰다. 얼마 안 가 그는 그 놀이에도 곧 싫증을 냈지만, 이야기를 할 때 빈정대며 성서를 들먹이는 태도는 이후로도 오래 계속되었다. 그러나 그가 그런 태도로 말을 하든 말든 이번엔 거의 아무도 그에게 관심을 쏟지 않았다. 지금은 학생들 모두 모임에서 무엇을 할지, 또 어떤 모임을 만들지에 완전히 정신이 팔려 있었던 것이다.

재능과 기지를 갖춘 스파르타 방의 한 아이가 그중 가장 큰 화제를 불러일으켰다. 그는 개인적인 명성을 얻는 것 다음으로 숙소의 친구들에게 뭔가 활기를 불어넣고, 갖가지 재미있는 장난을 쳐 공부만 하는 단조로운 생활에서 벗어나 좀 더 자주 기분 전환을 하려는 생각에 그렇게 했을 뿐이었다. 별명이 둔스탄이라고 하는 그는 센세이션을 불러일으키는 동시에 확실한 명성을 얻을 수 있는 독창적인 방법을 발견했다.

어느 날 아침, 침실에서 나온 학생들은 세면장 입구에 종이 한 장이 붙여져 있는 것을 보았다. 그 종이엔 '스파르타에서 보낸 경구 6편'이라는 제목 하에 선발된 몇몇 튀는 학생들의 명단과 그들의 어리석음과 실없는 장난과 우정이 2행의 대구(對句) 형식을 빌어 조롱의 소재가 되어 재치 있게 그려져 있었다. 기벤라트와 하일너도 타격을 받았다. 이제 이 작은 국가 조직 내에 엄청난 격동이 일었다. 모두들 무슨 극장이라도 되는 듯 세면장 출입문 앞으로 몰려들었고, 이렇게 모여든 무리들은 막 비상하려는 여왕벌을 맞는 한 떼의 꿀벌들처럼 이리저리 밀쳐 대며 와글거렸다.

　다음 날 아침이 되자 반박이나 동의, 새로운 공격을 골자로 한 경구와 풍자시가 세면장 입구를 빼곡히 채웠다. 그러나 정작 이 소동의 주동자는 다시 그 일에 관여하지 않았다. 그 정도로 어리석은 편은 아니었던 것이다. 그의 목표는 헛간에 성냥을 던져 불을 지피는 것이었고, 그건 이미 이루었기에 강 건너 불구경하듯 지켜보기만 할 뿐이었다. 거의 모든 학생들이 며칠 동안 이 풍자시 전쟁에 참여했고, 각자 2행시를 구상하느라 깊은 생각에 잠긴 채 걸어 다녔다. 이런 일에 개의치 않고 평소처럼 자기 공부에 전념하는 사람은 루치우스 단 한 명밖에 없었다. 결국 교사 한 명이 소동을 눈치채는 바람에 이 선동적인 유희는 중단되었다.

　영리한 둔스탄은 이번의 성공에 만족하지 않고 그사이 본격적인 일격을 가할 준비를 하고 있었다. 이번엔 신문 제1호를 낸 것이었다. 이 신문은 초고지에 등사기로 밀어 인쇄한 아주 작은 규모의 신문이었고, 소재는 그가 지난 몇 주 동안 직접 수집한 것이었다. 〈산(山)미치광이〉*라는 제호를 단 이 신문은 압도적으로 풍자적인 내용이 주를 이루었다. 『여호수아서』의 저자와 한

---

*산(山)미치광이 : 호저라고도 한다. 포유류의 쥐목에 속하는 야행성 동물로 몸과 꼬리의 윗면이 가시처럼 변화된 가시털로 덮여 있다. 적을 만나면 바늘을 곤두세우고, 꼬리의 바늘을 진동시켜 떨게 하여 소리를 내면서 몸을 뒤로 돌린 채로 돌진한다. 적의 몸에 가시털이 꽂히면 몸에서 떨어져 나와 적의 근육 속으로 파고든다.

마울브론 신학생 사이에 오간 우스꽝스런 대화가 제1호의 백미였다.

신문을 통해 거둔 성공은 실로 엄청났다. 둔스탄은 이제 표정이나 하는 행동으로나 엄청나게 바쁜 편집자요 발행인처럼 굴었고, 저 유명한 베네치아 공화국의 아레티노*가 후대에 누렸던 것과 똑같은 애매한 명성을 수도원 내에서 누리게 되었다.

많은 학생들이 놀랐던 건 헤르만 하일너가 열정적으로 편집에 가담하여, 둔스탄과 함께 날카롭고 풍자적인 검열관역을 수행한다는 것이었다. 사실 그는 재치나 지적인 면에서 그 역을 감당하기에 부족하지도 않았다. 대략 4주 정도 이 작은 신문은 수도원 전체를 긴장하게 했다.

기벤라트는 하일너를 그대로 두었다. 한스 자신은 거기에 함께하고픈 의욕도 재주도 없었다. 처음에 한스는 최근 들어 하일너가 스파르타 방에서 그렇게 자주 저녁 시간을 보내는지도 거의 알아채지 못했다. 얼마 전부터 다른 일들이 그의 마음을 사로잡았기 때문이었다. 그는 낮 시간 내내 느른하고 주의가 산만한 모습으로 이리저리 돌아다녔고, 공부를 하는 것도 느릿느릿 의욕이 없었다. 그러다가 한 번 이상한 일을 겪게 된 것이었다. 리비우스 시간이었다.

교수가 본문 해석을 시키며 그를 호명했다. 그는 자리에서 일

---

*아레티노(1492~1556) : 이탈리아의 시인이자 극작가, 풍자문학가. 당시의 권세가를 풍자하는 작품을 발표해 동시대인들에겐 '군후(君侯)의 매(鞭)'라는 평을 받았지만, 후세엔 '파렴치한(破廉恥漢)'으로 불렸다. 군후들이 이 시인의 신랄한 비판을 피하기 위해 금품을 보낸 것으로 알려졌기 때문이다.

어서지 않고 가만히 앉아 있었다. 교수가 화난 말투로 소리를 쳤다.

"뭡니까? 왜 일어나지 않는 겁니까?"

한스는 꼼짝도 하지 않았다. 등은 꼿꼿이 세우고 고개를 앞으로 약간 수그린 채 반쯤 뜬 눈으로 의자에 가만히 앉아 있을 뿐이었다. 교수의 호명 소리에 반쯤 꿈에서 깨어났지만, 교수의 목소리는 아득히 멀리서 들려오는 것만 같았다. 옆자리에 앉은 친구가 그를 세차게 밀치는 것도 느껴졌지만, 아무것도 그를 움직일 수 없었다. 그는 다른 사람들에게 둘러싸여 있었고, 또 다른 손길이 그를 쓰다듬고 있었다. 그리고 또 다른 목소리가 그에게 말을 하고 있었다. 가까이에서 들려오는 이 나직하고 깊은 목소리는 단어로 말을 하는 것이 아니라 분수 소리처럼 깊고도 부드럽게 쇄쇄거리며 말을 했다. 또한 낯선 눈, 어렴풋한 예감으로 충만한 눈, 커다란 눈, 빛나는 눈 등 많은 눈이 그를 바라보고 있었다. 그 눈은 리비우스에서 읽었던 로마 군중의 눈인 것도 같았고, 그가 꿈꾸었던 혹은 언젠가 그림에서 보았던 이름 모르는 사람들의 눈인 것도 같았다.

"기벤라트 군!"

교수가 큰 소리로 외쳤다.

"지금 자고 있는 건가요?"

기벤라트는 천천히 눈을 뜨고는 놀라서 교수를 빤히 바라보며 고개를 저었다.

"잠이 들었던 거로군! 혹시 우리가 지금 어느 문장을 하고 있었는지 말할 수 있겠어요? 방금 전에?"

한스는 손가락으로 책 속을 가리켰다. 그는 어디까지 진도가 나갔는지 잘 알고 있었다.

"그럼 혹시 이젠 자리에서 일어날 마음도 생겼나요?"

교수가 비꼬듯이 물었다. 한스가 자리에서 일어섰다.

"대체 뭘 하고 있는 거예요? 나를 보세요!"

그는 교수를 바라보았다. 하지만 교수는 그 눈길이 마음에 들지 않았다. 그가 어리둥절해 하며 고개를 가로저었기 때문이었다.

"어디 불편한 데라도 있나요, 기벤라트 군?"

"아닙니다, 교수님."

"앉아요. 그리고 수업이 끝나면 내 방으로 오세요."

한스는 다시 자리에 앉아 리비우스 책에 집중했다. 이제 완전히 잠에서 깬 듯했고 모두 다 이해가 되었다. 그러나 이 순간에도 그의 내면의 눈은 무수한 낯선 형상을 뒤따라가고 있었다. 이 형상들은 천천히 멀어져 가면서도 끝까지 그에게서 형형한 눈길을 거두지 않다가, 마침내 완전히 멀어져 안개에 잠겨 사라졌다. 그와 동시에 교수의 목소리와 해석하는 학생들의 목소리가 들려왔고, 강의실의 작은 소음까지 점점 가까이 들리더니 결국 모든 것이 다시금 평소처럼 실제 모습으로 돌아왔다. 의자와 강단과 칠판도 늘 있던 그대로 세워져 있었고, 벽에는 대형 나무 컴퍼스와 삼각자가 걸려 있었다. 주변으로 전부 동급생들이 앉아 있었으며, 그중 많은 아이들이 호기심 어린 얼굴로 무례하게 힐끔거리며 그를 건너다보고 있었다. 그걸 본 순간 한스는 소스라치게 놀랐다.

‘수업이 끝나면 내 방으로 오세요.’라고 말하는 소리가 들렸다. 맙소사, 대체 무슨 일이 있었단 말인가?

수업이 끝나자 교수는 한스에게 따라오라고 손짓을 한 다음, 뚫어지게 바라보고 있는 동급생들 사이로 그를 데리고 지나갔다.

“자, 이제 말해 보세요. 대체 무슨 일이 있었던 거지요? 그러니까 잠을 잔 건 아니란 말이지요?”

“예.”

“내가 이름을 불렀을 땐 그럼 왜 일어나지 않은 거죠?”

“저도 모르겠습니다.”

“혹시 내 목소리를 듣지 못한 건 아닌가요? 귀가 잘 안 들리나요?”

“아닙니다. 들었습니다.”

“그런데도 일어나지 않았다는 거고요? 나중엔 또 눈까지 이상하게 뜨고. 대체 무슨 생각을 하고 있었던 건가요?”

“아무 생각도 하지 않았습니다. 그 전부터 일어서려고 했었습니다.”

“그런데 왜 일어나지 않았지요? 그러니까 어디 불편했던 것도 아니고요?”

“불편한 건 아니었던 것 같습니다. 저도 그때 왜 그랬는지 잘 모르겠습니다.”

“두통이 있었나요?”

“없었습니다.”

“좋아요. 그럼 가 보세요.”

식사 전에 그는 다시 호출을 받아 공동 침실로 불려갔다. 교장이 그 지역 의사와 함께 그를 기다리고 있었다. 그는 검사를 받고 또 이런저런 질문을 받았지만 뚜렷한 증상은 아무것도 드러나지 않았다. 의사는 선량한 웃음을 지어 보이며 이 일에 대해 심각하게 생각하지 않았다. 그가 부드럽게 웃으며 말했다.

"신경과 관련된 대수롭지 않은 문제입니다, 교장 선생님. 일시적인 신경 쇠약 상태입니다. 일종의 가벼운 어지럼증 같은 것이지요. 이 젊은이가 매일 바깥 공기를 쐬는지 보아 주세요. 두통이 낫도록 몇 가지 물약을 처방해 주지요."

그때부터 한스는 매일 식후에 한 시간씩 야외로 나가야 했다. 그건 반대할 아무런 이유가 없었다. 그보다 더 나쁜 것은 교장이 하일너가 이 산책길에 동행하지 못하도록 단호하게 금지한 것이었다. 하일너는 길길이 날뛰며 욕을 해 댔지만 따르는 수밖에 없었다.

그리하여 한스는 항상 혼자 산책을 나갔고 거기서 그런대로 즐거움도 찾았다. 겨울이 끝나고 봄이 시작되는 때였다. 아름다운 아치형의 둥근 언덕 위로 얕고 잔잔한 물결처럼 녹색 새싹이 넘실거렸고, 나무들은 날카로운 윤곽선을 그리던 갈색 그물 같던 겨울옷을 벗고, 어린 잎사귀들과 뒤섞여 끝없이 밀려오는 생동감 넘치는 녹색의 파도가 되어 주변의 색채 속으로 흘러들었다.

예전에 라틴어 학교를 다닐 때 한스는 지금과는 사뭇 다른 시선으로 봄을 대했었다. 그땐 더욱 활달하고 호기심 어린 눈길로 봄 풍경 하나하나에 많은 관심을 갖고 살펴보았었다. 겨울을 나고 돌아가는 철새들을 종류별로 관찰하기도 했고, 나무들이 꽃을 피우는 순서를 살펴보기도 했다. 그런 다음 5월이 되면 곧바로 낚시를 시작했었다.

그러나 지금은 새의 종류를 구별하거나 봉오리를 보고 관목의 종류를 알아내려는 노력 같은 건 하지 않았다. 그저 눈에 들어오는 전체적인 움직임과 여기저기에서 움을 틔우는 새싹들의 색깔을 보면서, 어린 나뭇잎의 냄새를 들이마시는가 하면, 더 부드러워진 약동하는 대기를 몸으로 느끼고 경탄하며 들판을 거닐 뿐이었다. 그는 금방 피곤해졌고 늘 드러누워 자고 싶었다. 그를 둘러싸고 있는 실제의 것과는 다른 온갖 것들이 거의 쉬지 않고 눈앞에 나타났다. 원래 어떤 것들인지는 그 자신조차도 알 수 없었고, 또 그게 뭘까 골똘히 생각해 보지도 않았다. 그것은 환하고 부드러우며 여느 때와는 다른 꿈과 같은 어떤 것이었다. 어떤 줄거리도 없이 그냥 초상화처럼, 아니면 괴상한 나무들이 줄지어 선 가로수처럼 그의 주변을 둘러싸고 있는 그런 꿈이었다. 그것은 그저 바라보는 용도일 뿐인 순수한 그림과 같았으나 그것을 바라보는 것 자체가 하나의 체험이었다. 그것은 또 다른 영역으로, 또 다른 인간에게로 이탈하여 들어가는 것이었고 낯선 땅, 편안하게 발을 내딛게 하는 부드러운 바닥을 밟으며 거니는 것이었다. 그리고 그것은 낯선 공기, 경쾌함이 한껏 배어 있는 공기, 고급스럽고 환상에 잠기게 하는 향신료 향기가 밴 공기를 들이마시는 것이었다. 가벼운 손길이 부드럽게 그의 몸을 스치며 미끄러져 내릴 때면, 이런 그림 대신 가끔씩은 어렴풋하면서도 따뜻하고 흥분케 하는 어떤 감정이 그 자리에 들어오기도

154

했다.

한스는 책을 읽거나 공부할 때 정신을 집중하는 것이 너무나
도 힘이 들었다. 흥미를 끌지 않는 것은 그림자처럼 손에서 빠
져나갔다. 수업 시간에 필요한 히브리어 단어를 미리 알고 들어
가려면 수업 시작 삼십 분 전에 공부하는 수밖에 없었다. 그러나
저 구체화된 관조의 순간이 빈번하게 찾아오면서, 책을 읽을 때
면 책 속에 묘사된 것들이 갑자기 실제로 존재하고 움직이는 것
이 보였다. 그것도 바로 옆의 주변에 있는 것들보다 훨씬 생생하
고 진짜처럼 보이는 것이었다. 그는 기억력이 더 이상 아무것도
받아들이려 하지 않는 데다 거의 매일 더 무뎌지고 더 불확실해
지고 있다는 걸 느끼고 절망했다. 반면에 더 오래된 옛 기억들은
때때로 무시무시할 정도로 또렷하게 밀려와 그를 덮치곤 했다.
그는 이렇게 또렷할 수 있다는 것이 희한하기도 하고 겁도 났다.
한창 수업 중일 때나 독서를 할 때, 아버지나 아나 할멈 혹은 옛
날 선생님들이나 동창생 중 한 명이 떠올라, 또렷하게 그의 앞에
버티고 서서 한참 동안 그것에만 주의를 기울이게 하는 일이 종
종 벌어졌다. 슈투트가르트에 머무를 때, 주 시험을 치를 때, 그
리고 방학 때 겪었던 장면들도 되풀이되었다. 낚싯대를 드리우
고 강가에 앉아 있는 자신의 모습을 보며 햇살을 머금은 물 냄새
를 맡기도 했다. 그러면서 동시에 자신이 꿈꾸고 있는 시간이 아
주 먼 옛날 같이 여겨지기도 했다.

포근하고 습한 기운이 감도는 어느 어두운 저녁, 한스는 하
일너와 함께 공동 침실을 왔다 갔다 하며 고향, 아버지, 낚시질,
학교에 관해 얘기했다. 하일너는 눈에 띄게 조용했다. 한스 혼

자 이야기를 하도록 내버려 두고 가끔씩 고개를 끄덕이거나 깊은 생각에 잠긴 채 종일토록 갖고 놀았음직한 작은 자를 허공에 휘두르기도 했다. 점차 한스도 입을 다물게 되었다. 그사이 밤이 되었다. 둘은 창턱에 걸터앉았다. 드디어 하일너가 먼저 말을 꺼냈다. 목소리가 안정되어 있지 않고 흥분되어 있었다.

"있잖아, 한스?"

"왜?"

"아, 아무것도 아니야."

"아무것도 아니긴. 말해 봐!"

"그냥 생각이 난 건데 말야, 네가 이런저런 이야기를 하니까……."

"뭔데 그래?"

"한스, 말해 봐. 너 솔직히 여자애들 쫓아다녀 본 적 있지?"

갑자기 정적이 흘렀다. 이런 이야기는 아직 둘이서 한 번도 해 본 적이 없는 이야기였다. 한스는 이런 이야기를 하는 것이 두려우면서도, 마치 동화 속 정원처럼 이 수수께끼 같은 영역으로 끌려 들어갔다. 얼굴이 화끈거리는 게 느껴졌고 손가락도 떨렸다. 한스가 속삭이듯 말했다.

"딱 한 번. 아직 세상 물정 모르던 어린아이 때였지."

또다시 정적이 흘렀다.

"……그럼 하일너, 너는?"

하일너는 한숨을 내쉬었다.

"에이, 그만하자. 이런 이야기는 하는 게 아닌데. 이야기할 가치도 없는걸."

"아니, 아니야."

"……나, 좋아하는 여자애가 있어."

"너 말이야? 정말이니?"

"고향에 있어. 이웃집 아이야. 이번 겨울에 내가 그 아이에게 키스를 했었고."

"키스……?"

"그래……. 어둑어둑해질 때였어. 저녁이었고, 얼음 위에 있어서 그 애가 스케이트 벗는 걸 도와줄 수 있었거든. 그때 키스를 했지."

"그 여자애가 아무 말도 안 했어?"

"아무 말도 하지 않고, 그냥 도망가 버렸어."

"그래서, 그 다음은?"

"그래서 그 다음이라! 그게 다야."

하일너는 또다시 한숨을 내쉬었다. 한스는 금단의 정원을 무사히 들어갔다 나온 동화 속 주인공을 대하듯 그를 응시했다.

그 순간 종이 울렸다. 잠자리에 들 시간이었다. 불이 꺼지고 사방이 조용해지자 한스는 침대에 누운 채로 한 시간이 훌쩍 넘도록 잠을 이루지 못하고, 하일너가 그의 여자 친구에게 했던 키스를 생각해 보았다.

그 다음 날, 한스는 어제 나눴던 이야기를 좀 더 물어보고 싶었지만 부끄러워 망설였고, 하일너도 한스가 물어보지 않았기 때문에 본인 쪽에서 그 이야기를 다시 꺼내길 주저했다.

한스의 학교생활은 점점 더 나빠졌다. 선생들은 성난 표정을 짓고 이상한 눈길로 그를 쏘아보기 시작했다. 교장은 암울하고 노기를 띤 모습이었으며, 같은 학년 학생들은 기벤라트가 상위권에서 떨어진 후 이제 일등을 목표로 하는 건 그만두었다는 걸 이미 오래전부터 눈치채고 있었다. 아무것도 눈치채지 못한 사람은 하일너밖에 없었다. 학교를 특별히 중요하게 생각하지 않았기 때문이었다. 한스 본인은 어떤 일이 벌어지든, 그 일이 어떻게 변해가든 신경을 쓰지 않고 그냥 내버려 두고 있을 뿐이었다.

그러는 사이 하일너는 신문 편집에 싫증을 느끼고 완전히 한스에게로 돌아왔다. 금지령에도 불구하고 그는 매일 산책에 나서는 한스와 자주 동행했고, 그와 함께 햇살 아래 누워서 꿈을 꾸거나 시를 낭송하는 한편, 교장에 대해 우스갯소리를 하기도 했다. 한스는 하일너가 그의 연애와 관련한 무용담을 더 많이 풀어 놓았으면 하고 매일같이 바랐지만, 하루하루 지날수록 물어볼 용기는 점점 줄어들고 말았다. 동급생들 사이에서 이 두 사람은 그 어느 때보다도 비호감의 대상이 되었다. 하일너가 〈산미치광이〉에다 심술궂은 유머를 쓰게 되면서 아무도 그를 신뢰하지 않았기 때문이었다.

그렇잖아도 이즈음 신문이 폐간되었다. 그만하면 장수한 것이었다. 어차피 겨울과 봄 사이 지루한 몇 주만을 겨냥한 것이었다. 이제는 식물 채집이나 산책, 야외에서 놀이를 즐길 수 있어 막 시작된 아름다운 계절이 주는 재미만으로도 충분했다. 매일 점심때가 되면 수도원 안마당은 체조를 하거나 서로 씨름을 하는 학생들 혹은 달리기나 공차기를 하는 학생들의 고함 소리와 활기로 가득 찼다.

더불어 새로운 엄청난 소동이 벌어졌다. 이번에도 소동을 일으킨 장본인이자 그 중심에는 어딜 가나 늘 말썽을 일으키는 인물, 헤르만 하일너가 있었다.

교장이 하일너가 자신이 내린 금지령을 웃음거리로 만들고 기벤라트의 산책길에 거의 매일 동행했다는 걸 알게 된 것이었다. 그는 이번엔 한스는 가만히 두고, 주범이자 그의 숙적을 집무실로 소환했다. 교장이 존칭을 쓰지 않고 말을 놓자 하일너는 즉각 그러지 말아달라고 청했다. 교장은 하일너가 자신의 명령에 복종하지 않은 것에 대해 질책했다. 하일너는 자신은 기벤라트의 친구이며, 그 누구도 두 사람이 서로 친하게 지내는 걸 금지할 수 있는 권리는 없다고 견해를 밝혔다. 볼썽 사나운 장면이 연출되었고 그 결과 하일너는 몇 시간 동안 감금되었으며, 아울러 그 시간 이후로 기벤라트와 함께 나가는 것도 엄격하게 금지되었다.

그리하여 다음 날, 한스는 또다시 혼자 공식적인 산책길에 올랐다. 그리고 두 시에 돌아와 다른 아이들과 함께 교실로 들어갔다. 수업을 시작하는데 보니까 하일너가 없었다. 모든 상황이 힌두가 사라졌을 때와 똑같았다. 단, 이번엔 지각이라고 생각하는 사람이 아무도 없었다는 것이 다를 뿐이었다. 세 시에 세 명의 교사들과 함께 전체 학생들이 모두 사라진 하일너를 수색하러 나섰다. 모두들 흩어져 이름을 부르며 온 숲을 돌아다녔다. 많은 아이들은 물론 교사 두 명도 그가 자살했을 가능성 역시 배제할 수 없다는 생각을 했다.

다섯 시엔 지역 일대의 모든 경찰서에 전보를 보냈고 저녁에는 하일너의 아버지에게 속달 우편을 보냈다. 저녁 늦게까지 아무런 흔적도 발견하지 못했고 밤이 깊도록 침실마다 속닥거리고 수군대는 소리가 끊이지 않았다. 학생들 사이에선 하일너가 물에 뛰어들었을 거라는 추측이 가장 많은 동의를 얻었다. 그런가 하면 그가 그냥 집으로 갔을 거라고 생각하는 학생들도 있었다. 그러나 이 울타리를 뛰쳐나간 친구가 수중에 갖고 있는 돈이 없을 거라는 것은 모두가 인정하는 바였다.

다들 한스는 이 일에 관해 틀림없이 뭔가 알고 있을 거라고 생각했다. 그러나 사실은 그렇지 않았다. 오히려 모든 아이들 가운데 가장 충격을 받고 노심초사하는 사람이 바로 한스였다. 그래서 그는 밤에 침실에서 다른 아이들이 서로 묻거나 추측하는 소리, 되는대로 지껄이며 괜한 소리를 하는 게 들리자 이불을 푹 뒤집어쓰고 누워 친구에 대한 걱정으로 길고도 괴로운 시간을 보냈다. 하일너가 돌아오지 않을지도 모른다는 예감이 불안에 떠는 그의 마음을 사로잡았고, 마음 구석구석까지 끔찍한 고통을 느끼다가 그는 마침내 지치고 근심 어린 표정으로 잠이 들었다.

이 시간 동안 하일너는 수마일 떨어진 숲 속에 누워 있었다. 추워서 잠은 잘 수 없었지만, 그는 마음속 깊이 자유를 느끼며 크게 심호흡을 한 다음 좁은 우리에 갇혀 있다가 빠져나온 것처럼 팔다리를 쭉 펼쳤다. 그는 오후 내내 달려 크니트링엔까지 와서 빵을 샀었다. 그리고 이제 옅은 봄기운이 감도는 나뭇가지 사이로 검은 밤하늘과 별, 서둘러 흘러가는 구름을 바라보며 이따금 빵을 뜯어 먹었다. 이제 어디로 가느냐는 중요하지 않았다.

160

적어도 지금 그는 증오하던 수도원을 박차고 나왔고, 그리하여 교장에게 자신의 의지가 명령이나 금지보다 더 강하다는 것을 보여 주었으니까.

다음 날에도 하루 종일 모두들 그를 찾아 나섰으나 헛수고였다. 하일너는 어떤 마을 인근에 있는 들판의 짚단 사이에서 밤을 보내고 아침이 되자 다시 숲 속으로 들어갔다. 저녁 무렵이 되어 다시 마을을 찾아가려다 결국 경관에게 덜미가 잡히고 말았다. 경관은 유쾌하게 농담을 던지며 그를 시청으로 데리고 갔다. 거기서 그는 재담과 비위를 맞추는 말로 마을 이장의 마음을 얻어 그의 집에서 하루를 보내게 되었고, 이장은 그가 잠자리에 들기 전에 햄과 계란으로 든든히 배를 채우게 해 주었다. 다음 날 그곳에 도착한 아버지가 그를 데리고 갔다.

탈주자가 다시 돌아오자 수도원은 엄청난 흥분에 휩싸였다. 그러나 정작 하일너는 고개를 꼿꼿이 치켜들고 다녔다. 자신이 저지른 천재적인 일탈 여행을 전혀 후회하는 것 같지 않았다. 모두들 용서를 빌라고 요구했지만 그는 끝내 거부했고, 교사 회의의 비밀 재판에서도 겁을 먹거나 공손한 모습은 조금도 없이 철저히 대항했다. 학교에선 그를 붙들어 두려고 했으나 이젠 재고의 여지가 없었다. 그는 불명예를 안고 학교를 떠나 그의 아버지와 함께 다시 돌아오지 못할 길을 떠났다. 친구인 기벤라트와는 그저 한 번의 악수로 작별을 고할 수밖에 없었다.

교장 선생은 반항적이고 부정적으로 변질된 이 엄청난 사건을 두고 일장 연설을 시작하여 대단한 열변을 토했다. 그러나 슈투트가르트의 상급 기관에 보내는 보고서에 적은 내용은 훨씬 온건하고 사건 자체에 충실했으며 강도가 약했다. 쫓겨난 불량 학생과 신학생들은 편지를 주고받는 것이 금지되었지만, 한스 기벤라트는 그 조치에 대해 그저 비죽이 웃기만 했다. 이후 몇 주 동안이나 하일너와 그의 도주 사건 만큼 많이 언급된 사건은 없었다. 먼 곳에 떨어져 있고 또 바람처럼 시간이 흐르면서 학생들의 판단도 변하기 시작했다. 많은 학생들이 당시엔 겁을 내며 회피하던 저 도망자 친구를 나중에는 마치 날아간 독수리처럼 보게 된 것이었다. 헬라스 방에는 이제 빈 책상 두 개가 나왔다. 나중에 사라진 학생은 먼저 사라진 학생처럼 빨리 잊혀지지는 못할 것 같았다. 단 교장만은 이 두 번째 아이 또한 조용히 지나가기를 바라 마지않을지도 모른다. 하일너는 수도원의 평화에 방해가 되는 그 어떤 행동도 하지 않았다. 한스는 목이 빠지게 기다렸지만, 그에게선 단 한 통의 편지도 오지 않았다. 그는 이곳을 떠난 뒤로 소식을 끊었다. 하일너라는 인물과 그의 도주 사건은 점차 역사가 되었고 결국엔 전설이 되었다. 이 열정적인 소년은 나중에 수많은 천재적 기행(奇行)과 방황을 일삼은 끝에, 삶의 고뇌를 통해 엄격하게 훈육되었다. 그리하여 영웅은 아닐지라도 어엿한 한 사람의 남자가 되었다.

남겨진 한스는 틀림없이 하일너의 도주를 알고 있었을 거라는 의심을 받았고, 그로 인해 조금이나마 남아 있던 교사들의 호의마저 완전히 잃고 말았다. 어떤 교사는 수업 시간에 한 몇 가지 질문에 한스가 대답을 못 하자 이렇게 말하기도 했다.

"제군은 무엇하러 그 훌륭하신 제군의 친구 하일너와 같이 가지 않은 겁니까?"

　교장은 한스를 그대로 방치해 둔 채 마치 바리새인이 세리(稅
吏)를 대하듯 한심하다 못해 불쌍하다는 눈길로 그를 얕잡아 보
았다. 이 기벤라트라는 인물은 더 이상 학생에 포함되지 않았
다. 그는 나병 환자에 속하게 된 것이었다.

제5장

햄스터가 비축해 둔 먹이로 연명하듯이 한스는 예전에 쌓아 둔 지식으로 당분간 삶을 이어갈 수 있었다. 그 시간이 지나자 고통스러운 굶주림이 시작되었고, 잠깐씩 이어진 무기력한 노력 덕분에 굶주림이 중단되긴 했지만, 그 절망적인 상황에는 한스 자신조차 헛웃음을 지을 수밖에 없었다. 그는 이제 별 도움도 되지 않는 자신을 들볶는 일을 그만두었다. 모세 오경에 뒤이어 호메로스를 던져 버렸고, 크세노폰 다음엔 대수학을 던져 버렸다. 그리고 선생들에게 받았던 좋았던 평판이 '수'에서 '우'로, 또 '우'에서 '미'로, 그리고 마지막엔 '가'로 단계를 밟으며 뚝뚝 떨어지는 걸 마음의 동요 없이 지켜보았다. 언제부터인가 규칙적으로 찾아오는 두통이 없을 때면, 그는 헤르만 하일너를 생각하거나 종종 이전에 꾸던 그 붕뜬 듯 가볍고, 커다란 눈들이 나오는 꿈을 꾸기도 했고, 몇 시간이나 반쯤 생각에 잠기어 반수면 상태로 있을 때도 있었다. 이즈음 점점 늘어 가는 선생들의 질책에 한스는 초지일관 선량하고 공손한 미소로 답했다. 이 무기력한 미소에 마음 아파하고, 궤도에서 이탈한 소년을 불쌍히 여기며 너그럽게 대해 주는 교사는 젊고 친절한 보충 담당 교사 비드리히 단 한 사람뿐이었다. 나머지 선생들은 그에게 역정을 내거나 깔보듯 내버려 둠으로써 벌을 주기도 했고, 가끔씩은 비꼬는 농담을 해 잠자고 있는 그의 공명심을 일깨워 보려고도 했다.

"지금 주무시고 계신 게 아니라면, 혹시 이 문장을 읽어 보실 수 있겠습니까?"

교장은 격노하면서도 품위를 잃지 않았다. 허영심 많은 그는 자신의 시선에 힘이 있다고 자부해 왔는데, 위엄을 갖고 협박하듯 눈을 부라리는데도 한스가 계속해서 비굴할 정도로 공손한 미소로 되받아치자 그만 이성을 잃고 말았다. 그 미소에 점차 신경질이 났던 것이다.

"그렇게 계속해서 멍청하게 웃지 말아요. 지금은 울어도 시원찮을 때란 말입니다."

이들과 달리 그의 마음을 크게 움직인 것은 놀랄 대로 놀라 아들의 쾌유를 호소한 아버지의 편지였다. 교장이 기벤라트의 아버지에게 편지를 보낸 것이었다. 편지를 받고 기벤라트의 아버지는 손써 볼 수 없이 충격을 받았다. 한스에게 보낸 그의 편지는 성실한 한 남성이 용기를 북돋우면서도 도덕적으로 혼을 내는 데 구사할 수 있는 모든 화법의 집합체였다. 그러나 아버지는 원치 않았겠지만, 울먹이며 통탄해 하는 심정이 훤히 들여다 보여 아들의 마음을 아프게 했다.

이들, 즉 교장부터 기벤라트의 아버지와 교수들, 그리고 보충 담당 교사들에 이르기까지 청소년에게 의무를 가르치는 데 전력을 다하는 사람들은 모두 한스의 고집 세고 느른한 면이 그들의 바람을 방해하는 요소라고 보고, 그 점을 강제로 그리고 무력을 써서라도 좋은 길로 되돌려 놓아야 한다고 생각했다. 아무도, 어쩌면 한스를 측은하게 여기는 보충 담당 교사는 아닐 수도 있겠지만, 소년의 조그마한 얼굴에 번진 저 무기력한 미소 뒤에서 영혼이 침몰하며 고통스러워 하다가 두려움에 차서 절망적으로 주위를 두리번거리며 익사하고 있다는 걸 알아보지 못했다. 또한 아무도 학교가, 그리고 아버지와 몇몇 교사의 야만적인 공명심이 이 깨어지기 쉬운 여린 성정의 소년을 그 지경으로 만들었다는 생각은 하지 못했다. 감수성이 가장 풍부하고 또 가장 위태로운 소년 시절에 그가 그렇게 날마다 밤이 깊도록 공부를 해야 했던 건 왜였겠는가? 사람들이 그에게서 토끼를 빼앗아 가고 라틴어 학교 시절에 의도적으로 친구들과 떼어 놓았던 건 왜이며, 낚시와 한갓진 시간은 누리지 못하게 금지해 놓고 천박하고 소모적인 공명심이라는 공허하고 속된 이상을 주입한 건 또 왜였겠는가? 왜 사람들은 시험이 끝난 뒤조차도 그가 수고하여 얻은 휴가 기간을 누리게 해 주지 않았던 걸까? 그들이 그렇게 몰아대던 그 어린 말은 이제 길가에 쓰러져 더 이상 쓸모가 없게 되어 버렸다.

여름이 시작될 무렵, 지역 의사는 이번에도 주로 성장기에 나타나는 신경 쇠약증이 문제라고 진단했다. 그리고 주저하지 않고 한스에게 방학 동안 몸을 돌보는 데 힘써야 하며 충분히 먹고 숲에서 많은 시간을 보내야 한다고 그렇게 하면 금방 좋아질 거라고 말했다.

아쉽게도 일이 그렇게 되지는 못했다. 방학을 3주 앞두었을 때였다. 한스는 오후 수업에서 교수에게 심하게 꾸지람을 들었다. 여전히 교수가 혼을 내고 있는데 한스가 의자에 무너지듯 털썩 주저앉더니, 겁먹은 모습으로 온몸을 떨며 발작적으로 흐느끼기 시작했다. 이 흐느낌은 수업을 중단해야 할 정도로 오래 지속되었고, 그 후 한스는 반나절 동안 침대에 누워 있어야 했던 것이다.

그 다음 날 수학 시간엔 교사가 칠판에다 기하학 도형을 그리고 한스에게 그것을 증명해 보라고 시켰다. 그는 앞으로 나갔다. 그러나 칠판 앞에 서자 현기증이 났다. 그는 백묵과 자를 들고 칠판에 아무렇게나 이리저리 그어 대다가 이것들을 떨어뜨리고 말았다. 그는 직접 백묵을 주우려고 몸을 굽혔다가 바닥에 무릎을 꿇은 채로 다시 일어서지를 못했다.

의사는 자신의 환자가 그런 일을 저질렀다는 걸 알고 단단히 화가 났다. 그는 조심스럽게 자신의 소견을 밝히며, 그에게 즉시 요양 휴가를 떠날 것을 제안했다. 그리고 신경과 의사와 상담할 것을 추천했다.

그가 교장에게 속삭였다.

"저 친구, 무도병*도 얻을 겁니다."

---

*무도병 : 얼굴·손·발·혀 따위가 뜻대로 되지 않고 저절로 심하게 움직여, 마치 춤을 추는 듯한 모습이 되는 신경병.

교장은 고개를 끄덕여 보이고는 못마땅해 하며 화를 내던 얼굴 표정을 아버지처럼 동정 어린 표정으로 바꾸는 것이 적절하다는 생각을 했다. 그런 표정을 짓는 건 그에게는 쉬운 일이었고, 잘 어울리기도 했다.

교장과 의사는 각각 한스의 아버지에게 편지 한 통을 써서 한스의 가방에 넣은 다음, 그를 집으로 보냈다. 노여워하던 교장의 마음은 이제 걱정 때문에 무거워졌다. '불과 얼마 전까지 하일너 사건 때문에 노심초사하던 교육청에서 이번에 새로 터진 이 불행한 일을 어떻게 생각하겠는가?' 심지어 그는 이 사건에 어울리는 훈계 연설까지 포기하여 모두를 놀라게 했다. 그리고 한스가 떠나기 전 마지막 몇 시간 동안은 섬뜩할 정도로 그에게 살갑게 대해 주었다. 한스가 요양 휴가에서 돌아오지 못하리라는 걸 교장은 잘 알고 있었다. 그리고 설령 그가 나아서 돌아온다 해도, 지금도 벌써 하위권에 머물러 있는 학생이 그 잃어버린 몇 달 혹은 단 몇 주간이라도 시간을 만회한다는 건 불가능하다는 것 역시 잘 알고 있었다. 사실 한스에게 용기를 북돋아 주며 진심으로 '다시 만납시다.'라고 재회를 기약하는 작별 인사를 했지만, 그 후 헬라스 방에 들어와 세 개의 빈 책상을 볼 때마다 그는 마음이 괴로워졌다. 그리고 재능 있는 두 명의 학생이 사라진 데는 어쩌면 자신에게도 일부분 책임이 있을지도 모른다는 생각을 떨쳐 내려고 노력했다. 그리고 잠시 그런 생각에 빠지긴 했지만, 결국 그는 씩씩하고 도덕적으로 강인한 남자로서 이 쓸데없고 어두운 의구심들을 내면에서 몰아내고야 말았다.

작은 여행 가방을 들고 길을 떠난 신학생의 뒤로 교회들과 대문, 합각지붕, 탑들과 함께 수도원이 물러났고 숲과 줄지어 늘어선 언덕들이 물러났다. 그리고 그 자리에 바덴의 경계 지역인 비옥한 과수원 지대가 등장했다. 다음으로 포르츠하임이 나타났고, 그러고 나자 곧 슈바르츠발트의 검푸른 전나무 숲이 시작되었다. 숲을 가르며 흐르는 가느다란 실개천들 덕분에 이글거리는 한여름의 뜨거운 햇살 속에서 숲은 평소보다 훨씬 푸르고, 시원하고, 그늘도 많아 보였다. 청년은 경치가 변하며 점점 더 고향의 모습을 드러내는 걸 별 기쁨 없이 물끄러미 바라보았다. 그러다가 마침내 고향 도시 가까운 곳에 이르자 벌써부터 아버지가 떠오르면서 그와 응대할 일에 대한 공포가 고통스럽게 몰려와 조금이나마 느끼고 있던 여행의 기쁨을 완전히 앗아가 버리고 말았다. 슈투트가르트로 가던 수험 여행, 입학식을 위해 마울브론으로 가던 여행이 다시 그때 느꼈던 긴장감, 그리고 두려움 서린 기쁨과 함께 떠올랐다. 이렇게 했던 모든 것이 지금 무슨 소용이 있단 말인가? 교장과 마찬가지로 그도 자신이 다시 돌아가지 못하리라는 걸, 더불어 이제 신학교도 대학 공부도 또 입신양명해 보겠다는 모든 희망도 다 끝이 났다는 걸 잘 알고 있었다. 하지만 이런 것을 슬퍼할 겨를이 없었다. 지금은 오직 실망한 아버지에 대한 두려움만이 그의 마음을 무겁게 할 뿐이었다. 그는 아버지의 희망을 저버린 셈이었던 것이다. 그는 오직 쉬고, 실컷 잠자고, 실컷 울고, 실컷 꿈을 꾸고, 고통스러운 일은 겪을 만큼 겪은 후이니 한 번쯤은 누구의 간섭도 받지 않고 조용히 있었으면 좋겠다는 것, 그것 외에는 아무런 바람도 없었다. 하지만 아버지의 집에선 그렇게 하지 못할 것 같아 두려웠다. 기차 여행이 막바지에 이를 즈음 격렬한 두통이 찾아와 그는 자신이 가장 좋아하고, 전에는 그곳의 꼭대기나 숲 속을 열정적으로 누비고 다니던 지대를 지나가는데도 창밖을 내다볼 수가 없었다. 그러다 하마터면 익숙한 고향 기차역도 지나칠 뻔했다.

그는 우산과 여행 가방을 들고 기차역에 우두커니 서 있었다. 아버지는 먼 데서 그를 바라보고 있었다. 교장에게서 마지막으로 받은 답신에 아버지는 잘 되지 못한 아들 때문에 실망하고 분해하던 심정을 바꾸어 경악한 나머지 어쩔 줄 모르고 있었다. 그는 아들이 황폐하고 끔찍한 모습일 거라고 생각했다. 하지만 지금 그가 보고 있는 아들은 마르고 허약해 보이긴 했지만, 그래도 아직은 온전한 모습에 제 발로 걸어 다니고 있었다. 그 모습에 약간의 위로를 받긴 했지만, 가장 마음에 걸리는 것은 의사와 교장이 편지에 썼던 신경병에 대해 그가 내심 갖고 있는 공포와 전율이었다. 지금껏 그의 가족 중에는 신경병에 시달린 사람이 단 한 명도 없었고, 모두들 그런 병을 앓고 있는 사람에 관해 말할 때면 언제나 정신병원 수감자에 관해 말하듯 이해할 마음조차 없이 비웃거나, 한심하게 여기며 불쌍하다는 투로 말했었다. 그런데 지금 그의 아들 한스가 그런 사연을 안고 집으로 온 것이었다.

첫날, 한스는 질책을 받지 않아 기뻤다. 그러나 그 후로 아버지가 겁을 먹고 조심조심 자신을 대하고 있다는 걸 알아차렸고, 또 억지로 그렇게 하느라고 엄청나게 자제하는 모습이 눈에 들어오기 시작했다. 이제 그는 가끔씩 아버지가 이상하게 그를 살펴보고, 섬뜩한 호기심을 갖고 그를 바라보는 것도 알게 되었다. 그리고 분노를 누그러뜨리며 어색하게 꾸민 말투로 그와 얘기하고, 또 그가 눈치채지 못할 거라고 생각했는지 그를 관찰하는 것도 깨달았다. 한스는 더욱 소심해질 뿐이었다. 그리고 자기 자신의 상태에 대한 막연한 두려움이 그를 괴롭히기 시작했다.

날씨가 좋을 때면 그는 숲으로 나가 몇 시간이고 누워 있었다. 이것은 그에게 도움이 되었다. 그곳에 있으면 가끔 예전 소년 시절의 희미한 잔영이 상한 그의 영혼 위로 날아오르곤 했다. 꽃이나 딱정벌레를 살펴보고 숨을 죽인 채 새들을 관찰하던 그때, 짐승의 발자국을 뒤쫓아 가던 그때 느꼈던 그 기쁨이 아스라한 잔영으로 떠오르는 것이었다. 그러나 그것도 늘 잠시뿐이었다. 대개는 느른하게 이끼 위에 누워서 무거운 머리로 뭔가를 생각해 보려고 애썼지만 아무것도 생각하지 못하고, 결국은 이런저런 꿈이 다시 그를 찾아와 저 멀리 다른 공간으로 그를 데리고 갔다.

한번은 이런 꿈을 꾼 적이 있었다. 친구 헤르만 하일너가 죽어 들것 위에 누워 있었다. 그는 그것을 보고 친구에게 가려고 했다. 그러나 교장과 선생들이 그를 밀쳐 냈고, 그가 다시 앞으로 파고들 때마다 팔꿈치로 아프게 그를 가격했다. 그곳엔 신학교 교수진과 보충 담당 교사들뿐 아니라 라틴어 학교 교장과 슈투트가르트의 감독관들도 있었다. 모두들 노기 어린 얼굴들이었다. 갑자기 모든 것이 달라졌다. 들것 위에는 이제 물에 빠져 죽은 힌두가 누워 있었다. 그리고 그 곁에는 높은 실크 햇을 써서

기이해 보이는 그의 아버지가 구부정한 다리로 애처롭게 서 있
었다.

또 이런 꿈도 꾸었다. 그는 도망친 하일너를 찾아 숲 속을 돌
아다니고 있었다. 그리고 계속해서 나무 사이 저 멀리로 그가 걸
어가는 것이 보였는데, 한스가 큰 소리로 외치려 할 때마다 계속
하여 다시 자취를 감추는 것이었다. 마침내 하일너가 멈추어 섰
다. 그는 한스가 다가가도 가만히 서 있다가 이렇게 말했다. "한
스, 난 여자 친구가 있어." 그러곤 지나치게 큰 소리로 웃어 젖
힌 다음 덤불숲 속으로 사라지는 것이었다.

한스는 아름답고 여윈 한 남자가 배에서 내리는 것을 보았다.
남자는 고요하고 거룩한 두 눈에 아름답고 평화로 충만한 손을
지니고 있었다. 그는 남자에게로 달려갔다. 그러자 모든 것이
다시 주르륵 흘러가 버렸다. 그는 이게 뭐지 하며 곰곰이 생각하
다가, 마침내 다음과 같은 복음서의 한 부분을 다시 떠올렸다.
그것은 이랬다. *εὐθὺς ἐπιγνόντες αὐτόν περιέδραμον*(그들이 곧
예수를 알아보고 그리로 달려갔다.) 이 구절을 기억해 내자 이제
그는 '*περιέδραμον*'의 접속법 형태가 뭐였는지, 그리고 동사의 현
재형과 부정사, 완료형, 미래형은 어떻게 되었는지 상기해 보지
않을 수 없었다. 그리고 그것을 단수형과 쌍수(雙數)형과 복수형
으로 모두 변화시켜 봐야 했다. 그러다 그게 진도가 잘 나가지
않으면 두려움이 밀려오면서 진땀이 났다. 그런 다음 다시 정신
이 들면, 그는 머릿속에 온통 상처가 난 것 같은 느낌이 들었다.
그러면 그는 자기도 모르는 사이 체념과 죄책감에서 비롯된 저
나른한 미소를 지었고, 그럴 때면 그 즉시 교장의 목소리가 들려

왔다.

"그 바보 같은 웃음은 대체 뭡니까? 지금 그렇게 웃고 있을 처지가 아니잖아요!"

전체적으로 한스의 상태는 간혹 괜찮은 날들도 며칠 있긴 했지만 전혀 나아질 기미가 보이지 않았다. 오히려 악화되는 것처럼 보이기도 했다. 주치의는 침울한 얼굴을 하고 날이 갈수록 속 시원하게 소견을 말하지 못하고 머뭇거렸다. 그는 한스의 어머니가 살아 있을 당시 그녀를 치료하고 사망 진단을 내린 인물로 가끔 경미한 통풍으로 고생하는 아버지를 왕진하곤 했다.

이 기간 동안 한스는 처음으로 자신이 라틴어 학교를 다녔던 마지막 2년간 단 한 명의 친구도 없이 지냈다는 걸 깨달았다. 당시의 동기생들 중 일부는 고향을 떠났고 일부는 견습공이 되어 돌아다니는 것을 보았지만, 그들 중 그 누구와도 뭔가 결속점이 없었고 무엇을 구할 만한 친구도 없었으며 그에게 관심을 갖는 친구도 없었다. 늙은 교장 선생이 두 번, 그와 몇 마디 친절한 말을 나누었고, 라틴어 선생과 교구 목사도 거리에서 마주쳤을 때 호의를 표하면서 고개를 끄덕이며 인사해 주었지만, 사실 이제 한스는 그들과는 아무런 상관도 없는 인물이었다. 한스는 더 이상 그들이 온갖 것을 채워 넣을 수 있는 그릇도, 많은 씨앗을 뿌릴 만한 경작지도 아니었다. 이제 한스는 시간과 관심을 쏟아 봤자 득 될 것 없는 인물이었던 것이다.

교구 목사가 그를 좀 보살펴 주었더라면 좋았을지도 모른다. 하지만 그가 무엇을 할 수 있겠는가? 그가 줄 수 있는 것, 즉 지식, 혹은 적어도 지식을 탐색하는 것에 대해선 그때 젊은이에게 솔직하게 보여 주었던 터라 이제 와서 더 이상 보여 줄 것도 없었다. 의심스러운 라틴어 실력에 빤히 알고 있는 문헌에서 설교를 퍼오지만, 어떤 괴로움이든 그걸 볼 수 있는 혜안과 친절한 말로 괴로움을 덜어 주고, 그래서 힘든 시간이면 기꺼이 찾아가고픈 목사. 그는 그런 류의 목사는 아니었다. 한스의 아버지 기벤라트 씨 또한 아들에 대한 실망감에서 비롯된 노여움을 숨기느라 갖은 애를 쓰고 있긴 했지만, 친구 같고 위로를 건네는 그런 사람은 아니었다. 그래서 한스는 버려지고 사랑 받지 못한 느낌을 받으며, 양지바른 작은 정원에 앉아 있거나 숲 속에 누워서 자신의 꿈들에 몰두하거나 고통을 주는 생각들에 집중하느라 여념이 없었다. 독서는 그가 어려움을 벗어나는 데 도움이 되지 않았다. 독서를 하면 언제나 곧장 눈과 머리가 아파왔고, 책장을 펼치면 어떤 책이든 곧바로 저 수도원 시절과 그곳에서 느꼈던 공포의 망령이 되살아나 불안하고 숨이 턱턱 막히는 꿈의 구석진 곳으로 그를 몰고 갔다. 그리고 거기서 이글거리는 눈길로 마법을 걸듯 그를 꼼짝 못하게 하는 것이었다.

이러한 고뇌와 고독 속에서 또 다른 망령이 그럴싸한 위로자인 양 병든 소년에게 다가와 점점 소년과 친해지더니 없어서는 안 될 존재가 되었다. 그 존재는 죽음에 대한 생각이었다. 총기를 마련하거나 숲 속 어딘가에 밧줄을 매는 건 아주 쉬운 일이었다. 이런 생각들이 거의 매일 그가 가는 곳마다 따라다녔다. 그는 조용한 곳에 있는 몇몇 장소를 눈여겨보다가 아름답게 생을 마감할 수 있는 한 장소를 찾아내고는, 그곳을 최종적으로 자신이 죽을 곳으로 결정했다. 그는 계속하여 그곳을 찾아갔고, 거기 앉아서 머지않아 사람들이 그곳에서 죽은 자신을 발견하게 되는 상상을 하며 묘한 기쁨을 느끼곤 했다. 밧줄을 맬 가지를 정하고, 가지가 얼마나 튼튼한지도 시험해 보았다. 이제 방해될 만한 난관은 더 이상 없었다. 길게 뜸을 들이며 쓴 아버지에게 보내는 짧은 편지와 헤르만 하일너에게 보내는 긴 편지도 점차 완성되어 갔다. 이 편지는 사람들이 시신 곁에서 발견하게 될 것들이었다.

자살 준비를 하면서 느끼게 된 안정감은 그의 정서에 좋은 영향을 끼쳤다. 그 숙명의 가지 아래에 앉아서 그는 많은 시간을 보냈다. 그사이 그를 누르던 압박감이 사라지고 명랑함에 버금가는 쾌감이 그를 사로잡았다. 왜 오래전에 진작 저 가지에 매달리지 않았는지는 그조차도 잘 알 수 없었다. 자살에 대한 생각은 결연했고 그의 죽음은 이미 결정된 일이었다. 그러면서 그는 한동안 행복했다. 그래서 사람들이 먼 여행을 앞두고 그러하듯 그는 마지막 남은 나날 동안 아름다운 햇빛과 고독한 꿈들을 마음껏 맛보길 거부하지 않았다. 여행을 떠나는 건 언제든지 할 수 있었다. 모든 일이 다 순조롭게 진행되었다. 또한 자신을 둘러싼 익숙한 주위 환경 속에 자발적으로 머무르고 있다는 사실과 자신이 내린 위험한 결정에 대해 아무것도 모르는 얼굴들을 바라보는 일은 그에게 씁쓸하고도 특별한 환희를 느끼게 했다. 그는 의사와 만날 때마다 '자, 어디 두고 보시죠!'라는 생각을 하지 않을 수 없었다.

운명은 한스가 자신이 세운 어두운 목표를 즐기도록 내버려둔 채 날마다 그가 이 죽음의 성배에서 몇 모금씩 의욕과 생명력을 마시는 것을 구경하고 있었다. 운명에게는 이 병든 젊은이가 별로 중요하지 않을지도 모른다. 그러나 젊은이는 자기가 돌아야 할 운명의 궤도를 먼저 완주해야 했다. 삶의 달콤 쌉싸래한 맛을 좀 더 맛보기 전에는 계획을 세워 그 궤도에서 사라져선 안 되었다.

헤어날 수 없던 괴로운 생각에 시달리는 일이 드물어지더니, 피곤해 하며 게으름을 피운다거나 괴로움 없는 나른한 기분이 그 자리를 이어받았다. 그럴 때면 한스는 몇 시간이고 또 며칠이고 아무 생각 없이 시간이 흘러가는 대로 두고 보거나, 태무심하게 푸른 하늘을 보기도 했고, 그래서 가끔씩은 몽유병자나 유치한 어린아이처럼 보이기도 했다. 한번은 나른하고 몽롱한 기분에 잠겨 정원의 전나무 아래 앉아서 왜 그랬는지는 잘 모르겠지만, 라틴어 학교에서 배웠던 오래된 시구가 문득 떠올라 계속 되풀이하여 흥얼거린 적이 있었다.

아, 이내 몸 너무나도 피곤하고,
아, 이내 몸 너무나도 지쳤네,
지갑엔 돈 한 푼 없고
배낭엔 든 것 하나 없네.

그는 이 구절을 오래된 가락에 맞추어 흥얼거리느라 벌써 스무 번째 되풀이하고 있다는 걸 전혀 의식하지 못했다. 그런데 창문 가까이에 서 있던 그의 아버지는 그 흥얼거리는 소리를 귀기울여 듣다가 크게 경악하고 말았다. 본디 메마른 천성의 그로서는 아무 생각 없이 유쾌하게 부르는 서툴고 단조로운 이 노래를 도저히 이해할 수 없었던 것이다. 그래서 그는 이것이 돌이킬 수 없는 정신 박약의 한 표시라고 해석하고는 한숨을 쉬었다. 그때부터 그는 더더욱 겁을 먹고 아들을 관찰하기 시작했고, 아들은 당연히 그것을 깨닫고는 괴로워했다. 그래도 밧줄을 들고 저 튼튼한 가지를 사용할 단계까지는 아직 이르지 않았다.

그사이 더운 계절이 돌아왔다. 주 시험과 그때 그 여름 방학 이후로 벌써 일 년이 지난 것이었다. 한스는 가끔 그때를 생각하곤 했지만 별다른 감동은 없었다. 그는 꽤나 둔감해졌다. 다시 낚시를 시작하고 싶은 마음이 간절했지만, 차마 아버지에게 허락을 구할 엄두가 나지 않았다. 그는 물가에 서 있을 때마다 괴로웠다. 그래서 아무도 보는 사람이 없는 강기슭에서 오래 머무를 때도 많았고, 소리 없이 헤엄치는 시커먼 물고기들이 움직이는 모습을 뜨거운 눈으로 뒤따라가기도 했다. 매일 저녁 무렵이 되면 그는 멱을 감으러 강을 거슬러 올라갔다. 강으로 가는 길엔 항상 감독관 게슬러의 집을 지나가야 했다. 그러다 보니 우연찮게 3년 전 그가 열렬히 좋아했던 에마 게슬러가 다시 집에 있다는 걸 알게 되었다. 그는 호기심에 몇 번인가 그녀를 찾아보게 되었지만, 예전만큼 그녀가 마음에 들어오지 않았다. 그땐 팔다리가 날씬하고 아주 섬세한 소녀였는데, 이제 그녀는 다 자란 어른에 몸짓도 유연하지 못했고, 어린이다운 모습을 찾아볼 수 없는 유행을 따른 머리 모양을 하고 있었다. 이 머리 모양은 정말이지 전혀 어울리지 않았다. 긴 드레스 역시 어울리지 않았다. 성숙한 여인처럼 보이려고 한 것이 결정적으로 운이 나빴던 것이다. 한스는 그런 그녀가 우습다는 생각이 들었지만, 예전에 그녀를 볼 때마다 묘하게 달콤하고 아스라하고 또 따뜻한 기분이 들었던 걸 생각할 때면 애석한 마음이 들기도 했다. 돌이켜 보면 대체로 그땐 모든 것이 달랐다. 훨씬 더 아름다웠고, 훨씬 더 명랑했으며, 훨씬 더 활기가 넘쳤다! 지금이야 라틴어와 역사, 그리스어, 시험, 세미나, 그리고 두통 외엔 아무것도 모르고 지낸 지 한참 되었지만 그 시절엔 동화책도 있었고 도둑 이야기가 실린 책도 있었다. 그때 그는 정원에서 직접 만든 수차바퀴도 돌렸었고, 저녁이면 나숄트 씨네 정문으로 통하는 길에서 리제가 들려주는 모험 이야기에도 귀를 기울였다. 그때 그는 다들 가리발디라고 부르던 이웃집 할아버지 그로스요한을 한동안 살인 강도범이라고 생각해 그에 관한 꿈을 꾸기도 했다. 그리고 그땐 일 년 내내 단 한 달도 빠짐없이 뭔가를 기다리는 맛이 있었다. 건초 만들 때나 토끼풀 벌초할 때를 기다리며 설레고, 그리고 나면 다시 낚시를 시작하거나 가재 잡이를 할 생각에 즐거웠다. 그 다음은 홉* 열매를 수확하고 자두를 흔들어 딸 때, 그리고 감자 불**을 피울 때를 연이어 기다렸다. 그리고 이 모든 것이 지나면 타작이 시작될 거라는 생각에 즐거웠다. 어디 그뿐인가. 그 사이사이마다 덤으로 사랑스러운 일요일과 공휴일을 기다리는 맛은 또 어땠는지. 그땐 신비스러운 마법으로 그를 끌어들이

---

*홉 : 뽕나뭇과의 여러해살이 덩굴풀. 열매는 주로 맥주의 원료로 쓴다.
**감자 불 : 감자 수확 후 축제의 일환으로 마른 감자 줄기를 태우고 또 감자도 구워 먹을 겸 들판에 피웠던 모닥불.

던 것들 또한 무척 많았다. 집들이며 골목들, 갖가지 계단과 헛간 바닥, 우물들, 이런저런 울타리들, 그리고 모든 종류의 동물과 사람들이 그는 좋았다. 이것들은 친숙하거나 수수께끼 같이 매혹적으로 비춰지기도 했다. 홉을 딸 때엔 그도 함께 거들면서 큰 소녀들이 노래하는 소리에 귀를 기울였다. 그리고 그 노랫가락에 실린 구절들 대부분이 절로 웃음이 나올 정도로 익살맞긴 하지만, 몇몇 구절은 또 듣는 이의 목이 멜 정도로 이상하게 서러운 데가 있다는 것도 깨달았다.

이 모든 것이 앙금처럼 가라앉아 그가 알아차릴 새도 없이 끝나 버리고 말았다. 가장 먼저 리제네에서 보내던 저녁 시간이 중단되었다. 그런 다음 주일 오전의 피라미 잡이가 중단되었고 그 다음은 동화책 읽기, 이런 식으로 하나씩 중단되어 마침내 홉 따기가 중단되었으며 정원의 수차도 더 이상 돌아가지 않게 되었다. 아, 이 모든 것들이 다 어디로 없어졌단 말인가?

그리고 일이 벌어졌다. 조숙했던 소년이 지금 병들어 아픈 중에 비현실적인 제2의 유년 시절을 겪는 일 말이다. 어린 시절을 빼앗긴 그의 동심이 갑자기 터져 나온 그리움과 함께 저 가물거리는 아름다운 시절로 달아난 것이다. 그리하여 기억의 숲을 마법에 걸린 듯 이리저리 헤매고 다니는 것이었다. 이 기억은 강함와 명료함에 있어 어쩌면 병적일 수도 있었다. 한스는 비현실 속에서도 예전에 그 기억 속 장면을 겪을 때 못지않게 열정적이고 따뜻하게 이 모든 것을 체험했다. 기만당하고 억압당했던 어린 시절이 오랫동안 막혀 있던 샘물처럼 그의 내면에서 솟구쳐 올라왔다.

나무는 줄기를 자르면 흔히 뿌리 근처에 새로 움을 틔운다. 그리고 한창 시기에 병들고 상하게 된 정신도 종종 그렇게 봄기운이 감도는 초창기로, 저 예감으로 가득 찬 유년기 때로 되돌아간다. 마치 그 시절로 돌아가면 새로운 희망을 발견하여 끊어졌던 삶의 끈을 새로 이을 수 있기라도 하듯 말이다. 뿌리에서 움튼 새싹은 촉촉하게 수분을 머금고 서둘러 무럭무럭 자라난다. 하지만 그것은 가상의 생명일 뿐이며 결코 진짜 나무로 다시 돌아가지는 못하는 법이다.

한스 기벤라트의 경우도 그랬다. 그래서 그는 어린 시절에 걷던 그 꿈결 같은 길을 다시 따라가 볼 필요가 있었다.

기벤라트의 집은 오래된 석조 다리들 근처에 있었고, 색깔이 달라도 너무 다른 두 골목길 사이의 맨 끝 모서리에 자리 잡고 있었다. 골목 중 한 곳은 주택가로 간주되고 또 주택에 딸린 길이었다. 또한 이 길은 도시에서 가장 길고, 가장 넓으며, 가장 고상한 골목으로 '게르버 가세'*라고 불렸다. 두 번째 골목은 급경사를 이루며 산으로 이어졌다. 짧고, 좁고, 궁상맞았으며 '매 길'이라고 불렸다. 지금은 문을 닫은 아주 오래된 여인숙의 이름에서 따온 것으로 그 여인숙의 간판이 매 모양이었다.

'게르버 가세'엔 집집마다 훌륭하고 견실한 고령의 토박이들이 살았다. 그들은 자기 소유의 집과 묘지와 정원을 갖고 있었다. 정원들은 뒤쪽 테라스에서 비스듬하게 산으로 이어졌고, 정원의 울타리는 1870년대에 설치된 것들로 노란 금작화로 뒤덮

---

*게르버 가세 : 가죽공 혹은 가죽업자의 골목이라는 뜻.

인 철둑까지 맞닿아 경계를 이루고 있었다. 고상한 면에서 '게르버 가세'와 겨룰 만한 곳은 광장뿐이었다. 광장은 교회와 구청, 법원, 시청 그리고 교구 감독의 관저가 위치한 곳으로 깔끔하고 기품 있는 모습이 하나부터 열까지 도회적이고 쾌적한 인상을 주었다. '게르버 가세'엔 공관은 없지만 위풍당당한 대문이 달린 오래되거나 새로 지은 시민들의 집과 예쁘고 고풍스러운 목조 가옥, 그리고 말쑥하고 밝은 합각머리 벽이 있었다. 이 골목엔 한쪽 면만 집들이 늘어서 있어 쾌적하고 안락하며 빛이 가득했다. 거리 건너편으로 각목으로 된 난간이 있는 담벼락이 있었고 그 담벼락 발치로 강물이 흐르고 있었기 때문이었다.

'게르버 가세'가 길고 폭이 넓고 볕이 잘 들며 광활하고 품위가 있다면, '매 길'은 그와는 정반대였다. 이 골목엔 비스듬하게 기운 칙칙한 집들이 서 있었다. 집들의 외벽은 얼룩진 회칠이 부슬부슬 부서져 내렸고, 박공은 앞쪽으로 쏠려 있었다. 현관이나 창문은 여러 갈래로 금이 가고 여기저기 때운 곳이 많았다. 굴뚝은 구부정했고 추녀의 홈통도 군데군데 삭아 있었다. 이런 집들이 다닥다닥 붙어 서로 공간과 햇빛을 잡아먹고 있었다. 그리고 이 골목길은 좁고 기이하게 휘어져 있어 영영 어스름을 벗어나지 못했다. 특히 비가 오거나 해가 지고 나면, 이 어스름은 습기를 머금은 어둠으로 변했다. 어느 집이건 창문 앞에는 막대기와 줄이 있었고, 늘 빨래가 잔뜩 걸려 있었다. 그도 그럴 것이 비좁고 궁기가 줄줄 흐르는 이 골목엔 세입자가 또 세놓은 세입자와 하룻밤 묵어가는 사람들은 말할 것도 없고, 너무 많은 가족들이 살고 있었던 것이다.

　기울고 나날이 노쇠해져 가는 집들의 구석구석 모두 빼곡하게 사람들이 들어차 살고 있었다. 그리하여 그곳엔 가난과 패륜과 질병이 늘 상주하고 있었다. 티푸스가 발병하면 그곳에서 시작되었고, 살인이 벌어져도 그곳에서 벌어졌다. 시내에서 절도 사건이 발생하면 사람들은 가장 먼저 '매 길'부터 수색했다. 그곳에 있는 질 나쁜 여관에는 떠돌이 행상인들이 묵었다. 그들 중에는 재미있는 가루세제 장사꾼 호테호테와 모든 범죄와 패륜의 온상이라고 사람들이 뒷담화를 하던 가위 가는 아담 히텔이 있었다.

　초등학교 저학년 때 한스는 '매 길'을 뻔질나게 오갔다. 선명한 금발 머리에 누더기를 걸친 수상쩍은 남자아이들과 함께 그는 악명 높은 로테 프로뮐러의 살인 이야기에 귀를 기울였었다. 로테는 작은 여인숙 주인과 살다가 헤어진 이혼녀였고, 5년간 교도소 생활을 했다. 한때 유명한 미인이었던 그녀는 공장 직공들 가운데 여러 명의 애인을 두어 자주 스캔들과 칼부림을 불러일으키는 원인을 제공하기도 했다. 이제 그녀는 홀로 외롭게 살고 있고, 공장 일이 끝나면 커피를 끓여서 이야기꾼처럼 얘기를 들려주는 것으로 저녁 시간을 보냈다. 그럴 때면 그녀는 현관문을 활짝 열어 놓았다. 아낙네들과 젊은 노동자들뿐 아니라 이웃집 아이들까지 늘 한 떼씩 모여 문턱에서 그녀의 이야기에 귀를 기울이며 놀라서 몸을 움츠리거나 무서워 벌벌 떨기도 했다. 검고 작은 돌화덕에 올려놓은 주전자에선 물이 보글보글 끓었고, 그 곁에선 기름 양초가 지글거리면서 석탄에 핀 파란 불꽃과 함께 사람들로 넘쳐나는 어두운 방 안을 비추었다. 불빛이 기괴하게 너울거리며, 벽과 천장에 이야기를 듣는 사람들의 그림자를 엄청나게 크게 드리워 온 방 가득 유령이 움직이는 것 같았다.

이 집에서 여덟 살 한스는 핑켄바인 형제와 알게 되었고 아버지가 함께 놀지 말라고 엄하게 말렸는데도 약 일 년 정도 그들과 친구로 지냈었다. 형제의 이름은 돌프와 에밀이었고, 시내 골목에 사는 아이들 중 가장 차림새가 남루했다. 두 아이는 과일 도둑질과 밀렵으로 유명했고, 온갖 잡다한 손재주가 있었으며, 장난을 치는 데는 따라갈 아이들이 없었다. 또 틈틈이 새알이나 납으로 된 산탄, 새끼 까마귀, 찌르레기, 토끼 등을 내다 팔았고, 금지된 밤낚시를 하는가 하면 온 도시의 정원이란 정원은 모두 제집 드나들 듯했다. 제아무리 뾰족한 울타리라고 해도 두 형제가 넘지 못할 울타리가 없었고, 아무리 병 조각을 촘촘히 박아놓는다 한들 두 형제가 넘지 못할 담장은 없었던 것이다.

그러나 누구보다도 한스와 한데 어울렸던 친구는 '매 길'에 사는 헤르만 레히텐하일이었다. 고아인 그는 조숙하고 병약한 데다 일상적으로 보기 힘든 구석이 있는 아이였다. 한쪽 다리가 짧았기 때문에 걸을 때면 항상 지팡이를 짚고 다녀야 했고, 골목길에서 노는 아이들과 어울려 놀 수도 없었다. 덩치가 작았고, 일찌감치 씁쓸함을 안 듯한 입매에 지나치게 뾰족한 턱과 고통에 찬 창백한 얼굴을 하고 있었다. 다방면에 걸쳐 손재주가 뛰어나 손으로 하는 건 무엇이든 놀라울 정도로 능숙하게 해냈다. 그리고 특히 낚시에 대한 열정이 어마어마했다. 이 열정은 한스에게 고스란히 전해졌다. 당시 한스에겐 아직 낚시 허가증이 없었다. 그런데도 둘은 숨겨진 장소에서 몰래 낚시를 했다. 사냥이 즐거움을 준다면, 밀렵은 알다시피 최고의 쾌락을 주는 법이다. 다리를 저는 레히텐하일은 한스에게 좋은 낚싯대를 찾고 자르는 법을 가르쳐 주었고, 말총을 꼬는 방법과 색실을 물들이는 방법 그리고 낚싯바늘을 뾰족하게 가는 방법도 가르쳐 주었다. 또한 날씨 보는 법, 물의 상태를 살피는 법, 밀기울로 물을 뿌옇게 만드는 법과 적당한 미끼를 골라 그걸 제대로 끼우는 방법도 가르쳐 주었다. 물고기의 종류를 구별하는 법은 물론이고, 낚시질을 할 때 물고기 소리에 귀를 기울이는 법, 알맞은 수심에 낚싯줄을 드리우는 법도 가르쳐 주었다. 그뿐 아니라 아무 말도 하지 않고 그저 스스로 본보기를 보이고 곁에서 지켜보는 식으로 낚싯대를 잡는 법과 물고기가 줄을 팽팽하게 잡아당길 때나 느슨하게 놓을 때 그 순간의 섬세한 감각도 전수해 주었다. 그는 상점에서 파는 멋진 낚싯대, 코르크, 유리섬유질의 줄을 비롯하여 인공적으로 만든 낚시 도구는 모두 열렬하게 경멸하고 비웃었다. 그러면서 확신에 차서 낚시에 필요한 모든 도구를 하나하나 손수 만들고 조립하지 않는다면 낚시질로 물고기를 낚는 건 생각도 하지 말아야 한다고 한스에게 말했었다.

한스는 핑켄바인 형제와는 사이가 틀어져 화를 내고 헤어졌다. 절름발이에 조용한 레히텐하일은 그와 다투지도 않았는데 그의 곁을 떠났다. 2월 어느 날, 그 아이는 초라하고 작은 그의 침대에 등을 대고 누워, 의자 위에 겉옷을 걸치고 지팡이를 얹어 놓았다. 그러곤 열이 펄펄 끓기 시작하는가 싶었는데 어! 할 사이도 없이 죽어 조용히 저세상으로 떠난 것이었다. 그 후 곧바로 '매 길' 사람들은 그를 잊었고, 한스만이 오래도록 좋은 추억 속에 그를 간직하고 있었다.

하지만 레히텐하일이 죽은 뒤로도 오랫동안 '매 길'의 기이한 사람들은 없어지지 않았다. 술버릇 때문에 회사에서 쫓겨난 우편배달부 뢰텔러를 모르는 사람이 누가 있던가? 그는 2주에 한 번씩 술이 곤드레만드레 취하여 길거리에 널브러져 있지 않으면 한밤중에 소동을 일으키곤 했지만, 평소에는 아이처럼 착하고 사람 좋은 미소를 한결같이 건네던 사람이었다. 그는 한스에게 자기가 갖고 있는 타원형 양철 코담배통을 열어 냄새를 맡게 해 주었다. 이따금 한스가 낚시한 고기를 선물로 가져가면, 버터에 구운 다음 함께 점심을 먹기도 했다. 그에겐 유리알 눈이 박힌 말똥가리 박제와 가느다랗고 고운 소리로 고리타분한 춤곡을 연주하는 낡은 오르골이 하나 있었다. 또 발은 맨발일지언정 언제나 소매 장식은 잊지 않았던 기계공 출신의 상늙은이 포르쉬를 모르는 사람이 누가 있던가? 오래된 공립학교에서 일하던 엄격한 교사의 아들이었던 그는 성경책 절반은 너끈히 외우고, 격언과 도덕적 경구들도 줄줄 꿰고 있었다. 하지만 이런 지식이나 그의 눈처럼 하얀 백발도, 여자들만 보면 난봉꾼 기질을 발휘하고 또 번번이 만취하는 건 막지 못했다. 그는 어느 정도 취기가 오르면 기벤라트네 집 모서리 완충석 위에 앉아서 지나가는 사람이란 사람들은 모두 이름을 불러가며 격언으로 풍성하게 대접했다.

"한스 기벤라트 2세, 귀한 아들아, 내가 하는 말을 들을지어

다. 시라*에서 뭐라고 하더냐? 남에게 해로운 충고를 하지 아니하고, 또 그런 충고로 인해 양심이 힘들지 아니한 자, 복되도다! 아름다운 나무에 매달린 푸른 잎사귀 몇 잎이 떨어지면 그 자리에 다시 몇 잎이 자라나는 것과 똑같이, 인간사 역시 그러하니. 몇 사람이 죽으면, 몇 사람이 태어나는 법이다. 자, 이제 집에 가도 좋다, 이 바다표범 같은 녀석.”

이 늙은 포르쉬는 경건한 격언과는 별도로 유령 혹은 그와 비슷한 류의 어둡고 전설적인 이야기를 수도 없이 꿰고 있었다. 그리고 이야기를 할 때면 거의 대부분 이걸 믿어도 되나 하며 거만하게 툭툭 내뱉는 투로 시작했는데, 짐짓 이야기를 재미있게 하고 청중들을 웃기려고 그러는 것 같았다. 그러나 이야기가 깊어지면서 그 스스로 겁을 먹고 점점 더 몸을 웅크렸고, 갈수록 목소리를 낮추어 결국엔 파고들듯 나직하고 소름 끼치는 톤으로 속삭이며 이야기를 끝냈다.

이 못살고 좁은 골목엔 무시무시한 것과 속을 알 수 없는 것들, 그리고 사람을 자극하는 어두운 일들이 얼마나 많이 숨겨져 있던지! 그 속엔 거래처가 망하고 이어서 자기 소유의 공장마저 완전히 말아먹은 다음 골목에 들어와 살고 있는 금속공 브렌들레가 있었다. 그는 자기가 살던 집의 작은 창가에 앉아서 생동감 넘치는 골목을 들여다보며 반나절을 보냈다. 그러다가 때때로 다 떨어진 옷에 세수도 하지 않은 이웃집 아이들 중 한 명이 그

---

*시라 : 구약 외전 중 하나인 『집회서』를 이른다. 기원전 180년경 예루살렘의 보수적인 한 스승이 지은 것으로 추측된다.

의 손에 걸려들면, 무척이나 즐거워하며 아이의 귀와 머리카락을 사납게 잡아당기거나 온몸이 시퍼렇게 멍이 들도록 꼬집으며 괴롭혔다. 하지만 어느 날 그는 아연 줄로 목을 맨 채 살던 집의 계단에 매달려 있었다. 그 모습이 어찌나 끔찍했던지 아무도 그에게 다가갈 엄두를 내지 못했는데, 마침내 늙은 기계공 포르쉬가 펜치를 갖고 와 뒤쪽에서 목을 맨 줄을 잘랐다. 뒤이어 혀를 쭉 늘어뜨린 시신이 앞으로 꼬꾸라지며 우당탕 쿵탕 계단을 굴러 내려가더니 놀란 사람들 한가운데에 들어가 멈추었다.

밝고 넓은 '게르버 가세'에서 어둡고 축축한 '매 길'로 들어설 때마다 한스는 기묘하고도 숨 막히는 공기와 더불어 환희에 차도록 오싹한 압박감, 그리고 호기심과 공포와 양심의 가책과 더불어 모험에 대한 즐거운 예감이 두루 섞인 감정에 사로잡혔었다. '매 길'은 아직도 어딘지 동화와 기적과 듣도 보도 못한 끔찍한 사건 등이 벌어질 수 있을 것 같은 유일한 장소였다. 마법과 유령의 존재를 믿을 수 있고, 또 그런 것이 실제로 돌아다닐 것 같은 장소였으며, 전설이나 터무니없는 로이트링의 통속 문학을 읽을 때와 똑같은 고통스러우면서도 감칠맛 나는 전율을 느낄 수 있는 곳이었다. 이 통속 문학은 선생들의 압수 대상이었는데, 그 속에는 존넨비르틀레와 신더한네스, 메서카를레, 포스트미헬* 또는 그와 비슷한 어둠의 영웅들, 중범죄자, 모험가들의 범죄 행위와 처벌에 관한 이야기들이 씌어져 있었다.

---

*존넨비르틀레, 신더한네스, 메서카를레, 포스트미헬 : 모두 18세기 중·후반을 풍미했던 범죄자들로 장물아비나 도적떼 등으로 나름의 전설을 낳기도 한 인물들이다.

‘매 길’ 이외에 다른 곳과 달랐던 장소가 한 군데 더 있었다. 그곳은 뭔가를 체험하고 들을 수 있고, 또 컴컴한 다락들과 흔히 볼 수 없는 방들이 있어 그 안에서 길을 잃고 헤맬 수도 있는 그런 장소였다. 그것은 가까운 곳에 있던, 오래되고 거대한 주택 형태의 큰 가죽 공장이었다. 어스름한 다락에는 커다란 가죽들이 걸려 있었고, 지하실에는 드러나지 않은 구덩이들과 금지된 통로가 있었다. 밤이면 리제가 아이들을 모아 놓고 아름다운 동화를 들려주던 곳도 바로 여기였다. 그곳은 건너편 ‘매 길’보다 더 조용하고, 더 친근하고, 더 인간적이었지만 수수께끼 같은 면에선 뒤지지 않았다. 구덩이와 지하실에서, 또 무두질하기 전 가죽을 다듬는 정원에서, 그리고 다락방에서 제혁공들이 일하는 모습은 묘하고 독특했다. 하품을 하듯 문이 활짝 열린 커다란 방들은 조용하고 무시무시한 만큼 또 묘하게 사람을 끄는 데가 있었다. 사람들은 힘이 세고 퉁명스러운 집주인이 식인종이라도 되는 양 두려워하고 기피했다. 그렇지만 리제는 요정처럼 그 이상한 집 안을 이리저리 돌아다녔다. 모든 아이들과 새들, 고양이와 개들에게 그녀는 선량하기 그지없고, 동화와 노랫말을 모두 꿰고 있는 보호자요 엄마였다.

이미 오랫동안 소년과 멀어졌던 이 세상에 다다르자 그가 꿈꾸고 생각했던 것들이 살아 움직이기 시작했다. 소년은 엄청난 실망과 절망에서 벗어나 과거의 좋았던 시간 속으로 달아났다. 그때 그는 아직 희망으로 부풀어 있었고, 세상이 거대한 마법의 숲처럼 자기 앞에 서 있는 것을 보았었다. 소름 끼치는 위험이 곳곳에 도사리고 있고, 그 깊이를 가늠할 수 없는 품속에 마법에 걸린 보물과 에메랄드로 만들어진 성을 숨기고 있는 거대한 마법의 숲 말이다. 그러나 그는 울창한 이 숲 속으로 단 몇 걸음 파고들었을 뿐인데 그만 경탄할 틈도 없이 지쳐 버렸고, 그리하여 이제 수수께끼로 가득 찬 어슴푸레한 숲의 입구에 다시 우두커니 선 꼴이 된 것이다. 그것도 입장을 금지당한 신분이 되어 헛된 호기심을 안고 그 앞에 그냥 서 있을 뿐이었다.

몇 번인가 한스는 '매 길'을 다시 찾아갔다. 그리고 그곳에서 오래된 어스름과 역겨운 냄새와 모퉁이와 빛이 들지 않는 옥내 계단 집들을 찾았다. 예나 다름없이 문 앞에 백발의 남자들과 여자들이 앉아 있는 것이 보였고, 아마색의 금발에 씻지도 않은 아이들이 소리를 지르며 돌아다니는 것이 보였다. 기계공 영감 포르쉬는 그사이 부쩍 늙어서 이젠 한스를 알아보질 못했다. 한스가 수줍게 인사를 건네자 그는 비웃듯 목소리를 떨며 화답해 주었다. 가리발디라고 부르던 그로스요한은 유명을 달리했고, 로테 프로뮐러도 마찬가지였다. 우편배달부 뢰텔러는 아직 그곳에 있었다. 그는 아이들이 그의 오르골을 망가뜨렸다고 푸념하며 코담배를 권했다. 그러곤 한스에게 구걸을 하려고 했다. 마지막으로 뢰텔러는 핑켄바인 형제 이야기를 들려주었다. 둘 중 한 명은 지금 담배 공장에서 일을 하는데 벌써 어른처럼 술을 입에 달고 산다고 했고, 다른 한 명은 헌당 축일 대목장에서 칼부림을 벌인 후 그 길로 달아난 지 벌써 일 년이 흘렀다고 했다. 정말 무엇 하나 빠짐없이 모두 비참하고 구차한 인상을 자아냈다.

또 어느 날 저녁 무렵엔 가죽 공장으로 올라가 보았다. 그는 이 거대하고 오래된 집에 그의 어린 시절이, 그 시절과 더불어 잃어버린 그때 느꼈던 모든 기쁨의 감정이 숨겨져 있기라도 하듯 깊은 대문 길을 지나 축축한 안마당을 건너갔다.

휘어진 계단과 포장된 현관을 지나자 컴컴한 계단이 나타났다. 그는 더듬거리며 판판하게 펼쳐진 가죽들이 걸려 있는 다락방으로 갔다. 그곳에 이른 그는 진한 가죽 냄새와 함께 갑자기 몰아치듯 밀려오는 기억의 구름을 남김없이 빨아들였다. 다시 그 방에서 내려와 뒤꼍에 있는 마당으로 가 보았다. 그곳엔 다듬지 않은 생가죽을 담아 두는 구덩이와 무두질을 할 때 나온 찌꺼기를 말리는 높은 건조대가 있었고, 그 위에 좁다란 지붕이 덮여 있었다. 담장에 붙여 놓은 긴 의자에 진짜로 리제가 앉아 있었다. 그녀의 앞에는 껍질을 벗길 감자 한 바구니가 놓여 있었고, 그녀를 빙 둘러 몇 명의 아이들이 귀를 기울이고 있었다.

한스는 컴컴한 문턱에 멈추어 서서 그쪽에서 들려오는 소리에 귀를 기울였다.

넉넉한 평화로움이 저물녘 가죽 공장의 정원을 가득 채우고 있었다. 귀에 들리는 것은 마당의 담장 뒤를 스쳐 지나가며 졸졸졸 흐르는 강물 소리와 사각거리는 감자 깎는 소리와 이야기를 들려주는 리제의 목소리뿐이었다.

아이들은 조용히 쪼그리고 앉아 좀처럼 움직이지 않았다. 리제는 크리스토포루스 성인의 이야기를 들려주고 있었다. 한밤중에 어린아이의 목소리가 강 건너편에서 성인을 부르는 대목이었다.

한스는 한참이나 이야기에 귀를 기울였다. 그런 다음 어둠이 깃든 현관을 빠져나와 다시 집으로 돌아왔다. 그는 이제 다시는

어린아이가 될 수 없다는 걸, 그리고 저녁마다 가죽 공장의 정원
에서 리제의 곁에 앉아 있을 수도 없다는 걸 깨달았다. 이제 그
는 다시금 '매 길'과 함께 가죽 공장을 찾는 일도 그만두게 되었
다.

제6장

벌써 가을빛이 짙어졌다. 어두운 전나무 숲에선 활엽수들이 뿔뿔이 흩어져 횃불처럼 노랗고 빨갛게 빛을 발하고 있었다. 협곡엔 이미 짙은 안개가 끼었고, 강물에선 아침마다 서늘하게 물안개가 서렸다.

신학생이었던 창백한 얼굴의 한스는 여전히 날마다 산으로 들로 돌아다니고 있었다. 즐거운 것도 없었고 늘 피곤했으며 맺어도 될 만한 가벼운 인간 관계조차도 기피했다. 의사는 물약과 간유를 복용하고, 달걀을 섭취하고 냉수욕을 하라고 처방해 주었다.

처방은 모두 소용이 없었다. 놀랄 일도 아니었다. 건강한 삶은 저마다 내용과 목표가 있는 법인데, 젊은 한스 기벤라트에게선 그것이 사라져 버린 것이다. 이제 그의 아버지는 아들에게 서기 일이나 기술을 배우게 해야겠다고 결심했다. 젊은 아들이 아직 허약했기에 먼저 좀 더 체력을 쌓아야 마땅했지만, 아들을 진지하게 생각해 볼 때가 된 것도 같았다.

사람을 혼란스럽게 만들었던 초창기의 인상들이 누그러든 뒤부터, 그리고 그 스스로 더는 자살 생각을 하지 않게 된 뒤부터 한스는 기복이 심하고 흥분된 두려움의 상태에서 벗어났다. 하지만 거기에 맞먹는 우울 속으로 빠져들어, 부드러운 늪에 빠져들 듯 천천히 아무런 저항도 하지 못한 채 가라앉고 있었다.

지금 그는 완전히 가을을 타고 있었다. 가을 들판을 이리저리 돌아다니며 계절의 영향을 받은 탓이었다. 저물어가는 가을, 고요히 떨어지는 낙엽, 농익고 피곤해져 죽을 준비를 하는 초목들, 갈색이 되어 버린 초원. 이런 것들은 모든 병든 사람들이 그러하듯 무겁고 절망적인 분위기에 젖게 하고 서글픈 생각을 하도록 몰아갔다. 그리하여 그는 이 가을과 함께 사라지고, 함께 잠이 들고, 또 함께 죽고 싶다는 기분이 들었다. 하지만 그의 젊음이 그것에 반기를 들고 조용하면서도 집요하게 삶을 붙들고 떨어지지 않으려 하여 괴로웠다.

그는 나무들이 노랗게 되었다가 갈색으로 변하고 완전히 벌거숭이가 되는 걸 지켜보았고, 숲이 우윳빛의 희뿌연 안개를 내뿜는 것을 바라보았다. 또 마지막 과일 수확 이후 생명이 소진되고, 이젠 아무 눈길도 받지 못한 채 제 색깔 그대로 시들어가는 과꽃이 있는 정원들도 살펴보았다. 그리고 멱을 감거나 고기잡이가 끝난 강물이 마른 잎사귀로 덮여 있는 것과 추운 강기슭에서 억센 제혁공들만이 여전히 추위를 버티며 일하는 것을 보았다.

며칠 전부터 엄청난 양의 과일즙 찌꺼기가 강물을 타고 내려
왔다. 압착기가 모여 있는 광장은 물론이고 방앗간이란 방앗간
마다 지금 열심히 과일 주스를 짜내고 있었던 것이다. 그리하여
시내 어느 골목을 가든 보글거리며 발효하는 과일즙 냄새가 따
라다녔다.

구둣방 주인 플라이크도 아랫동네 방앗간에서 작은 압착기를
한 대 빌렸던 터라 한스를 과일즙 짜기에 초대했다.

방앗간 앞마당엔 크고 작은 과일즙 압착기와 마차, 바구니,
과일을 가득 채운 자루, 두 개의 손잡이가 달린 물통과 찌꺼기를
거르는 통, 양동이와 커다란 나무 드럼통, 그리고 산처럼 쌓인
과일즙 찌꺼기와 목재 지렛대, 손수레와 빈 짐수레가 세워져 있
었다. 압착기가 작동하면서 끽끽 쇠 맞물리는 소리를 내기도 하
고, 끼이익 길게 울부짖지 않으면 신음 소리나 달달달 떠는 소리
를 냈다. 압착기는 대부분 초록색 칠이 되어 있었는데, 이 초록
색이 황갈색의 과일 찌꺼기와 색색의 사과 바구니, 연녹색의 강
물, 맨발로 돌아다니는 아이들 그리고 맑은 가을 햇살과 한데 어
우러져 그 장면을 보는 사람들에게 기쁨과 삶의 의욕과 풍성함
과 같은 매력적인 인상을 자아냈다. 와삭하는 사과 으스러지는
소리가 입안에 신맛이 돌게 하고 식욕을 자극했다. 이곳에 와서
이 소리를 듣는 사람은 얼른 사과 하나를 움켜쥐고 한입 깨물어
먹지 않을 수 없었다. 압착기의 파이프 관에선 갓 짜낸 달콤한
과일즙 한 줄기가 햇빛을 받아 적황색으로 빛나는 미소를 지으
며 콸콸 쏟아졌다. 이곳에 왔다가 그 장면을 보는 사람은 누구든
지 잔을 달라고 청하여 한 잔 맛을 볼 수밖에 없었다. 그런 다음

엔 멈추어 서서 눈시울을 적시며 달콤함과 쾌감의 물결이 온몸으로 번지는 걸 느꼈다. 이 달콤한 과일즙의 경쾌하고 강렬하고 맛좋은 향기가 멀리까지 대기를 가득 채웠다. 이 향기는 원래 일 년 중 가장 최상의 것이었고, 완숙과 수확의 진수였다. 겨울이 다가오는 시점에 이런 향기를 맡는 건 좋은 일이었다. 이 향기를 맡으면서 사람들이 그 속에서 좋았던 일들, 그리고 기적적일 만큼 멋졌던 많은 일들을 기억하고 감사하게 되었기 때문이다. 5월에 내리던 부드러운 비와 주룩주룩 내리던 한여름의 장대비 그리고 서늘한 가을날의 아침 이슬을 기억하고, 부드러운 봄 햇살과 뜨겁던 한여름의 뙤약볕을 기억하며, 하얗게 혹은 장미처럼 붉게 빛나던 꽃들을 기억하기도 하고, 수확을 앞둔 과일나무에 흐르던 농익은 적갈색의 윤기와 그 사이사이로 일 년이 지나는 동안 함께했던 아름답고 즐거웠던 모든 일을 기억했던 것이다.

　이즈음의 하루하루는 누구에게나 빛나는 나날이었다. 부자와 뽐내길 좋아하는 사람들도 스스로를 낮추고 몸소 압착장에 나왔다. 그러고는 가지고 온 실한 사과를 손에 들고 무게를 가늠해 보며 열두 자루나 그보다 더 많은 자루들을 일일이 세어 보았고, 휴대용 은잔에 과일즙을 담아 시음하고는 다른 사람이 다 들도록 자신들의 과일즙엔 물을 한 방울도 타지 않았다고 말했다. 가난한 사람들은 달랑 한 자루밖에 가져오질 못했고 유리잔 아니면 사기잔에 물 탄 과일즙 주스를 담아서 맛을 보았지만, 그렇다고 해서 부자들에 비해 자부심이나 즐거움이 덜한 것은 결코 아니었다. 어떤 이유에서인지 과일즙을 짤 수 없는 사람들은 아는 사람이나 이웃 사람들의 압착기를 차례로 돌며, 여기저기서 한 잔씩 권해 주는 과일즙을 마셨고 주머니에 찔러주는 사과까지 얻었다. 그러곤 전문적인 용어를 써 가며 자기도 이 분야에 관해 좀 알고 있다는 걸 보여 주려고 했다. 하지만 아이들은 가난한 집 아이나 부잣집 아이나 모두 작은 잔을 들고 이리저리 돌아다니고 있었다. 아이들 모두 너나 할 것 없이 깨물어 먹다 만 사과 한 개와 빵 한 조각을 손에 쥐고 다녔는데, 이것은 오래전부터 내려온 근거를 알 수 없는 속설 때문이었다. 과일즙을 마실 때 빵을 충분히 먹어 두면 나중에 배탈이 나지 않는다는 것이었다.

아이들이 소란스럽게 구는 것이야 말할 필요도 없고, 수백 개의 목소리가 한데 뒤섞여 소리를 질러 대고 있었다. 또한 이 모든 목소리에선 분주함과 들뜸과 즐거움이 묻어났다.

"어서 오게나, 하네스, 여그! 나한테로 오랑께! 딱 한 잔만 혀!"

"진짜로 고마운디, 워짜쓰까. 나가 벌써부터 배가 아파부리네."

"100파운드에 얼마 쳐주던가?"

"4마르크인디, 그래도 최상품이여. 자, 마셔보더라고!"

가끔씩 소소한 변고가 생기기도 했다. 사과 한 자루가 너무 일찍 풀어진 바람에 자루 속의 사과가 몽땅 바닥으로 굴러 떨어진 것이었다.

"어이쿠, 내 사과! 거 다들 좀 도와주랑께요!"

모두들 사과 줍는 걸 도와주었다. 그러나 몇몇 악동들은 그와중에 제 배를 불리려고 하기도 했다.

"거그 아가들, 슬쩍하는 건 안 되야! 먹는 건 뭐라 안 한당께, 먹을 수 있는 데까정 먹어. 하지만 슬쩍하는 건 안 되어! 거기서, 너 이 잡것, 잡히기만 혀 봐!"

"어이, 이웃 양반, 그렇게 자랑만 해쌓지 마소! 내 것도 맛 좀 보시랑께!"

"오메 달구만! 요거이 꿀이 따로 없네. 얼마나 짰소, 잉?"

"두 통밖에 안 나와 부렀소. 글해도 맛은 나쁘지 않소."

"한여름에 과일즙 짜기를 하지 않은 것만 혀도 월메나 다행이여. 글 안 혔으면 워쩠을까, 앉은 자리에서 다 마셔 버렸을 턴디."

역시 올해도 까탈스러운 늙은이 몇이 어김없이 그곳에 나와 있었다. 손수 과일즙을 짜는 건 그만둔 지 이미 오래된 노인들이었다. 그래도 그들은 과일즙 짜기에 관한 모든 것을 그 누구보다 잘 알고 있었고, 호랑이 담배 피던 옛날이야기를 하며 그땐 사람들이 과일을 그냥 선물처럼 얻었다고 했다. 그땐 모든 것이 값도 훨씬 더 쌌고, 질도 훨씬 더 좋았으며, 설탕을 넣는다는 건 아예 알지도 못했고, 아무튼 당시엔 나무에 과일이 열리는 것 자체가 차원이 완전히 달랐다는 것이었다.

"그땐 그려도 '수확'이라는 말이라도 할 수 있었지. 나가 사과나무 한 그루를 갖고 있었는디, 거그서만 500파운드나 땄응께."

그런데 시대가 그렇게 나빠졌다고 하면서도 이 까다로운 노인들은 올해도 양껏 과일즙을 맛보았고, 아직 치아가 남아 있는 노인들은 사과를 베어 먹으며 여기저기를 기웃거리며 다녔다.

심지어 한 노인은 커다란 배 몇 개를 우격다짐으로 먹다가 된통 배탈이 나고 말았다. 노인이 볼멘소리를 했다.

"나가 말이여. 옛날엔 요로코롬한 건 열 개도 너끈히 먹어 부 렀는디, 오메."

그런 다음 그는 한숨을 있는 대로 내쉬며 배를 열 개나 먹어 도 배탈이 나지 않던 시절을 생각했다.

플라이크는 이 혼잡한 곳의 한가운데에 자신의 압착기를 세 워 놓고, 나이 많은 견습공이 그를 거들게 했다. 플라이크는 바 덴 지방에서 사과를 들여왔다. 그래서 그의 과일즙은 언제나 가 장 훌륭했다. 그는 마음속으로 흡족해 하며 '조금 맛만 보자'는 사람들을 거부하지 않았다. 플라이크보다도 더 만족스러워 하는 건 온 사방을 헤집고 무리들 사이를 몰려다니며 즐거워하는 그 의 아이들이었다. 내색은 하지 않았지만 가장 만족해 하는 건 그 의 견습공이었다. 그는 위쪽 산골에서 내려온, 가난한 농촌 출 신이었던 터라 이렇게 야외에 나와 다시 힘껏 움직이며 일을 하 자니 뼈 마디마디가 다 시원해지는 것 같았다. 그리고 훌륭한 과 일 주스 또한 아주 근사했다. 건강한 농촌 소년의 얼굴이 사티로 스의 가면처럼 히죽이고 있었고, 구둣방 견습공인 그의 손은 여 느 일요일보다도 더 깨끗했다.

과일즙 짜는 광장에 도착하자 한스는 겁을 내며 조용히 입을 다물고 있었다. 내키지 않는데 온 것이다. 하지만 첫 번째 압착 기를 지나치려는데 곧바로 누가 잔 하나를 건넸다. 나솔트 씨네 리제였다. 그는 과일즙을 맛보았다. 주스를 삼키는데 달콤하고 강렬한 과일즙의 맛이 느껴지면서 이전에 가을마다 활짝 웃음을 짓게 만들던 수많은 추억들이 한데 밀려왔다. 다시 한번 조금이나마 이들과 함께하고 재미있게 보냈으면 하는 소심한 바람이 그를 사로잡았다. 아는 사람들이 그에게 말을 붙였고 한 잔 마셔보라며 잔을 건넸다. 그래서 플라이크의 압착기 앞에 도착했을 땐, 어딜 가나 한결같은 유쾌함과 주스 맛에 사로잡혀 그는 딴사람이 되어 있었다. 그는 플라이크에게 아주 쾌활하게 인사를 건네는가 하면 과일즙에 대한 평범한 농담도 던졌다. 플라이크는 놀라운 마음을 숨기고 즐겁게 그를 맞았다.

반 시간쯤 지났을까, 푸른색 치마를 입은 한 소녀가 그리로 오더니 플라이크와 그의 견습공에게 활짝 웃음을 지어 보였다. 그런 다음 즙 짜는 걸 돕기 시작했다.

"아, 그렇지."

구둣방 주인이 말했다.

"이 애는 하일브론에서 온 내 조카딸이다. 애는 우리네 수확물이 익숙지 않을 거야. 이 아이가 사는 곳은 포도가 많이 나니까."

그녀는 열여덟 살 아니면 열아홉 살쯤 되었을 것 같았다. 저 지대 사람들이 그렇듯이 그녀도 몸놀림이 가볍고 유쾌했다. 키는 큰 편이 아니었지만 균형 잡히고 흠잡을 데 없는 체형이었다. 동그스름한 얼굴에 따뜻한 눈길로 바라보는 검은 눈동자가 쾌활하고 영리해 보였고, 키스하고픈 정도로 입술이 예뻤다. 전체적으로 그녀는 건강하고 명랑한 하일브론의 여자처럼 보이긴 했지만, 경건한 구둣방 주인의 친척처럼 보이진 않았다. 그녀는 머리끝부터 발끝까지 이 세상에 속한 사람이었다. 그녀의 두 눈은 평소 저녁 시간과 밤 시간에 성경을 읽거나 고스너*의『보물상자』를 읽는 그런 사람처럼 보이진 않았다.

갑자기 한스는 또다시 걱정에 싸인 모습이 되었고, 이 에마라는 소녀가 금방 돌아가 주기를 열렬히 바랐다. 하지만 그녀는 여전히 그곳을 떠날 줄 몰랐고, 웃으며 재잘거리는가 하면 어떤 농담을 하든 세련되게 화답할 줄 알았다. 한스는 더더욱 부끄러워서 완전히 입을 다물고 말았다. 그렇잖아도 존칭을 써야 하는 젊은 아가씨와 사귀는 건 그에겐 끔찍한 일이었다. 그런데다가 이 아가씨는 또 그렇게 활기차고, 말하길 좋아할 수 없었고, 그가 옆에 있건 부끄러워하건 별로 아랑곳하지도 않았던 것이다. 그는 당황스럽기도 하고 약간 무시당한 기분도 들어 더듬이를 움츠리고는 자기 속으로 기어들었다. 꼭 길거리에서 수레바퀴에 스친 달팽이처럼 말이다. 그는 조용히 입을 다물고는 지루한 사람처럼 보이려고 했다. 하지만 그것은 실패로 끝났다. 지루한 얼굴 대신 방금 누군가 죽었다는 소식이라도 들은 듯한 얼굴이었던 것이다.

아무도 거기에 신경 쓸 겨를이 없었다. 누구보다도 에마 본인이 더 그랬다. 한스가 들은 바로는 그녀가 플라이크 씨네 다니러 온 건 2주 전이라고 했다. 그런데 그녀는 벌써 온 동네 사람을 다 알고 지냈다. 그녀는 오르락내리락 여기저기를 돌아다니

---

*고스너(1773~1858) : 독일의 신학자이자 설교자. 신부에서 목사가 된 당시로서는 선구자적 성직자로서 남성과 여성을 위한 병원을 설립하고, 아동 보호기관 설립과 번역 및 집필 활동을 통해 문서 선교에도 힘썼다.

며, 새로 짠 즙들을 맛보고는 잠시 신소리를 하거나 웃기도 했다. 그리고 다시 돌아와서는 열심히 함께 일하는 척하며 아이들을 놀리기도 하고 사과를 건네기도 하며 주변에 왁자한 웃음꽃과 유쾌함을 퍼트렸다. 그녀는 할 일 없이 떠도는 아이들을 일일이 불러 세웠다. "사과 먹을래?" 그러곤 예쁘고 빨갛고 통통한 사과를 하나 집어 들어 양손을 등 뒤에 숨기곤 "오른손일까, 왼손일까?"라며 알아맞히게 했다. 하지만 사과는 단 한 번도 정답으로 지목한 손에 들어 있지 않았다. 그녀는 소년들이 욕지거리를 하기 시작할 때에야 사과를 내 주었다. 하지만 내어 놓는 사과는 더 작고 푸르스름한 것이었다. 그녀는 한스에 관해서도 들어서 알고 있는 것 같았다. 그녀가 한스에게 항상 머리가 아프다는 그 남자가 당신이냐고 물었다. 하지만 그가 대답을 하기도 전에 벌써 옆에 있는 사람들과 다른 이야기를 나누었다.

아까부터 한스는 슬그머니 빠져 집으로 돌아가려고 마음먹고 있었다. 그때 플라이크가 그의 손에 지렛대를 쥐어 주었다.

"자, 이젠 네가 조금만 계속 해다오. 에마가 도와줄 게다. 내가 작업장에 가 봐야 해서 말이야."

구둣방 주인이 가자 견습공은 그가 하라던 대로 안주인과 함께 과일즙을 날랐다. 한스는 에마와 단둘이 압착기 곁에 남았다. 한스는 이를 악물고 마치 적과 싸우듯 일을 했다. 그런데 무슨 이유에서인지 지렛대가 너무 무겁게 돌아가는 게 이상하다 싶어 고개를 들었더니 소녀가 갑자기 환하게 웃음을 터트렸다. 장난삼아 몸으로 지렛대를 누르고 있었던 것이다. 화가 난 한스가 다시 지렛대를 움직이기 시작하자 그녀는 또다시 지렛대에 올라탔다.

한스는 한 마디 말도 하지 않았다. 그러나 반대쪽에서 소녀가 몸으로 버티고 있는 지렛대를 밀고 있자니, 갑자기 부끄럽고 답답한 기분이 들어 그는 서서히 지렛대 돌리던 걸 멈추게 되었다. 달콤한 두려움이 그를 엄습했다. 게다가 젊은 아가씨가 그의 얼굴을 보며 당돌하게 웃자, 갑자기 그녀의 모습이 전혀 다른 사람처럼 그에게 다가왔다. 더 친근하면서도 훨씬 더 낯설게 말이다. 이제 그도 슬쩍 어설프면서도 스스럼없어 보이는 웃음을 지어 보였다.

이제 지렛대는 완전히 멈추어 섰다. 에마가 말했다.

"우리 그렇게 악착같이 일하진 말아요."

그러면서 방금 자기가 반쯤 마셨던 주스 잔을 그에게 건넸다.

이번 과일즙은 무척 강렬하고 앞서 마셨던 것들보다 달콤한 것 같았다. 잔을 다 비운 뒤 그는 아쉽다는 듯 빈 잔을 들여다보았다. 이상하게도 심장이 격렬하게 뛰며 숨쉬기가 힘들어졌다.

이어서 두 사람은 계속 일을 했다. 한스는 자기가 뭘 하는지 알지 못한 채, 소녀의 치맛자락이 스치고 또 그녀의 손이 그의 손에 닿을 수 있도록 자리를 잡아 보려고 했다. 그녀와 스칠 때마다 그의 심장은 두려움으로 꽉 찬 환희로 멎어 버릴 것만 같았고, 달콤한 무력감이 기분 좋게 엄습해 오면서 무릎이 떨리고 머릿속이 윙윙거리며 어찔어찔했다.

자기가 무슨 말을 하는지도 모르고 그는 그녀에게 변명 아닌 변명을 하며 그녀가 웃으면 따라 웃었고, 그녀가 실없는 장난을 치면 손가락을 치켜들고 몇 번인가 그녀에게 겁을 주기도 했다.

그녀가 건네준 잔도 두 번이나 비웠다. 그사이 추억이 무리를 지어 몰려와 주마등처럼 스쳐 지나갔다. 저녁이면 남자들과 어울려 문간에 서 있는 하녀들을 보았던 일이 떠올랐고, 이야기책들에 나왔던 몇몇 문장들과 전에 헤르만 하일너가 그에게 했던 키스, 그리고 '소녀들'과 '애인이 생기면 기분이 어떨까'를 두고 오간 수많은 이야기, 학생들끼리 나누었던 모호하기만 했던 대화들도 떠올랐다. 그는 산을 오르는 여윈 말처럼 숨쉬기가 힘들었다.

모든 것이 달라졌다. 주변을 감싸고 있는 사람들과 번잡스러운 광경들이 흐물흐물 풀어져 다채로운 색채를 띠고 웃고 있는 구름이 된 것 같았다. 사람들의 목소리, 욕지거리, 웃음소리는 불분명하게 웅웅거리는 소리에 파묻혔고, 강물과 오래된 다리들이 멀리 떨어진 것처럼 보이는 게 마치 한 폭의 그림 같았다.

에마도 완전히 달라진 모습이었다. 이제 그녀의 얼굴은 눈에 들어오지 않았다. 그저 경쾌한 검은 두 눈과 붉은 입술, 입술 뒤로 보이는 하얗고 뾰족한 치아만 보였다. 그녀의 전체적인 형상도 녹아 없어져 하나씩 따로따로 눈에 들어올 뿐이었다. 검정색 양말을 신은 단화만 눈에 들어왔다가, 목덜미에 흐트러진 고수머리가 보이기도 했고, 푸른 숄 속으로 모습을 감춘 갈색으로 그을린 둥근 목덜미가 보일 때도 있었고, 짜임새 있는 어깨선과 그 아래쪽에서 물결처럼 오르락내리락하는 숨결이 보이는가 하면, 햇빛에 비쳐 붉고 투명해 보이는 귀만 눈에 들어오기도 했다.

다시 얼마쯤 지났을까, 그녀가 나무통에 과일즙 잔을 떨어트렸다. 그러자 그녀는 잔을 주우려고 몸을 숙였고, 그 바람에 나무통의 가장자리를 버티던 그녀의 무릎이 그의 손목을 누르게 되었다. 그도 몸을 숙이긴 했지만 그녀보다 더 느리게 숙인 탓에 얼굴이 거의 그녀의 머리카락에 닿을 뻔했다. 머리카락에선 은은하게 향기가 풍겼고, 그 아래쪽으로 고불거리며 흐트러진 머리카락 그늘 사이로 드러난 아름다운 목은 따뜻한 갈색 윤기를 머금고 코르셋처럼 생긴 푸른색 상의 속으로 흘러들어갔다. 상의는 후크를 바짝 당겨 조인 탓에 틈이 벌어져 그 사이로 목덜미가 조금 더 드러났다.

그녀가 다시 몸을 일으켰다. 그러면서 그녀의 무릎은 그의 팔뚝을 미끄러지듯 가볍게 타고 올라갔고, 그녀의 머리카락은 그의 뺨을 스쳤다. 몸을 숙였다 일어선 탓에 그녀는 얼굴이 새빨갰다. 강렬한 전율이 한스의 온몸을 훑고 지나갔다. 그는 창백해진 얼굴로 잠시 땅으로 꺼질 것 같은 피로감을 느꼈다. 그는 하릴없이 압착기를 꽉 부여잡았다. 심장이 경련을 일으키듯 위아래로 펄떡거렸고, 두 팔은 힘이 빠져 어깨까지 아파왔다.

그때부터 그는 거의 한 마디도 하지 않고 그녀의 눈길을 피했다. 대신에 그녀가 다른 곳을 쳐다보면 곧장 경험해 본 적 없는 쾌감과 양심의 가책이 범벅이 된 심정으로 그녀를 뚫어져라 바라보곤 했다. 이 시간, 그의 속에 있던 무엇인가가 툭 끊어지면서, 멀리 푸른 해안선이 보이는 이국적이고도 매력적인 새로운 땅이 그의 영혼 앞에 활짝 펼쳐졌다. 그는 자신의 내면에서 느껴지는 불안과 달콤한 고통이 무엇을 의미하는지 알지 못했다. 아니 그저 그 의미를 어렴풋이 예감할 뿐이었다. 또한 그는 자신의 내면에서 고통과 쾌감 중 어떤 것이 더 큰 자리를 차지하고 있는

지도 알 수 없었다.

쾌감이라면 그것은 그의 어설픈 사랑의 힘이 승리했음을, 그리고 처음으로 격정적인 삶이 기다리고 있음을 예감했다는 걸 의미했다. 반면 고통이 뜻하는 것은 아침의 평화가 깨어졌다는 것, 그리고 그의 영혼이 저 유년의 땅을 떠났으며 그곳은 이제 다시는 찾을 수 없는 땅이 되었음을 의미했다. 간신히 맨 처음 난파될 뻔한 순간을 모면했던 그의 가볍고 작은 배가 지금 새로운 폭풍우의 위력 속으로, 그리하여 그를 기다리고 있는 심연과 목숨을 앗아갈 수도 있는 암초 근처로 빠져들고 만 것이었다. 이 난관은 최상의 교육을 받은 젊은이라도 안내인 없이 오직 자신의 힘으로 빠져나오는 길을 찾아야만 통과할 수 있었다.

다행히 견습공이 다시 돌아와 압착 작업을 교대해 주었다. 한스는 잠시 동안 그곳에 머물렀다. 에마와 또 스쳤으면, 아니면 그녀에게서 친절한 한 마디 말이라도 더 들었으면 하고 바라는 마음에서였다. 하지만 에마는 다른 사람들의 압착기를 돌아다니며 재잘거리고 있었다. 한스는 견습공 앞에서 머쓱하게 서 있다가 인사도 제대로 못하고 슬그머니 빠져나와 집으로 향했다.

이상하게도 모든 것이 달라져 있었다. 모든 것이 아름다웠고 감흥을 불러일으켰다. 과일즙 찌꺼기를 먹고 통통하게 살이 찐 참새가 짹짹거리며 쏜살같이 하늘을 날아갔다. 하늘이 이토록 높고 아름다우며 아련하게 푸르렀던 적은 이제껏 한 번도 없었다. 강물이 이렇게 거울처럼 깨끗하고 청록색 빛을 띠며 활짝 웃어 준 적 역시 한 번도 없었으며, 둑에서 이렇게 눈부시도록 하얀 물거품이 일었던 적 역시 한 번도 없었다. 모든 것이 마치 새

로 그린 그림을 맑은 새 유리판에 끼워 한꺼번에 장식해 놓은 것
처럼 보였다. 모든 것이 대규모 축제가 시작되기를 고대하고 있
는 것 같았다. 그는 한편으론 이건 꿈일 뿐 결코 진짜가 아닐 거
야 하고 의심하며 조심스럽고 두려운 마음이 들면서도, 다른 한
편으론 자신의 마음속에서도 또한 보기 드물게 무모하다 싶은
감정과 익숙지 않은 눈부신 희망이 가슴을 조이듯 강렬하고 불
안하고 달콤하게 물결치는 것을 느꼈다. 이 분열된 감정이 부풀
어 오르며 어두운 데서 솟구쳐 올라오는 원천수가 되더니, 뭔가
극도로 강한 어떤 것이 그의 내면에서 빠져나와 바깥공기를 마
시려는 것 같았다. 그것은 어쩌면 흐느낌 같기도 했고, 어쩌면
노래나 외침 아니면 큰 소리로 웃는 웃음 같기도 했다. 이런 흥
분 상태는 집에 돌아와서야 조금 진정이 되었다. 집은 당연히 모
든 것이 평상시와 다름없었다. 기벤라트 씨가 물었다.

"어디 있다가 이제 오는 게냐?"

"플라이크 아저씨 뵈러 물레방앗간에 갔다 왔어요."

"그 양반은 얼마나 짰더냐?"

"두 통쯤 될걸요."

한스는 아버지에게 과일즙을 짜게 되면 플라이크 씨네 아이
들을 초대하게 해달라고 부탁했다. 아버지가 퉁명스럽게 말했
다.

"그래야지. 다음 주에 짤 생각이다. 그때 가서 그냥 다 데리
고 오너라!"

저녁 식사까지는 아직 한 시간이 남아 있었다. 한스는 정원으
로 나가 보았다. 두 그루의 전나무를 빼고는 녹색은 거의 찾아

볼 수 없었다. 그는 개암나무 가지를 하나 빼어 들고는 허공에 대고 쉭쉭 소리가 나도록 휘두르다가, 시든 나뭇잎을 샅샅이 훑기도 했다. 해는 벌써 서산 너머로 기울었고, 머리카락처럼 가느다랗게 보이는 전나무 꼭대기와 산의 검은 윤곽이 촉촉하고 맑은 녹청색의 늦저녁 하늘을 가르고 있었다. 석양에 달구어져 노란 빛과 갈색 빛을 띠고 길게 뻗어 나간 회색 구름이 귀향하는 배처럼 황금빛의 엷은 대기를 뚫고 골짜기 위로 느릿느릿 편안하게 흘러가고 있었다.

한스는 저녁 무렵의 풍성한 색채로 무르익은 아름다움에 사로잡힌 채 정원 곳곳을 어슬렁거리며 돌아다녔다. 묘하고 생소한 일이었다. 그는 가끔 멈추어 서서 두 눈을 지그시 감고 에마를 떠올려 보았다. 압착기를 두고 그와 마주 서 있던 모습, 또 그에게 자기가 마시던 잔을 건네어 마시게 하던 모습, 나무통에 몸을 숙였다가 다시 일어섰을 때의 그 발그레한 모습이 떠올랐다. 그녀의 머리카락이 보였고, 몸에 바짝 붙는 푸른색 드레스를 입은 모습과 목선과 짙은 솜털 때문에 갈색으로 그늘진 목덜미가 보였다. 이 모든 것을 생각하며 그는 온몸 가득 쾌감과 떨림을 느꼈다. 그러나 그녀의 얼굴만은 아무리 생각해도 떠오르지 않았다.

해가 저물었는데도 한스는 추운 줄도 모르고 밀려드는 황혼을 바라보며 면사포 같다고, 그로서는 일일이 이름을 알지도 못하는 그런 비밀들로 가득한 면사포 같다고 느끼고 있었다. 그는 자신이 하일브론의 소녀에게 반했다는 것 정도는 알고 있었지만, 잠자던 남성성이 자신의 핏속에서 깨어나 활동하기 시작한 것에 대해선 그저 막연하게 사람을 피곤하게 하는 흥분된 상태 정도로 생각했을 뿐이었다.

저녁 식사 때였다. 옛날부터 익숙한 부엌 한가운데에 딴사람 처럼 변해 버린 몸으로 앉아 있자니 이상한 기분이 들었다. 아 버지도 늙은 식모도, 식탁과 가재도구들도, 그러니까 방 전체가 갑자기 낡아 버린 것처럼 느껴졌다. 그는 긴 여행에서 막 귀향한 사람처럼 놀라운 마음과 서먹하면서도 정겨운 마음으로 이 모든 것들을 바라보았다.

그때, 그러니까 그를 죽음으로 이끌 나뭇가지에 몰두했던 당 시엔 같은 사람과 같은 물건을 보면서도 이별을 앞둔 사람의 처 연한 우월감을 갖고 대했는데, 지금은 돌아온 사람의 심정으로, 놀라움과 미소 띤 얼굴로, 다시 모든 것을 되찾은 심정으로 대하 고 있었다.

식사를 마치고 한스가 일찌감치 일어서려는데 아버지가 평소 의 그답게 거두절미하고 이렇게 말했다.

"한스야, 너 기계공이 되고 싶냐, 아니면 서기가 더 좋냐?"

"왜요?"

한스는 깜짝 놀라 되물었다.

"다음 주 주말에 기계공 슐러 씨네 들어가거나 다다음주에 시 청에 견습생으로 들어갈 수 있다더라. 찬찬히 잘 생각해 봐! 그 럼 내일 또 얘기하자."

한스는 일어나 밖으로 나왔다. 갑작스러운 질문에 혼란스럽 고 막막하기만 했다. 몇 달 전부터 그가 거리를 두고 지냈던 일 상적인, 그러니까 일하며 사는 활기찬 삶이 예기치 않은 순간 그

의 앞으로 와서 떡하니 자리를 잡고 선 것이다. 그리고 유혹하
는 얼굴로 기대를 걸게 하고 위협하는 얼굴로 강요했다. 정말이
지 한스는 기계공도 서기도 되고 싶은 마음이 없었다. 수공업에
필요한 강도 높은 육체노동을 생각하자 겁이 더럭 났다. 그때 학
교 친구였던 아우구스트가 떠올랐다. 이제 기계공이 된 친구이
니 궁금한 걸 물어볼 수 있을 것이다.

이 일을 두고 곰곰이 생각하는데 생각이 맑지 못하고 점점 흐
려져만 갔다. 이 문제는 지금 그에겐 그렇게 서두를 일도, 중요
한 일도 아닌 것 같았다. 뭔가 다른 것이 그를 재촉하고 그의 마
음을 빼앗았다. 그는 안절부절못하며 현관 복도를 서성이다가
뭔가 생각난 듯 모자를 집어 들고 집을 나가 천천히 골목을 빠져
나갔다. 오늘 안으로 반드시 에마를 한 번 더 봐야만 할 것 같은
생각이 들었던 것이다.

벌써 어둑어둑했다. 근처 여인숙 식당에서 왁자지껄한 소리
와 허스키한 노랫소리가 흘러나왔다. 벌써 불 켜진 창들이 많았
다. 이곳저곳에서 하나둘씩 불을 밝혔다. 그러자 희미한 붉은
불빛이 어두운 밤공기에 빛을 드리웠다. 산책 삼아 나온 젊은 처
녀들이 서로 팔짱을 끼고 긴 행렬을 이룬 채 큰 소리로 웃고 잡
담을 나누며 즐겁게 골목을 내려가고 있었다. 그들은 희미한 불
빛 속에 흔들리다가, 젊음과 욕망의 따뜻한 물결처럼 빛이 잦아
드는 골목을 따라 빠져나갔다. 한스는 멀어져가는 그들의 뒷모
습을 오랫동안 바라보았다. 심장이 세차게 방망이질 쳤다. 커튼
이 드리워진 어떤 집 창문에선 바이올린 소리가 새어 나왔다. 우
물가에선 한 여인이 샐러드를 씻고 있었다. 다리 위에선 청년 둘

이 각자 애인과 함께 산책을 하고 있었다. 한 청년은 가볍게 처녀의 손을 잡은 채 늘어뜨린 그녀의 팔을 흔들며 담배를 물고 걸어갔다. 다른 한 쌍은 바싹 달라붙어 천천히 걸어가고 있었다. 청년은 처녀의 허리를 감싸 안고, 처녀는 어깨와 머리를 청년의 가슴팍에 붙인 채 걸어가고 있었다. 이미 수백 번도 더 본 광경이지만 한 번도 눈여겨본 적은 없었다. 그러나 이제 한스는 그 광경이 어떤 은밀한 의미, 막연하긴 하지만 탐이 나서 안달하게 만드는 달콤한 어떤 의미로 다가왔다. 그는 이 두 쌍의 연인들에게서 시선을 떼지 못하고 조용히 바라보았다. 자신이 여태 상상하던 것을 이해할 순간이 가까이 왔다는 예감이 몰려왔다. 갑갑하고 내심 심란하면서도 그는 자신이 하나의 거대한 비밀에 가까이 다가갔다는 느낌이 들었다. 그 비밀이 근사할지, 끔찍할지 그는 알 수 없었다. 그러나 둘 다 그에게는 떨림으로 다가왔다.

그는 플라이크 씨네 집 앞에서 걸음을 멈추었다. 하지만 안으로 들어갈 용기가 나지 않았다. 안에 들어가서 무슨 이야기를 하고 뭘 해야 한단 말인가? 열한 살, 열두 살 적 소년 시절에 이곳에 자주 왔던 일을 떠올리지 않을 수 없었다. 그가 찾아오면 플라이크는 그에게 성경 이야기도 들려주었고 또 지옥이나 악마와 성령에 대해 폭풍처럼 쏟아내는 호기심 어린 그의 질문도 피하지 않고 대답해 주었다. 이 생각이 나자 그는 마음이 불편해지고 양심의 가책도 느껴졌다.

자기가 뭘 하려고 하는 건지 그는 알지 못했다. 자기가 원래 바라던 것이 무엇인지도 그는 알지 못했다. 그러나 뭔가 은밀하고 금지된 어떤 일을 앞두고 있다는 생각은 들었다. 안으로 들어

가지도 않고, 어두운 문 앞에 서 있는 건 플라이크를 대하는 올바른 태도가 아닌 것 같았다. 게다가 만약 한스가 거기 서 있는 걸 그가 보게 되거나 때마침 문을 열고 나오기라도 한다면, 아마 플라이크는 그를 절대 꾸짖는 법 없이 비웃듯 크게 웃을 것이다. 그는 그게 가장 두려웠다.

그는 발소리를 죽이며 집 뒤로 돌아갔다. 이제 정원 울타리 밖에서 불 켜진 거실을 볼 수 있었다. 주인은 보이지 않았다. 부인은 무엇인가를 꿰매고 있는 것 같았다. 아니 뜨개질을 하고 있는 것도 같았다. 첫째 아들 녀석이 아직 자지 않고 책상에 앉아 책을 읽고 있었다. 에마는 이리저리 왔다 갔다 하는 게 청소를 하느라 바쁜 것 같았고, 그래서 그는 잠깐씩만 그녀의 모습을 볼 수 있었다. 골목 먼 데서 걷는 발자국 소리는 물론이고, 정원 저편에서 나직이 흐르는 강물 소리까지 또렷하게 들릴 정도로 사방이 고요했다. 서둘러 어둠이 어둠을 더하고, 서늘한 밤공기가 서늘함을 더했다.

거실 창문 곁에는 복도에 난 자그마한 창이 하나 있었다. 창문은 불이 꺼져 있었다. 한참 후 이 창에 어슴푸레한 어떤 형체가 나타났다. 이 형체가 몸을 밖으로 내밀고 어둠 속을 바라보았다. 한스는 체형을 보고 그것이 에마라는 걸 알아차렸다. 불안한 기대감에 그는 심장이 멎는 것 같았다.

그녀는 오랫동안 조용히 건너편을 바라보며 창가에 가만히 서 있었다. 그러나 한스는 그녀에게 자기가 보이는지, 아니면 자기를 알아보기는 하는 건지 알 길이 없었다. 그는 손가락 하나 까딱하지 않고 그녀를 뚫어져라 건너다보며 막연한 불안감을

느끼면서, 그녀가 자기를 알아보길 바라면서도 동시에 알아볼까
봐 두렵기도 했다.

어슴푸레하게 보이던 그 형체가 창가에서 사라지는가 싶더니
곧이어 정원으로 통하는 작은 문의 손잡이를 돌리는 소리가 났
다. 그리고 에마가 집에서 나왔다. 한스는 처음엔 놀라서 도망
치려고 했지만, 의지와는 달리 울타리에 몸을 기대고 선 채로 소
녀가 어두운 정원을 가로질러 천천히 그에게 다가오는 것을 바
라보고 있었다. 그녀가 한 발짝 한 발짝 걸음을 뗄 때마다 그는
그 자리를 벗어나고 싶은 충동을 느꼈지만, 뭔가 더욱 강한 어떤
것이 그를 붙잡아 놓았다.

이제 에마는 그의 바로 앞에서 반 걸음도 채 떨어지지 않은
곳에 서 있었다. 둘 사이엔 나지막한 울타리밖에 없었다. 그녀
는 묘한 눈길로 뚫어져라 그를 바라보았다. 둘은 꽤 오랫동안 서
로 아무 말도 하지 않았다. 마침내 그녀가 목소리를 낮추어 물었
다.

"네가 여긴 웬일이니?"

"그냥."

그가 말했다. 그녀가 그를 '너'라고 부른 것이 그에겐 마치,
그녀가 그의 살결을 쓰다듬기라도 한 것처럼 여겨졌다.

그녀가 울타리 너머로 손을 내밀었다. 그는 쑥스러워 하면서
도 정답게 그녀의 손을 조금 힘주어 잡아 보았다. 그녀가 손을
빼지 않는 걸 알아차리곤 용기를 내어 따뜻한 소녀의 손을 조심
스럽고 곱게 어루만졌다. 그런데도 그녀가 여전히 빼지 않고 선
뜻 그의 손길에 손을 맡기자, 그녀의 손을 자신의 뺨에 갖다 대

었다. 얼얼한 쾌감과 묘한 온기, 그리고 행복한 피로가 밀물처럼 밀려와 그를 덮쳤다. 그를 둘러싸고 있는 공기가 미지근하고 푄* 바람처럼 축축해진 것 같았다. 그는 이제 골목도 정원도 더는 보이지 않았다. 보이는 건 단지 가까이에 있는 흰 얼굴과 흐트러진 검은 머리카락뿐이었다.

밤의 어둠을 뚫고 멀리 떨어진 저편 어딘가에서 울려오는 것 같은 소리가 들렸다.

"키스해 줄래?"

소녀가 목소리를 한껏 낮추어 물었다.

하얀 얼굴이 바싹 다가왔다. 몸무게 때문에 울타리의 막대기가 밖으로 살짝 밀려났다. 풀어헤친 머리카락이 은은한 향기를 풍기며 그의 이마를 스쳤다. 희고 넓은 눈꺼풀과 검은 속눈썹으로 덮인 꼭 감은 그녀의 두 눈이 그의 눈 앞에 닿을 듯 가까이 있었다. 수줍게 내민 그의 입술이 소녀의 입에 닿자 온몸을 타고 강렬한 전율이 흘렀다. 그는 떨면서 순간적으로 뒤로 물러섰다. 그러나 그녀는 양손으로 그의 머리를 감싸고 그의 얼굴에 자기의 얼굴을 누르고는 입술을 놓아주지 않았다. 그는 그녀의 입술이 불타오르는 걸 느꼈다. 그는 그녀의 입술이 그의 입술을 누르면서 마치 그의 생명을 한 방울도 남기지 않고 마셔 버리려는 듯 욕심 사납게 빨아들이는 것을 느꼈다. 온몸 구석구석에서 힘이 빠져나가는 느낌이 들었다. 그녀가 입술을 떼기도 전에 이미 떨

---

*푄 : 산을 넘어서 불어 내리는 고온 건조한 공기. 로키 산맥, 알프스 산맥, 태백산맥 등지에서 볼 수 있다.

리는 쾌감은 죽을 것 같은 피로와 고통으로 변했다. 에마가 놓아
주자 그는 비틀거리면서 안간힘을 다해 손가락으로 울타리를 힘
껏 붙들었다. 에마가 말했다.

"내일 저녁에 또 와."

그런 다음 에마는 재빨리 집으로 돌아갔다. 그녀가 떠난 지 5
분도 되지 않았는데 한스는 오랜 시간이 흐른 것 같았다. 그는
멍한 눈길로 그녀의 뒷모습을 바라보았다. 그는 여전히 울타리
판자를 붙잡고 서 있었고, 너무 피곤해서 한 발짝도 걸을 수 없
을 것 같았다. 꿈결처럼 머릿속에서 피가 쿵쿵거리는 소리가 들
렸다. 그리고 그 피가 변덕스럽게 일렁이며 고통스러운 파도가
되어 심장에서 넘쳐흘러 다시 심장으로 되돌아가면서 숨이 멎는
것만 같았다.

이제 방 안쪽의 문이 열리고 플라이크가 방으로 들어오는 게
보였다. 지금껏 작업실에 있었던 모양이다. 한스는 플라이크가
그를 알아볼지도 모른다는 공포에 사로잡혀 얼른 그곳을 떠났
다. 그는 취한 사람처럼 느릿느릿 비틀거리면서 마지못해 걸으
며, 걸음을 내디딜 때마다 무릎이 푹푹 꺾이는 것 같은 느낌을
받았다. 졸고 있는 박공들, 흐릿하고 붉은 빛으로 빛나는 눈동
자 같은 창문들과 함께 어두운 골목이 퇴색한 무대 배경처럼 그
의 곁으로 흘러갔고 다리와 강과 농가의 마당과 정원들도 흘러
갔다. 게르버 가세의 분수는 전에 없이 크고 우렁차게 찰랑거렸
다. 여전히 꿈결에서 헤어 나오지 못한 채 한스는 현관문을 열
고, 칠흑같이 깜깜한 복도를 지나 층계를 올라갔다. 그러곤 문
하나를 열었다가 닫았고, 또 하나를 열었다가 닫은 다음 그곳에

있는 책상 위에 걸터앉았다. 오랜 시간이 지난 뒤에야 꿈에서 깨어난 그는 자기가 집에 돌아왔고, 지금 자기 방에 있다는 것을 알아차렸다. 옷을 벗어야겠다는 생각이 든 건 그러고도 또 한참이 지난 뒤였다. 그는 흐트러진 마음으로 옷을 벗었다. 그러곤 옷을 벗은 채로 우두커니 창가에 앉아 있다가, 갑작스레 가을밤의 한기가 온몸을 타고 흐르는 걸 느끼고 폭신한 침대 속으로 뛰어들었다.

그는 분명 눈 깜짝할 새 잠이 들 거라고 생각했다. 하지만 침대에 누워 몸이 좀 따뜻해지자 곧바로 심장이 다시 벌떡거리며 고동치기 시작했고, 무시무시할 정도로 마구 피가 끓어올랐다. 눈을 감자마자 소녀의 입이 아직 그의 입에 달라붙어 그의 영혼을 몽땅 빨아 당기며 고통스러운 열기로 그를 가득 채워 버리는 것만 같았다.

나중에 잠이 들긴 했지만 그는 꿈에서 꿈으로 숨 가쁘게 쫓겨 다녔다. 그는 두려울 정도로 깊은 어둠 속에 서 있었다. 그리고 주변을 두리번거리며 에마의 팔을 잡았다. 그러자 에마가 그를 껴안았고, 그렇게 두 사람은 한데 어울려 따뜻하고 깊은 물속으로 떨어져 천천히 가라앉았다. 그런데 갑자기 구둣방 주인이 거기 서 있었고, 왜 이젠 그를 찾아오지 않느냐고 물었다. 그 순간 한스는 웃을 수밖에 없었다. 그 사람이 플라이크가 아니라 마울브론의 기도실 창가에 그와 나란히 앉아서 우스갯소리를 하고 있는 헤르만 하일너라는 걸 알아차렸던 것이다. 그러나 그것도 순식간에 사라져 버렸다. 그리고 이번에 그는 과일즙 압착기가 있는 곳에 서 있었다. 에마가 지렛대를 반대 방향으로 밀며 버티고 서 있었다. 그래서 그는 젖 먹던 힘을 다해 반대로 지렛대를 미느라 씨름을 했다. 그녀가 한스 쪽으로 몸을 숙이더니 그의 입술을 찾았다. 갑자기 주위가 조용해지더니 아까보다 더 깜깜해졌다. 이제 그는 다시 따뜻하고 검은 심연 속으로 가라앉으며 강한 현기증을 느꼈다. 그와 동시에 교장이 연설하는 소리가 들렸다. 그 연설이 그에 관한 것인지는 알 수 없었다.

꿈에 시달리고 난 다음 그는 아침 늦게까지 잠을 잤다. 황금빛으로 빛나는 화창한 날씨였다. 그는 오랫동안 정원을 왔다 갔다 하며 잠도 깰 겸 정신을 맑게 하려고 애를 썼다. 하지만 사람을 졸리게 하는 끈덕진 안개가 걷힐 줄 모르고 그를 둘러싸고 있었다. 그는 보라색 과꽃을 보았다. 정원에 마지막으로 남은 단 한 송이 꽃이었다. 과꽃은 아직도 한여름 제철인 양 햇살 가운데 아름답게 활짝 웃고 있었다. 또 크고 작은 시든 가지들과 가지만 남은 덩굴 주변으로 사랑스럽고 따뜻한 빛이 이른 봄날을 맞기라도 한 듯 정겹게 애교를 부리며 쏟아져 내리는 것도 보았다. 그러나 그냥 눈에 들어오는 대로 보았을 뿐 모든 게 다 실감이 나지 않았다. 전부 그와 아무 상관이 없었다. 갑자기 이곳 정원에서 그가 기르던 토끼들이 뛰어다니고, 직접 만든 수차바퀴가 돌아가고 방앗공이가 작동하던 시절이 또렷하고 강렬하게 떠오르며 그를 사로잡았다. 3년 전 9월의 어느 날을 기억하지 않을 수 없었다. 그날은 스당 축제* 전야였다. 아우구스트가 담쟁

---

*스당 축제: 스당은 1870년 프로이센 대 프랑스 간의 전쟁 격전지, 그리고 제1차 · 2차 세계 대전의 전적지이다. 1870년 전쟁에서 프로이센이 프랑스를 이긴 것을 기념하는 전승 기념 축제이다.

216

이를 갖고 한스에게로 왔다. 둘은 깃대를 반짝반짝하게 씻은 다음, 다음 날 있을 일들을 이야기하면서 즐거운 마음으로 그날을 기다리며 황금빛 깃대 꼭대기에 담쟁이를 붙잡아 맸다. 그것밖에는 한 일이 없었고, 이렇다 할 일이 벌어진 것도 아니었다. 그러나 둘은 축제를 미리 생각해 보는 것만으로도 무척이나 기뻤다. 아나 할멈은 자두 케이크를 구웠다. 밤이 되면 높은 바위에서 축제를 알리는 점화식이 거행될 것이다.

왜 하필 오늘 같은 날, 그날 밤을 생각해야 했는지 한스는 알지 못했다. 그리고 왜 이 기억이 이토록 아름답고 강렬한지, 또 왜 이 기억이 그를 이토록 비참하고 슬프게 하는지도 알지 못했다. 그는 자신의 유년기와 소년기가 그에게 작별을 고하기 위해, 그리하여 한때 존재했었으나 영영 다시 돌아오지 않을 커다란 행복이 제 몸에 품고 있던 침을 쏘아 버리려고, 다시 한번 이 추억의 옷을 입고 웃음을 지으며 즐겁게 그의 앞에 서 있다는 걸 알지 못했던 것이다. 그는 이 기억이 에마나 어젯밤 일에 대한 생각과 어울리지 않는다는 것, 그리고 그의 내면에서 그때의 그 행복했던 것들과는 결합되지 않는 무엇인가가 나타났다는 것을 느낌으로만 알 뿐이었다. 다시 황금빛 깃대의 꼭대기가 번쩍거리는 게 눈에 보이고, 친구인 아우구스트의 웃음소리가 귀에 들리는 듯했으며, 갓 구운 케이크의 고소한 냄새가 나는 것 같았다. 이 모든 것들이 어찌나 쾌활하고 행복에 겨워 보이던지, 또 자신에게 얼마나 멀고 낯선 일이 되어 버렸는지, 그는 키가 크고 거칠거칠한 가문비나무에 몸을 기대고 절망적인 심정으로 오열하기 시작했다. 덕분에 그는 잠시나마 위로를 받고 구원받은 것 같았다.

점심때쯤 그는 아우구스트에게 갔다. 아우구스트는 이제 수석 견습공이 되어 살도 찌고 키도 커서 거구가 되어 있었다. 한스는 그에게 자신의 관심사를 이야기했다.

"이 일을 얕잡아 봐서는 안 된다."

아우구스트는 그렇게 말하고는 세상 물정을 좀 안다는 표정을 지어 보였다.

"이거 진짜 만만치 않아. 넌 약골이잖아. 처음 일 년 동안 줄곧 철 벼리는 데서 욕이 나오도록 망치질만 할 거야. 망치가 수프 숟가락도 아니고……. 그리고 이리저리 쇠도 날라야 하고, 저녁이면 청소도 해야 해. 줄질을 하는 데도 힘이 필요해. 일이 어느 정도 숙달될 때까지 처음 얼마간은 낡은 줄밖에 안 줄 거야. 이 줄로는 아무것도 갈지 못해. 매끈하기가 꼭 원숭이 엉덩이 같다니까."

한스는 그 말에 갑자기 기가 죽어 버리고 말았다. 그가 기어 들어가는 소리로 물었다.

"그렇구나. 그럼 차라리 하지 말까?"

"어휴, 그런 뜻으로 한 말은 아니었어! 소심하게 굴지 좀 마! 단지 처음엔 무도장에 온 것과는 다르다는 말을 하려던 것뿐이야. 하지만 처음 빼곤, 맞아, 기계공이 되는 건 근사한 일이지. 그리고 너 그거 아냐, 머리도 좋아야 한다는걸. 그렇지 않으면 그냥 대장장이가 될 수도 있어. 자, 이거 봐라!"

그는 세심하게 작업한 조그만 기계 부품 몇 개를 가져와 한스에게 보여 주었다. 반짝거리는 강철로 만든 것들이었다.

218

“봐, 0.5밀리미터도 틀리면 안 돼. 나사까지 전부 손으로 만든 거야. 그러니까 눈을 크게 뜨고 봐야 한다는 말이지. 이건 좀 더 연마해서 더 단단하게 해야 해. 그러고 나야 제대로 된 물건이 되는 거야.”

“그렇구나, 이거 멋지다. 내가 알고 싶은 건 단지…….”

아우구스트가 웃었다.

“겁나냐? 물론 견습공에게 텃세를 부리는 건 좀 있지. 그건 어쩔 수 없어. 하지만 나도 있고 하니까, 내가 도움이 될 거야. 네가 다음 주 금요일에 시작하게 되면, 나는 바로 2년차 견습 연한을 다 마치고 토요일에 첫 주급을 받게 될 거야. 그럼 일요일엔 파티를 할 거고. 맥주도 있고 케이크도 있어. 모두들 올 거야, 너도 와라. 그러면 우리 일이 어떻게 돌아가는지 보게 될 거야. 그래, 거기 와서 보면 알 거다! 아무튼 우리야 예전부터 좋은 친구였잖아.”

식사 때 한스는 아버지에게 기계공이 되고 싶다고 말한 다음, 그런데 일주일 후에 시작해도 되겠느냐고 물어보았다. 아버지가 말했다.

“그래 좋다.”

오후에 아버지는 한스와 함께 슐러 씨네 작업장으로 가서 아들을 등록시켰다.

어스름이 밀려오기 시작하자 한스는 그 모든 일들을 거의 새까맣게 잊다시피 하고 오직 밤에 에마가 자기를 기다릴 거라는 생각밖에 하지 않았다. 그 생각에 벌써부터 그는 숨이 턱턱 막혔고, 시간이 너무 느리게 가는 것 같기도 하다가 때로는 너무 빨리 가는 것 같기도 했다. 그녀와의 만남을 앞두고 그는 뱃사공이 급류를 향해 노를 저어가는 것 같은 심정이 되었다. 이날 저녁은 식사 같은 건 중요치 않았다. 그는 우유 한 잔도 겨우 밀어 넣다시피 하고는 집 밖으로 나갔다.

모든 것이 어제와 같았다. 졸고 있는 어두운 골목들, 붉은 창문, 흐린 가로등 불, 느릿느릿 거니는 연인들.

플라이크 씨네 정원 울타리에 다다르자 커다란 불안이 그를 엄습해 왔다. 그는 부스럭거리는 소리가 날 때마다 놀라서 몸을 움찔거렸고, 어둠 속에서 귀를 기울이며 서 있자니 도둑이 된 것 같았다. 1분도 채 기다리지 않았는데 에마가 그의 앞에 나타났다. 그녀는 양손으로 그의 머리카락을 쓰다듬고는 정원 출입문을 열어 주었다. 그는 조심스럽게 안으로 들어갔다. 그러자 그녀가 조용히 그를 끌고, 덤불로 둘러싸인 길을 지나 뒷문을 열고 컴컴한 집 안 복도로 들어갔다.

그곳에서 그들은 지하실로 이어지는 맨 꼭대기 층계에 나란히 앉았다. 한참이 지나서야 두 사람은 어둠 속에서 간신히 서로의 얼굴을 볼 수 있었다. 소녀는 기분이 좋은지 쉬지 않고 속삭이며 재잘거렸다. 그녀는 벌써 키스를 많이 맛보았던 터였고, 연애사에 관해 잘 알고 있었다. 수줍은 성격에 정 많은 소년은 이런 그녀에게 안성맞춤이었다. 그녀는 그의 작은 얼굴을 양손으로 감싸고 이마부터 두 눈, 양 볼에 키스를 했다. 그리고 입술 차례가 되자 그녀는 다시 어제처럼 오래 입술을 빨며 키스를 했다. 그러자 소년은 현기증이 핑 돌았다. 온몸이 나른해지며 기운이 빠져 자신의 의지와는 상관없이 그녀에게 기대었다. 그녀는 나직이 웃으며 그의 귀를 살짝 잡아당겼다.

그녀는 끊임없이 수다를 떨었다. 그는 귀를 기울였지만 무슨 말을 하는지 전혀 귀에 들어오지 않았다. 그녀가 그의 팔과 머리카락, 목, 그리고 두 손을 어루만지며 자기의 뺨을 그의 뺨에, 또 머리를 그의 어깨에 기대었다. 그는 아무 말 없이 달콤한 전율과 깊고도 행복한 불안을 가득 안고, 가끔씩 열병 환자처럼 눈치채지 못할 정도로 짧게 움찔거리며 그녀가 하는 대로 고스란히 몸을 맡겼다.

"무슨 애인이 이래!"

그녀가 웃었다.

"아무것도 하려고 하질 않네."

그러곤 그의 손을 잡아 자신의 목덜미 위로 가져갔다가 머릿결 속으로 넣기도 했다. 그리고 자신의 가슴 위에 그 손을 얹은 다음 꼭 눌렀다. 한스는 부드러운 형태와 달콤하고 낯선 물결을 느끼며 두 눈을 감았다. 그러자 끝없는 심연 속으로 가라앉는 느낌이 들었다.

그녀가 다시 키스를 하려고 하자 그가 그녀를 막으며 말했다.

"안 돼! 이제 그만!"

그녀가 웃었다.

이제 그녀는 그를 제 곁으로 빠짝 끌어당겼다. 그러곤 팔로 그의 어깨를 감싸며 자신의 옆구리를 그의 옆구리에 밀착시켰다. 그는 어렴풋하게 그녀의 육체가 느껴지자 정신이 없어 더 이상 아무 말도 하지 못했다. 그녀가 물었다.

"너도 내가 좋니?"

그는 '그럼.'이라고 대답하려고 했지만 그냥 고개만 끄덕일 수밖에 없었다. 그러고도 한참이나 계속 고개를 끄덕였다.

그녀가 다시 한 번 그의 손을 잡더니 장난하듯 그 손을 그녀의 코르셋형 조끼 속으로 집어넣었다. 다른 사람의 맥박과 숨결이 뜨거운 온기와 더불어 가까이에서 느껴지자 그는 심장이 멎고 죽을 것만 같아 숨을 쉴 수가 없었다.

그는 손을 도로 빼고 신음 소리를 냈다.

"이제 집에 가야겠어."

그러곤 자리에서 일어서려다 말고 비틀거리기 시작했다. 그 바람에 하마터면 계단 아래로 굴러떨어질 뻔했다. 에마가 놀라 물었다.

"왜 그러니?"

"나도 모르겠어. 좀 피곤하네."

그는 에마가 정원 울타리까지 그를 부축하며 몸을 바짝 붙인 채 걷는 걸 느끼지 못했고, 또 그녀가 잘자라고 인사하며 그의 등 뒤에서 정원 문을 닫던 소리도 듣지 못했다. 그는 골목들을 돌아 집으로 향했다. 하지만 어떻게 집까지 갈지 알 수 없었다. 마치 거대한 폭풍우에 휩쓸리거나 아니면 거센 물결에 이리저리 흔들리며 떠밀려가고 있는 것만 같았다.

좌우로 희미하게 서 있는 집들이 보였고, 그 위 하늘가에 산등성이와 전나무 꼭대기, 그리고 밤의 검은 장막과 고요하고 커다란 별들이 보였다. 바람이 불고 있는 것이 느껴졌고 강물이 다리 기둥을 스치며 지나가는 소리가 들리더니, 물에 비친 정원들과 희미한 집들, 밤의 검은 장막, 가로등과 별들이 보였다.

다리에 이르자 그는 그대로 주저앉을 수밖에 없었다. 얼마나 피곤한지 집까지 한 발짝도 더는 갈 수 없을 것 같았다. 그는 다리 난간에 앉아 물이 다리 기둥을 문지르며 흘러 둑에서 철썩이다, 물레방아 날개에 부딪혀 오르겔처럼 부부 울리는 소리에 귀를 기울였다. 두 손은 차가웠고 피가 가슴과 목구멍에 순간 고였다가 다시 솟구쳐 올라 눈앞이 캄캄해지다가, 갑자기 심장을 향해 너울거리며 흘러드는 통에 머리가 어찔어찔했다.

집으로 돌아온 다음 그는 자기 방을 찾아 들어가 몸을 눕히자마자 곧바로 잠이 들었다. 꿈속에서 그는 무시무시한 방들을 지나 나락으로, 나락으로 계속 떨어졌다. 한밤중에 그는 고통에 시달리고 기진맥진하여 잠에서 깨어났다. 그러곤 잠을 자는 것도 아니고 깨어 있는 것도 아닌 상태로 아침까지 누워 있었다. 그리움에 목이 말라 죽을 것 같고, 억제할 수 없는 힘에 이리저리 내동댕이쳐지는 것 같았다. 그러다 마침내 첫 새벽에 그의 고통과 고민은 한꺼번에 긴 울음이 되어 터져 나왔고, 그는 눈물 젖은 베개를 베고 다시 잠이 들었다.

기벤라트 씨는 과일즙 압착기 옆에서 짐짓 위엄을 지키며 분주하게 일을 했고 한스는 그를 도왔다. 플라이크 씨네 집 아이들 중 두 명이 초대를 받고 따라와 열심히 과일을 날랐다. 둘은 집에서 가져온 조그마한 시음용 잔을 함께 썼고, 엄청 큰 검은 식빵을 쥐고 있었다. 에마는 함께 오지 않았다.

아버지가 양쪽에 손잡이가 달린 물통을 들고 반 시간쯤 자리를 뜨게 되자, 그제야 그는 그녀에 관해 물어볼 용기가 났다.

"에마는 어디 있니? 오고 싶어 하지 않았어?"

아이들이 입안 가득 먹던 걸 삼키고 말을 할 수 있을 때까진 시간이 좀 걸렸다.

"누나는 갔어."

두 아이들은 그렇게 말하고 고개를 주억거렸다.

"갔어? 어디로 갔단 말이니?"

"집으로."

"떠났다고? 기차 타고?"

아이들은 열심히 고개를 끄덕였다.

"대체 언제 말이니?"

"오늘 아침에."

아이들은 다시 사과에 손을 뻗었다. 한스는 압착기를 누르면서 과일즙 양동이 안을 빤히 응시하다가 서서히 일의 전말을 파악하기 시작했다.

다시 아버지가 왔고 모두들 일을 하며 웃음꽃을 피웠다. 아이들은 고맙다고 인사를 하고는 집으로 달려갔다. 저녁이 되었다. 그리고 모두들 집으로 돌아갔다.

저녁 식사 후 한스는 자기 방으로 들어와 혼자 우두커니 앉아 있었다. 열 시가 되고 열한 시가 되었다. 그때까지도 그는 불을 켜지 않았다. 그런 다음 그는 깊고 긴 잠에 빠졌다. 평소와 달리 느직이 잠에서 깨어났을 때, 그가 느낀 건 불행과 상실감 같은 불분명한 감정뿐이었다. 그러다 다시 에마 생각이 났다. 그녀는 떠났다. 인사 한마디도, 이별에 대한 말 한마디도 없이. 그가 그녀를 찾아갔던 마지막 밤에 그녀는 자기가 언제 떠날지 이미 알고 있었던 게 분명했다. 그는 그녀가 웃던 모습과 그녀의 키스와 능숙한 솜씨로 몸을 맡기던 모습이 기억났다. 그녀는 그를 조금도 진지하게 대하지 않았던 것이다.

이 사실에 대한 분노에 찬 고통, 그리고 막 끓어올라 진정되지 않는 사랑의 힘이 빚어내는 불안이 한데 뒤섞여 음울한 번민이 되어 그를 집에서 정원으로, 거리로, 숲으로, 그리고 다시 집으로 몰아댔다.

어쩌면 너무 이를지도 모르겠지만, 그렇게 그는 사랑의 비밀을 부분적으로나마 맛보게 되었다. 그가 맛본 사랑은 조금만 달고, 많이 쓴맛이었다. 소용도 없는 한탄과 그리움에 사무친 기억들, 울적한 생각들로 낮 시간 전부를 보냈고, 밤이면 심장이 두근거리고 옥죄듯 답답하여 잠을 이루지 못하고 끔찍한 꿈의 나락으로 떨어졌다. 꿈속에서 그의 피는 이해할 수 없이 끓어올라 무시무시한 공포를 자아내는 우화 속 그림이 되었다. 죽일 듯이 몸을 친친 감는 팔이 되었다가, 이글거리는 눈을 가진 환상 속 동물이 되기도 하고, 또 어지러운 심연도 되었다가, 불타오르는 커다란 눈이 되기도 했다. 그러다 꿈에서 깨면 그는 서늘한 가을밤의 고독에 둘러싸인 채 혼자인 자신을 발견하고는 소녀를 그리워하며 괴로워하다 끙끙 신음하며 눈물 젖은 베개에 얼굴을 파묻곤 했다.

기계공 작업장에 들어가야 할 금요일이 가까워졌다. 아버지는 그에게 푸른색 아마포 작업복과 순모가 반쯤 섞인 푸른색 모자를 사 주었다. 그는 옷을 입어 보았다. 기계공 작업복을 입은 자신의 모습이 상당히 우스꽝스러워 보인다는 생각이 들었다. 그는 학교 건물과 교장이나 수학 선생의 집, 플라이크 씨네 작업장을 지나갈 때나 교구 목사의 관사를 지날 때마다 비참한 기분이 들었다. 소소한 기쁨들을 그렇게나 많이 희생시켜가며 그토록 고생하고 각고의 노력을 기울였는데, 자부심과 입신양명과 희망에 들떠 꿨던 꿈들은 또 얼마나 많았는데 이 모든 것이 허사가 되어 버린 것이다. 이 모든 것이 이제 다른 모든 학교 친구들보다 뒤늦게, 그것도 모두의 비웃음을 받아가며 막내 견습공이 되어 작업장에 들어가기 위해 친 몸부림일 뿐이었다니!

하일너가 이걸 봤다면 뭐라고 말을 했을까?

일단 푸른 기계공 작업복을 받아들이려고 차츰 마음을 먹기 시작하자, 그는 작업복을 처음으로 입게 될 금요일이 조금은 기다려지기도 했다. 그러면 적어도 뭔가를 또 경험할 수 있을 테니까!

그러나 이 생각도 검은 구름 사이로 재빨리 뻗어 나온 번갯불에 지나지 않았다. 그는 소녀가 떠나간 것을 잊을 수 없었다. 그의 피는 더더욱 잊지 못했다. 아니 벗어나질 못했다. 소녀와 보낸 날들 동안 맛보았던 그 자극들을. 그의 피는 더 많은 자극을 달라고, 이제 막 눈뜨기 시작한 그리움을 해결하라고 달려들고 소리쳤다. 그렇게 먹먹하고 고통스럽게 시간은 천천히도 흘러갔다.

그 어느 해보다 가을이 아름다웠다. 부드러운 햇살로 가득 찬 가을이었다. 햇살은 이른 아침이면 은빛으로 빛났고, 점심때가 되면 오색찬란하게 화사한 미소를 지었다. 그리고 저녁때가 되면 청초한 모습이었다.

먼 데 있는 산들은 벨벳처럼 부드럽고 진한 푸른빛을 띠었고, 밤나무들은 노랗게 황금빛으로 빛났다. 담장들과 울타리 위엔 자주색으로 변한 담쟁이 잎이 늘어져 있었다.

한스는 이러지도 저러지도 못하고 자기 자신으로부터 도망쳤다. 온종일 시내며 밭 사이를 쏘다녔고, 자기가 사랑 때문에 번뇌하고 있다는 걸 알아볼까 봐 사람들을 피해 다녔다. 그러나 밤만 되면 그는 골목길로 나가 오가는 하녀들을 빠짐없이 바라보았고, 쌍쌍이 돌아다니는 연인들을 보면 양심의 가책을 느끼면서도 몰래 뒤따라 다녔다. 삶에서 열망할 가치가 있고 마술과 같은 모든 것이 에마와 함께 다가왔다가, 얄밉게도 그녀와 함께 도로 빠져나간 것 같았다. 이제 그는 에마에게서 느꼈던 고통과 가슴을 옥죄는 답답함에 대해서 더는 생각하지 않았다. 그녀와 다시 만나게 된다면 이젠 부끄러워하지 않으리라고, 오히려 그녀에게서 모든 비밀을 낚아채 지금 그의 바로 앞에서 탁! 하고 문이 닫혀 버린 저 마법에 걸린 사랑의 정원으로 전적으로 뛰어들리라고 그는 생각했다. 그의 환상 전체가 습하고 위험한 덤불숲에 꼼짝없이 빠져들어 그 속에서 낙담한 채 헤매 다녔고, 그는 스스로를 괴롭히며 그 비좁은 마법의 세계 바깥에 넓고 아름다운 공간이 환하고 다정하게 놓여 있다는 사실을 알려고 하지 않았다.

처음엔 두려워하며 기다렸지만 막상 금요일이 되자 결국 반가운 마음이 들었다. 아침 일찍 그는 새로 산 푸른색 작업복을 입고 모자를 눌러쓴 다음, 별로 자신감 없는 걸음걸이로 게르버가세를 내려가 슐러 씨네 집이 있는 쪽으로 걸어갔다. 아는 사람 몇이 그의 모습을 보고 궁금해 했고, 한 사람은 이렇게 묻기도 했다.

"어찌된 일이냐? 너 금속공이 된 게야?"

벌써부터 작업장에선 다들 빠릿빠릿하게 일을 하고 있었다. 주인은 막 쇠를 벼르던 참이었다. 주인이 빨갛게 달아오른 쇳덩이를 모루 위에 올려놓으면 기능공 한 명이 무거운 망치로 내리쳤다. 주인은 보다 섬세하게 모양을 잡아가면서 쇠를 쳤다. 그는 능숙하게 집게를 놀리며, 집게 사이에 든 쇠를 모루 위에 놓고 손에 맞춤한 망치로 박자를 맞추어 망치질을 했다. 망치 소리가 활짝 열어 놓은 문을 통해 아침 풍경 속으로 낭랑하고 명랑하게 울려 퍼졌다.

기름과 줄밥으로 까매진 긴 작업대에는 조금 나이가 든 기능공들이 서 있었다. 아우구스트도 그들과 나란히 서 있었다. 이들은 각자 맡은 바이스*에서 작업을 하느라 바빴다. 수력을 이용해 작업했기 때문에 천장에는 선반(旋盤)**과 숫돌, 풀무, 드릴을 돌리는 벨트가 윙윙 소리를 내며 빠른 속도로 돌아가고 있었다.

아우구스트는 이제 동료가 되어 들어오는 친구에게 고개를 끄덕여 보이며, 주인이 그를 위해 시간을 낼 때까지 문가에서 기다려야 한다는 신호를 보냈다.

한스는 대장간용 화덕이며 멈춰 서 있는 선반과 횡횡거리며 돌아가는 벨트며 공전반을 낯설어하며 쳐다보았다.

주인은 쇳덩이를 다 벼르고 나자 한스에게로 건너와 크고 단단하고 따뜻한 손을 내밀었다.

"모자는 저기에 걸어라."

그가 벽에 있는 비어 있는 못 하나를 가리키며 말했다.

"자, 따라오너라. 저기가 네 자리다. 네 바이스도 저기 있고."

---

*바이스 : 기계를 만들 때 만들 물건을 끼워 고정하는 기구를 뜻한다.
**선반 : 나무나 쇠붙이를 절단하는 절단용 기계.

그렇게 말하며 그는 맨 뒤쪽에 있는 바이스로 그를 데리고 가서 우선 바이스를 작동시키려면 어떻게 해야 하는지, 그리고 연장을 포함해 작업대를 정리할 땐 어떻게 해야 하는지를 가르쳐 주었다.

"너의 아버지가 네가 헤라클레스 같은 장사는 아니라고 진즉부터 말씀하셨다. 척 보기에도 그렇긴 하구나. 자, 좀 더 힘을 기를 때까지 우선 쇠 벼르는 일은 하지 않아도 좋다."

그가 작업대 아래로 손을 넣더니 주철로 만든 조그만 톱니바퀴를 꺼내 놓았다.

"자, 이걸로 시작해 봐라. 이 톱니바퀴는 주물 공장에서 나온 그대로라서 아직 울퉁불퉁하고 깔쭉깔쭉한 부분들이 많아. 이 부분들은 반드시 갈아 내야 해. 안 그러면 나중에 정밀한 연장들이 그것 때문에 못쓰게 되거든."

주인은 톱니바퀴를 바이스에 끼우고는 낡은 줄을 가져 와 줄질하는 방법을 보여 주었다.

"자, 계속해. 다른 줄로 하면 안 된다! 이것만으로도 점심때까진 충분히 일거리가 될 게다. 다 되면 나한테 보여 주고. 그리고 작업할 땐 내가 시킨 일 말고는 아무것도 신경 써서는 안 된다. 생각 같은 건 견습공에게 쓸데없는 일이니까."

한스가 줄질을 시작하자 주인이 소리를 질렀다.

"잠깐만! 그렇게 말고. 왼손은 줄 위에 이렇게 놓는 거다. 너 혹시 왼손잡이냐?"

"아니요."

"그럼 됐다. 곧 잘하게 될 거다."

주인은 다시 그의 바이스로 갔다. 문 근처 제일 첫 번째 바이스였다. 한스는 어떻게 하면 맡겨진 일을 잘 해낼 수 있을지 살펴보았다.

처음에 몇 번 밀어 보았는데, 톱니바퀴가 아주 연하고 너무 쉽게 깎여 나가서 이상하다는 생각이 들었다. 그러나 잠시 후 그는 쉽게 깎여져 나간 것은 단지 주물의 가장 겉부분에 있는 부서지기 쉬운 외피일 뿐이고, 정작 반들반들하게 밀어야 되는 우툴두툴한 쇠는 그 아래층에 있다는 것을 알았다. 그는 정신을 집중하여 쉬지 않고 열심히 일했다. 그는 어릴 적 놀이 삼아 조립했던 것 말고는 자기 손으로 뭔가 눈에 보이는 쓸모 있는 것을 만들며 즐거워했던 적이 단 한 번도 없었다.

주인이 한스 쪽을 건너다보며 소리쳤다.

"좀 더 천천히! 줄질을 할 땐 박자를 맞추지 않으면 안 돼. 하나둘, 하나둘 하고 말이야. 그리고 위에서 눌러 줘야지, 안 그러면 줄이 망가지고 말아."

저쪽에서 가장 나이 많은 기능공이 선반 작업을 하고 있었다. 한스는 그쪽을 힐금힐금 쳐다보지 않을 수 없었다. 그는 강철 굴대를 원반 속에 끼우고 그 위에 벨트를 걸었다. 그러자 굴대가 불꽃을 튕기며 윙윙 급하게 돌아갔다. 그러는 동안 기능공은 머리카락처럼 가늘고 윤기가 흐르는 쇠 부스러기들을 떼어 냈다.

여기저기에 공구들과 쇳덩어리며 강철과 놋쇠, 반쯤 완성된 일감들, 번쩍거리는 작은 바퀴들, 강철용 끌과 드릴, 그리고 고강도 강철용 선반과 온갖 모양의 송곳들이 놓여 있었고, 화덕 옆으로는 망치와 세트 해머*, 모루 덮개, 집게와 납땜인두가 걸려 있었으며, 벽을 따라 줄과 절삭기들이 줄지어 있었고, 선반엔 기름걸레와 작은 빗자루, 금강석 사포를 붙인 줄과 쇠톱이 놓여 있었다. 주유기와 산소통, 못 상자와 나사 상자들이 바닥 여기 저기에 흩어져 있었다. 숫돌은 세워 둘 틈 없이 수시로 사용되었 다.

한스는 벌써 자신의 손이 완전히 새까매진 걸 보자 만족스러 운 기분이 들었다. 그러면서 여기저기 천을 덧대어 기운 시커먼 다른 조립공들의 작업복에 비해 지금은 우스꽝스러울 정도로 파 랗고 새 옷처럼 보이는 자신의 작업복도 어서 닳아 보이기를 바 랐다.

오전 시간이 흐르면서 또한 외부에서 작업장에 활기를 더했 다. 이웃해 있는 기계 자수 공장에서 작은 기계 부품을 갈거나 수리를 맡기려고 노동자들이 왔다 갔다. 농부도 한 명 찾아 왔는 데, 그는 땜질을 맡긴 세탁기 롤러가 다 되었는지 물어보았다가 아직 수리가 덜 되었다는 말을 듣고는 욕을 퍼부었다. 그다음 점 잖은 공장주가 찾아오자 주인은 옆방에서 그와 거래 상담을 했 다.

그런 와중에도 사람들은 일손을 놓지 않았고 톱니바퀴와 벨 트는 한결같이 돌아갔다. 그렇게 한스는 태어나서 처음으로 노 동의 찬가를 듣게 되었고, 그것을 이해할 수 있게 되었다. 그것 은 적어도 초보자에게는 뭔가 감동적이고 기분 좋게 하는 어떤

---

*세트 해머 : 대장장이가 재료의 표면을 평평하게 고르는 데 쓰는 망치.

것을 지니고 있었다. 그리고 그는 이 위대한 리듬에 그의 작고 보잘것없는 인격과 삶이 합쳐지는 걸 느낄 수 있었다.

정각 아홉 시엔 십오 분간 휴식 시간이 주어졌다. 각자 빵 한 조각과 주스 한 잔씩을 받았다. 그제야 아우구스트는 새로 들어온 견습공에게 인사를 했다. 그는 한스에게 용기를 북돋아 주는 말을 한 다음, 동료들과 함께 자신의 첫 주급을 거하게 쓰리라 계획한 이번 일요일 이야기에 또다시 열을 올렸다. 한스는 자기가 지금 줄질을 해야 하는 게 어떤 종류의 바퀴인지 물어보았다. 그리고 탑시계의 부품이라는 걸 알게 되었다. 아우구스트는 부품이 나중에 어떻게 돌아가고 작동하게 되는지도 가르쳐 주려고 했다. 하지만 그때 수석 기능공이 다시 줄질을 시작했고, 결국 모두들 재빨리 자기 자리로 돌아갔다.

열 시와 열한 시 사이가 되자 한스는 지치기 시작했다. 무릎과 오른쪽 팔이 약간 아파왔다. 힘을 주던 발을 바꾸어 딛고 몰래 기지개를 켜 보기도 했지만 크게 도움이 되지는 않았다. 그래서 그는 잠깐 줄을 내려놓고 바이스에 몸을 기대었다. 아무도 그의 행동에 주의를 기울이지 않았다. 그렇게 서서 잠자코 머리 위에서 벨트가 노래하듯 윙윙거리며 돌아가는 소리를 듣고 있으려니, 살짝 정신이 혼미해지는 느낌이 들어 일 분 정도 눈을 감고 있었다. 바로 그때 언제 왔는지 주인이 그의 뒤에서 조용히 말했다.

"어이, 무슨 일이냐? 벌써 지친 거냐?"

한스는 솔직히 말했다.

“예, 조금요.”

기능공들이 소리 내어 웃었다.

“그럴 수도 있지. 그럼 이번엔 납땜하는 법을 보도록 하자. 자, 가자!”

주인이 차분하게 말했다.

한스는 궁금해 하며 납땜하는 걸 구경했다. 먼저 인두를 달군 다음, 납땜할 곳을 납땜 용제로 닦아 냈다. 그런 다음 뜨거운 인두에서 하얀 금속이 뚝뚝 떨어지며 부드럽게 칙칙 소리를 냈다.

“걸레를 갖고 와서 이걸 잘 닦아 내라. 납땜 용제는 부식시키는 성질이 있어서 금속에 묻은 채로 두면 안 된다.”

뒤이어 한스는 다시 그의 바이스 앞에 서서 줄을 들고 작은 톱니바퀴를 돌려가며 쓸었다. 팔이 아팠다. 줄을 누르고 있어야 하는 왼손이 빨개지더니 쓰려 오기 시작했다.

점심때가 되어 기능장이 작업 중이던 줄을 내려놓고 손을 씻으러 가자, 한스는 그가 작업한 일감을 갖고 주인에게 갔다. 주인이 일감을 흘깃 보더니 말했다.

“그 정도면 제대로 했군. 그대로 써도 되겠다. 네 자리 밑에 보면 상자 안에 똑같은 바퀴가 하나 더 있을 게다. 오늘 오후엔 그걸 마무리 짓도록 해라.”

이제 한스도 손을 씻고 밖으로 나갔다. 한 시간 동안 점심 식사를 할 수 있도록 쉬는 시간을 갖게 된 것이었다.

거리에서 예전 학교 친구였던 상인 견습생 두 명이 그의 뒤를 따라오며 놀렸다. 한 친구가 큰 소리로 말했다.

“주 시험을 치른 금속공님 아니야!”

한스는 걸음을 재촉했다. 자신이 정말로 만족하고 있는 건지 잘 알 수 없었다. 아무튼 작업장은 마음에 들었다. 단지 그는 너무 피곤했을 뿐이었다. 정말 어찌해 볼 수 없이 피곤했다.

현관에 들어서자 그는 식탁에 앉아 식사를 할 생각에 벌써부터 즐거운 마음이 들면서도 불쑥불쑥 에마 생각이 나는 건 막을 수 없었다. 오전 내내 그는 그녀를 잊고 있었다. 그는 발소리를 죽인 채 조용히 자기 방으로 올라가 침대에 몸을 던지고는 고통에 겨워 절로 신음 소리를 냈다. 그는 울고 싶었다. 하지만 두 눈에선 눈물 한 방울 나오지 않고 보송보송하기만 했다. 그는 절망적으로 자신이 사람을 지치게 만드는 그리움에 또다시 온몸을 던지고 있음을 깨달았다. 머리가 미칠 듯이 아파왔고, 질식할 것처럼 목을 조여 오는 흐느낌에 목구멍이 아팠다.

점심 식사는 고통 그 자체였다. 아버지가 기분이 좋았기 때문에 한스는 아버지에게 설명도 하고 이야기도 해야 했고, 소소한 우스갯소리까지 전부 듣고 있어야 했다. 식사를 마치기가 무섭게 그는 정원으로 나가 햇빛을 받으며 십오 분 동안 졸다 깨기를 반복하며 보냈다. 그러곤 시간이 되어 다시 공장으로 돌아갔다.

벌써 오전부터 빨갛게 못이 박혔던 양손이 이제 심각하게 아프기 시작하더니, 저녁이 되자 심하게 부풀어 올라 무엇이든 잡을 때마다 욱신욱신 쑤셨다. 그런데다 퇴근 시간을 앞두고는 아우구스트가 이끄는 대로 작업장 청소도 해야 했다. 토요일은 더 심했다. 양손이 타는 듯이 쓰라렸다. 못이 박혔던 곳에 물집이 잡혀 부풀어 올랐다. 기분이 좋지 않던 주인은 아주 사소한 일에도 꼬투리를 잡고 혼을 냈다. 아우구스트는 못 박힌 것은 한 이

삼일만 지나면 낫는다며 그러고 나면 손에 굳은살이 잡혀 아무 느낌도 없을 거라고 그를 위로했지만, 한스는 너무나도 불행한 심정이 되어 절망적으로 작은 바퀴를 이리저리 쓸면서 하루 종일 시계만 힐끔거렸다.

저녁에 청소를 하고 있는데 아우구스트가 와서 귓속말로 속삭였다. 내일 몇몇 동료들과 빌라흐로 가서 근사하고 재미있는 시간을 보낼 거라며, 무슨 일이 있어도 절대로 한스가 빠져선 안 된다는 것이었다. 그러면서 정각 두 시에 그를 데리러 오겠다고 했다. 한스는 종일토록 집에 누워 있고 싶은 마음이 굴뚝같을 만큼 피곤하고 비참한 심정이었지만 그러겠다고 했다. 집에 오자 아나 할멈이 상처 난 손에 연고를 발라 주었다. 그는 여덟 시부터 잠자리에 들어 다음 날 오전까지 내리 잠을 잤다. 그래서 아버지와 함께 교회를 가기 위해 서두르지 않으면 안 되었다.

점심 식사 때 그는 아우구스트의 이야기를 꺼내었다. 그리고 오늘 그와 함께 가까운 곳에 여행을 다녀오려 한다고 말했다. 아버지는 아무런 반대도 하지 않았고 50페니히까지 주며, '단, 저녁 식사 때까지는 반드시 돌아와야 한다.'고 말했다.

아름답게 햇살이 내리쬐는 가운데 어슬렁거리며 골목골목을 지나가다 보니, 몇 개월 만에 처음으로 일요일의 기쁨을 다시 맛볼 수 있었다. 평일에 손이 까맣게 되고 사지가 피곤에 절도록 일을 한 다음 맞이하게 된 거리는 한층 축제 분위기가 나고, 태양은 더욱 밝게 빛나고, 무엇이든 더욱 화려하고 아름다워 보이기 마련이다. 이제 그는 정육점 주인과 무두장이, 빵집 주인이나 대장장이들이 저마다 자기네 집 앞의 햇살이 드는 벤치에 앉아 왕이라도 된 듯 들떠 있는 그 기분을 이해할 수 있었다. 이젠 그들이 천한 속물처럼 생각되지 않았다. 그는 노동자와 직공, 견습공들이 줄지어 산책을 하거나 여인숙에 딸린 주점에 들어가는 모습을 바라보았다. 한결같이 약간 비딱하게 모자를 쓴 모습이었고 하얀 셔츠 깃에 정성껏 솔질한 나들이 차림새였다. 항상 그런 건 아니지만 대개 수공업자는 수공업자들끼리 모였다. 소목장이는 소목장이와, 미장이는 미장이와 함께 결속하여 직업의 명예를 지켰다. 수공업자들 중 금속공이 가장 품위 있는 동업 단체였고, 기계공이 제일 상석을 차지했다. 이 모든 것들엔 뭔가 집 같이 편안한 데가 있었다. 비록 개중에는 좀 천진하고 유치한 점도 많이 있긴 하지만, 아무튼 그 이면에는 수공업의 아름다움과 자부심이 숨겨져 있었다. 이러한 수공업에 대한 자부심과 아름다움은 오늘도 여전히 즐겁게 일하는 그들의 건실한 모습에서 잘 드러나고, 가장 보잘것없는 재봉사 견습공들도 희미하게나마 그러한 자부심과 아름다움의 빛을 품고 있었다.

슐러 씨네 집 앞에 젊은 기계공들이 서 있었다. 조용하면서도 자부심에 찬 모습이었다. 그들은 지나가는 사람들에게 고개를 끄덕여 인사를 하기도 하고 서로 잡담을 나누기도 했다. 그 모습을 보면 누구든 그들이 견실한 동아리를 이루고 있고, 다른 사람을 필요로 하지 않는다는 것, 일요일에 놀러 갈 때에도 마찬가지라는 걸 잘 알 수 있었다.

한스도 그걸 느꼈기에 그들의 일원이 된 것이 기뻤다. 그러나 한편으로는 이 일요일의 나들이 계획에 일말의 두려움을 느끼고 있었다. 기계공들이 즐길 땐 또 엄청나게 즐긴다는 걸 이미 알고 있던 터였다. 아마 춤까지 출지도 모른다. 한스는 춤을 출 줄 몰랐다. 하지만 그 외엔 할 수 있는 한 자신의 남자다운 면을 내세우고, 어쩔 수 없는 경우엔 잠깐 흠뻑 취하는 것도 마다하지 않으리라 생각했다. 그는 맥주를 많이 마시는 것에 익숙지 않았다. 그리고 담배는 노력해 본 결과, 조심스럽게 빨면 한 개비 정도는 끝까지 피울 수 있었다. 더 피우면 몸이 그걸 이겨 내지 못하여 창피를 당할지도 몰랐다.

아우구스트가 흥에 겨워 즐겁게 인사를 건넸다. 그는 나이 많은 숙련공이 함께 오지 못하게 되었다며, 그 대신 다른 작업장 출신의 동료 한 명이 함께 가니까 최소한 네 명이 될 것이고, 그 정도면 온 동네를 뒤집어 놓는 데는 충분할 거라고 했다. 그리고 오늘은 자기가 한턱낼 터이니 모두들 마시고 싶은 대로 양껏 맥주를 마시라고도 했다. 그는 한스에게 시가 한 대를 권했다. 그런 다음 네 사람은 천천히 움직이기 시작했다. 그들은 느릿느릿 자부심에 찬 모습으로 유유히 시내를 지나 아래쪽 보리수 광장에 이르러서야 제 시간에 빌라흐에 도착할 수 있도록 좀 더 빠른 걸음으로 걷기 시작했다.

거울 같은 강물의 수면이 푸른빛으로, 때로는 황금빛과 흰빛으로 반짝였고, 잎이 거의 다 떨어진 가로수 길의 단풍나무와 아카시아 사이로 부드러운 10월의 햇살이 따뜻하게 내리쬐었다. 높은 하늘은 구름 한 점 없이 쾌청했다.

고요하고 맑고 정겨운 가을날이었다. 이런 가을날엔 지나간 여름의 아름다웠던 모든 것들이 미소를 짓게 만드는 추억처럼 온화한 대기에 가득 차기 마련이다. 이런 가을날엔 아이들은 계절을 잊고 꽃을 보러 가야 할 것 같이 생각하고, 늙은이들은 생각에 잠긴 눈으로 창밖을 내다보거나 집 앞 벤치에 앉아 허공을 쳐다보기도 한다. 이번 한 해뿐 아니라 지금껏 살아온 삶에서 쌓인 정다운 추억들이 푸른 창공을 뚫고 날아가는 것이 눈에 보일 듯해서이다. 그러나 젊은이들은 원기가 왕성해져서 각자 타고난 재능이나 성정에 따라 먹고 마시거나, 혹은 노래를 부르거나 춤을 추면서 아니면 술자리를 만들거나 그것도 아니면 거한 주먹다짐으로 아름다운 날을 찬미하기도 한다. 어딜 가든지 신선한 과일로 케이크를 굽는 냄새가 진동했고, 갓 짜낸 과일 주스나 포도주가 지하 창고에서 부글거리며 발효되고 있었으며, 여인숙 앞이나 보리수 광장에 나가면 올 한 해의 막바지 아름다운 나날을 축하하며 바이올린이나 하모니카를 연주하면서 춤추고 노래하고 사랑을 즐겨 보자며 권하는 데야 어쩔 도리가 있으랴.

젊은이들은 속도를 내어 나아갔다. 한스는 짐짓 아무렇지도 않은 척 시가를 피우며 의외로 자신에게 시가가 잘 맞아 신기해했다. 기능공이 이곳저곳 돌아다니던 시절의 이야기를 꺼냈다. 그가 아무리 큰 소리를 쳐도 아무도 그것 때문에 불쾌해 하거나 기분 상해 하지 않았다. 그런 이야기엔 으레 그런 허풍이 따르기 마련이다. 제아무리 겸손한 기능공이라도 밥벌이할 곳이 있고 목격자가 없다는 게 확실해지면, 자신의 떠돌이 시절에 관해 거창하고, 세련되게, 심지어 전설 같은 색채를 입혀 이야기를 하는 법이다. 청년 기능공의 삶에 관한 이 굉장한 시문은 민중의 공유 재산이나 다름없어, 오래된 전통적인 모험담에 저마다 개별적인 이야기를 가미하면서 모험담은 새로운 아라베스크 문양

을 그리며 새롭게 창작된다. 그리하여 뜨내기 청년들조차도 이
야기에 빠져들면 누구든지 나름대로 저 불멸의 오일렌슈피겔*
과 저 슈트라우빙 사람**과 같은 단면을 지니게 되는 것이다.

"그러니까, 한때 내가 있었던 프랑크프루트에서의 일이야. 빌
어먹을, 거기도 살 만했는데! 아직 한 번도 얘기한 적이 없었는
데, 그때 웬 잘사는 상인이 말이야. 그 더러운 자식이 말이야.
우리 주인의 딸과 결혼하려고 했었어. 하지만 그녀는 그놈을 집
으로 쫓아 보냈지. 날 훨씬 더 좋아했거든. 넉 달 동안 내 애인
이었지. 내가 그 늙은이랑 싸움만 안 했어도 지금쯤 나는 그곳에
주저앉아서 늙은이네 사위 노릇을 하고 있었을 텐데."

그리고 그는 계속해서 그 주인이라는 작자는 딸을 팔아먹으
려는 천박한 인신매매자요, 비천한 인간이었다며 그가 그를 괴
롭히려고 한 이야기를 해 주었다. 주인이 한번은 그에게 협박을
하며 손을 뻗치더라는 것이었다. 그때 그는 아무 말도 하지 않고
쇠를 벼르는 데 쓰는 망치를 휘두르며 늙은이를 한 번 쳐다보았
을 뿐이었는데, 머리통이 소중했던지 조용히 사라졌다고 한다.
그러고는 그 비겁한 멍청이가 나중에 서면으로 그에게 해고를
통보해왔다는 것이었다. 그리고 그는 또 오펜부르크에서 벌인
큰 싸움에 관한 이야기도 했다. 당시 세 명의 금속공들이 있었는

---

*오일렌슈피겔 : 14세기에 실존했다고 전해지는 독일 농부이자 익살꾼. 그
가 친 장난 때문에 많은 설화가 생겨났다고 한다.
**슈트라우빙 사람 : 신분의 차이로 인해 비극으로 끝나게 되는 사랑을 이
야기할 때 등장하는 인물. 뮌헨의 영주 알브레히트 3세가 슈트라우빙의 의
사의 딸 아그네스와 결혼했다가 아버지에 의해 비극적으로 부인을 잃게 된
데서 비롯되었다.

데, 이들 셋이 일곱 명의 공장 직공을 초주검이 될 때까지 흠씬 두들겨 패 주었다는 것이었다. 오펜부르크에 갈 일이 있는 사람은, 키다리 쇼르쉬가 아직 그곳에 살고 있고 당시에 함께했던 사람이니 그에게 물어보면 알 거라고도 했다.

그는 냉담하고 거친 어조로 말하긴 했지만, 속으로는 엄청난 열의를 가지고 만족하며 이 이야기들을 전부 전해 주었고, 듣는 사람들도 마음 깊이 흡족해 하며 귀를 기울였다. 그러면서 다들 나중에 자기들도 어디 다른 곳에서 다른 동료들과 있게 되면 이 이야기를 한번 들려주리라 다짐했다. 왜냐면 금속공은 누구든 한때 주인의 딸을 연인으로 두었고, 못된 주인에게 한 번씩은 망치를 들고 덤벼든 적이 있었으며, 공장 직공 일곱 명을 처참할 정도로 흠씬 패 준 적이 있었기 때문이다. 다만 이야기가 벌어지는 장소가 때로는 바덴 지방이 되었다가 때로는 헤센, 아니면 스위스가 되기도 하고, 또 망치 대신에 줄이나 불에 달군 쇳덩이를 들고 덤비기도 하며, 그런가 하면 공장 직공 대신 제과 제빵사나 재봉사가 흠씬 두들겨 맞는 것이 다를 뿐이었다. 그러나 저러나 늘 똑같은 케케묵은 이야기였지만 사람들은 몇 번이고 즐겁게 이야기를 들었다. 왜냐면 그것은 오래되고 훌륭하여, 조합에 명예가 되었기 때문이었다. 그렇다고 해서 예나 지금이나 뜨내기 직공들 중에 경험 많은 천재나 이야기를 지어내는 데 천재인 사람이 전혀 없다는 말은 절대 아니다. 더욱이 근본적으로 보자면 이 두 천재는 성격이 같지 않은가.

특히 아우구스트는 이야기에 푹 빠져서 기분이 좋았다. 그는 계속해서 웃으며 맞장구를 쳤고, 벌써 반쯤은 기능공이 된 듯한 기분을 느끼며, 한량 같이 거들먹거리는 표정으로 황금빛으로 빛나는 공중에 대고 담배 연기를 내뿜었다. 이야기를 맡은 기능공은 계속 자신의 역할을 이어갔다. 그에게는 오늘 이들과 함께 하는 것이 친절을 베풀어 그 자신을 낮춘 것이라는 걸 주장하는 게 중요했다. 원래 기능공은 일요일에 견습공들과 어울리지 않았던 데다 어린 친구가 푼돈을 왕창 마셔 버리는 데 쓰는 걸 돕는 격이니 부끄러워해야 마땅했던 것이다.

그들은 국도를 따라 강 하류 쪽으로 한참을 걸어갔다. 이제 완만한 경사를 따라 활처럼 휘어져 산으로 이어지는 좁은 차도와 거리는 반밖에 안 되지만 가파른 보행자 전용 오솔길 사이에서 선택해야 했다. 그들은 멀고 먼지가 일긴 하지만 차도를 택했다.

오솔길은 평일 또는 산책하는 신사들에게 맞는 길이다. 서민들은 특히나 일요일엔, 아직 시적 분위기가 사라지지 않은 국도를 좋아한다. 가파른 오솔길을 올라가는 것은 농부들이나 도시의 자연 애호가들에게 맞는 일이다. 그것은 노동이거나 운동이지, 서민들에게 맞는 오락거리는 아니다. 반면 국도는 편안하게 걸을 수 있고 그러면서 잡담도 나눌 수 있다. 그리고 부츠나 나들이옷을 버릴 일도 없다. 국도에선 마차나 말도 볼 수 있고, 한가롭게 걷는 다른 사람들과 마주치거나 그들을 따라잡을 수도 있으며, 단장한 처녀들이나 노래 부르는 청년 무리를 만날 수도 있다. 뒤에서 누군가 큰 소리로 우스갯소리를 하면 웃으면서 되받아치기도 하고 멈춰 서서 수다를 떨 수도 있다. 결혼을 안 한 경우엔 처녀들 뒤를 쫓아가거나 뒤에서 웃을 수도 있고, 좋은 동료와 개인적으로 불화를 겪었다면 저녁에 마음을 표현하고 화해를 시도할 수 있는 곳도 바로 이곳이었다!

그래서 그들은 차도를 걸었다. 차도는 마치 시간은 있지만 땀을 흘리긴 싫어하는 사람처럼 크게 커브를 그리며 여유롭고 친절하게 산으로 이어져 있었다. 기능공은 윗도리를 벗어 지팡이에 묶어 어깨에 걸쳤다. 그러곤 이야기를 하는 대신 이번엔 휘파람을 불기 시작했다. 한 시간 뒤 빌라흐에 도착할 때까지 그는 한껏 대담하고 쾌활하게 휘파람을 불었다. 한스는 몇 번 빈정거리는 말을 들었지만 심하게 문제가 되지는 않았다. 한스 자신보다도 아우구스트가 더 열심히 방어를 해 주었던 것이다. 드디어 일행은 빌라흐 앞에 다다랐다.

붉은 기와지붕, 짚으로 인 은회색 지붕들과 더불어 빌라흐 마을은 형형색색 단풍이 든 과일나무들 사이에 자리 잡고 있었다. 마을 뒤에는 짙은 숲과 산들이 우뚝 솟아 있었다.

젊은이들은 어느 술집에 들를지를 두고 의견이 분분했다. '닻'은 맥주가 일품이었다. 하지만 '백조'는 케이크를 가장 잘 구웠고, '모퉁이'는 주인집 딸이 예뻤다. 결국 아우구스트가 끝까지 의견을 밀고 나가 모두 '닻'에 가기로 했다. 그는 술 몇 잔 마시는 사이에 '모퉁이'가 달아나는 것도 아닐 터이니 나중에라도 그곳에 갈 수 있지 않냐며 설득했다. 모두들 그 말이 타당하다고 생각하며 마을로 들어갔다. 그리고 마구간과 제라늄 화분들이 점령하다시피 한 나지막한 농가의 창문들을 지나 '닻'으로 돌진해 들어갔다. '닻'의 황금빛 간판이 둥그렇고 어린 밤나무 너머에서 햇빛을 받아 반짝이며 사람들을 유혹했다. 줄곧 실내에 앉고 싶어 하던 기능공은 주점 안이 만원이어서 정원에 자리를 잡을 수밖에 없게 되자 못내 아쉬워했다.

'닻'은 손님들이 보기에 세련된 식당 겸 주점이었다. 오래된 농가 형태의 여인숙이 아닌 창문이 아주 많은 현대식 벽돌집이었다. 여럿이 앉는 벤치 대신 개별 의자가 완비되어 있었고 양철로 된 다채로운 광고 표지판도 많았다. 거기서 그치지 않고 도회적으로 옷을 입은 여종업원이 있었고, 주인도 소매를 걷어붙인 셔츠 차림을 보여 준 적이 단 한 번도 없이 언제나 유행을 따른 갈색 정장을 완벽하게 차려입고 있었다. 사실 주인이 파산은 했지만, 대형 맥주 양조업자인 채권자에게 이 집을 세낸 이후 이곳은 더 품격을 갖추게 되었다. 정원엔 아카시아 나무 한 그루와 철제 격자 울타리가 둘러쳐져 있었다. 어느새 넝쿨이 무성하게 자라 울타리 절반을 뒤덮고 있었다.

"자, 다들 건배!"

기능공이 소리치며 세 명의 잔에 자신의 잔을 부딪쳤다. 그리고 보란 듯이 단숨에 잔을 비웠다.

"저기, 아름다운 아가씨, 잔이 비었네. 얼른 한 잔 더 갖다 줘요!"

그는 여종업원을 향해 소리치고는 테이블 너머로 맥주잔을 건네었다.

맥주는 차고 너무 쓰지도 않은 것이 맛이 아주 좋았다. 한스는 즐겁게 입맛을 다셔가며 잔을 기울였다. 아우구스트는 술맛깨나 아는 사람 같은 표정을 짓고 맥주를 마신 다음엔 혀 차는 소리를 냈다. 그리고 맥주를 마시는 틈틈이 연통이 막힌 난로처럼 담배를 피워 댔고, 그 모습에 한스는 내심 경탄하기도 했다.

이렇게 유쾌하게 일요일을 보내는 것도, 그래도 되고 또 그럴 자격이 있는 사람처럼 술집 테이블에 앉아서 인생을 잘 알고 재미있게 살 줄 아는 사람들과 함께하는 것도 그렇게 나쁘지는 않았다. 같이 웃고 가끔 욕먹을 각오를 하고 직접 농담을 던져 보는 것도 좋았다. 술잔을 비운 후 빈 잔으로 테이블을 힘 있게 탁탁 치며 "아가씨, 여기 한 잔 더!"라고 외치는 것도 멋지고 사나이다워 보였다. 다른 테이블에 앉아 있는 지인을 향해 건배를 권하고, 다른 사람들처럼 꺼진 시가 꽁초를 왼손에 낀 채 모자를 목덜미까지 밀어젖히는 것도 좋았다.

함께 오게 된 다른 작업장의 기능공도 이제 친해져서 이야기를 시작했다. 그가 아는 울름의 한 금속공은 질 좋은 울름 맥주를 스무 잔이나 마실 수 있는 인물로, 스무 잔을 다 마신 다음엔 입을 쓰윽 닦으며 이렇게 말한다는 것이었다. "자, 이제 질 좋은 포도주 작은 걸로 한 병 더 주슈!" 또 칸슈타트에선 화부* 한 명을 알고 지냈는데, 그 사람은 소시지 열두 개를 앉은 자리에서 쉬지 않고 먹을 수 있어서 내기에서 이겼다고 했다. 하지만 두 번째 내기에선 지고 말았단다. 한 작은 여인숙 식당의 메뉴판에 있는 음식을 모두 먹어 치우기로 무모한 내기를 했던 것이다. 이번에도 거의 끝까지 다 먹어 치웠는데, 마지막에 나온 메뉴가 여러 종류의 치즈였고 세 번째 치즈를 먹다가 결국 접시를 밀쳐 버리고 이렇게 말했단다. "차라리 죽으면 죽었지, 이젠 한 입도 더

---

*화부 : 기관차나 난로 따위에 불을 때거나 조절하는 일을 맡은 사람.

못 먹겠다!”

이런 이야기들도 커다란 박수갈채를 받았다. 그리고 이런 이야기를 듣노라면 세상에는 어디를 가든 끊임없이 마셔 대는 술꾼과 대식가가 있다는 게 분명해진다. 저마다 그런 류의 영웅이나 그들의 업적에 관한 이야기를 했으니까. 어떤 사람은 ‘슈투트가르트에 사는 한 남자’로 또 어떤 사람은 ‘용기병(龍騎兵)이었어, 루드비히스부르크에서였지, 아마.’로 이야기를 시작했고, 그런가 하면 어떤 사람의 이야기에선 감자 열일곱 개가 또 어떤 사람에게선 샐러드를 곁들인 열한 개의 팬케이크가 등장하기도 했다. 모두들 구체적으로 진지하게 이 사건들을 들려주었고, 듣는 사람들은 신기한 재주도 참으로 갖가지이고 기이한 인간들도 가지가지이며, 개중에는 기이하다 못해 미친 것 같은 기인들도 있다는 걸 알고 유쾌한 기분으로 이야기에 열중한다. 이런 유쾌함과 구체적인 면면은 술집 단골들의 오래된 명예로운 유산이 되어 젊은이들은 음주와 정치적 담론, 흡연, 결혼과 죽음 같이 이것도 모방하게 되는 것이다.

세 번째 맥주잔을 받았을 때 한 사람이 케이크는 없는 거냐고 물었다. 그리고 여종업원을 불러 ‘예, 케이크는 없어요.’라는 말을 듣자 그 사실에 다들 엄청나게 흥분했다. 아우구스트가 자리에서 벌떡 일어나 케이크가 없으면 한 집 더 갈 수도 있다고 말했다. 다른 작업장에서 온 기능공은 장사를 형편없이 한다며 욕을 했다. 단 그 프랑크푸르트에 살았다던 사람만은 가길 어딜 가냐고 했다. 그는 여종업원과 좀 가까워졌는지 벌써 몇 번이나 그녀를 쓰다듬느라 온 정신이 팔려 있었다. 한스는 그걸 구경하듯 바라보았다. 이 광경은 맥주가 더해지면서 이상하게 그를 흥분시켰다. 그러던 차에 이 집을 나가게 되어 기쁠 뿐이었다.

술값을 치르고 모두 밖으로 나오자 한스는 세 잔의 맥주에 취기가 오르는 것이 느껴졌다. 반쯤 피곤하면서도 반쯤은 재미있는 일을 벌이고 싶은, 편하고 즐거운 기분이었다. 그런가 하면 눈앞에 얇은 면사포를 드리운 듯 뭔가가 어른거리며 마치 꿈을 꿀 때와 흡사하게 모든 것이 더 멀게, 그래서 거의 비현실적으로 보였다. 웃음이 멈추지 않았다. 좀 더 과감하게 모자를 비딱하게 눌러쓰고 나니 한스는 자신이 재미있고 자유분방한 남자가 된 것 같이 생각되었다. 프랑크푸르트 출신의 남자가 예의 군가풍의 휘파람을 다시 불었다. 한스는 박자에 맞추어 걸으려고 했다.

'모퉁이'는 아주 조용했다. 농부 몇이 새 포도주를 마시고 있었다. 이 집은 병맥주만 팔고 생맥주는 없었다. 곧바로 다들 병맥주 한 병씩을 손에 쥐었다. 다른 작업장의 기능공은 자신도 돈 좀 쓸 줄 안다는 걸 보여 주고 싶었는지, 모두를 위해 커다란 사과 케이크 하나를 주문했다. 한스는 갑자기 엄청난 허기가 느껴져 연달아 몇 조각이나 떼어 먹었다. 그는 몽롱하고 편안한 기분으로 갈색으로 바랜 낡은 주점 안의 딱딱하고 넓은 붙박이 의자에 앉아 있었다. 구식 크레덴차*와 커다란 난로가 컴컴한 실내에 묻혀 모습을 감추었고, 가느다란 나무 창살로 만든 커다란 새

---

*크레덴차: 일종의 그릇 장식장, 혹은 주방에서 상에 내갈 음식을 얹어 두는 작은 캐비닛형 탁자. 서랍이 달려 있어 그 안에 나이프, 포크 등을 넣어 둔다.

장에선 박새 두 마리가 날개를 퍼덕이고 있었다. 새 모이로 쓸 붉은 열매가 주렁주렁 매달린 마가목 가지 한 개가 나무 살 사이로 꽂혀 있었다.

술집 주인이 잠깐 테이블 옆으로 와서 손님들에게 어서 오라며 인사를 했다. 그러고도 한참이 지나서야 이야기가 다시 제대로 이어졌다. 한스는 독한 병맥주 몇 모금을 마시고 나자 과연 자기가 이 병을 모두 비울 수 있을지 궁금해졌다.

프랑크푸르트 출신의 기능공이 다시 지독하게 허풍을 떨며 라인란트 지방의 포도원 축제와 뜨내기 품팔이 생활과 여인숙을 전전하던 생활에 관해 이야기를 들려주었다. 모두들 그의 이야기에 귀를 기울이며 즐거워했고, 한스 역시 웃음을 거둘 수 없었다.

한스는 문득 자기가 제정신이 아닌 것 같다는 걸 알아차렸다. 순간순간 주점 내부와 테이블이, 병과 잔들이, 그리고 동료들이 부드러운 갈색 구름처럼 한데 모여 흘러가다가, 그가 힘을 주어 눈을 크게 뜨면 다시 제 형체를 취하는 것이었다. 가끔씩 이야기 소리와 웃음소리가 격하게 높아지면 그도 따라서 웃거나 무슨 말인가를 했지만, 말한 즉시 무슨 말을 했는지 잊어 버렸다. 잔을 부딪히면 그도 따라 건배를 했다. 한 시간 뒤 그는 자신의 병이 비어 있는 걸 보고 깜짝 놀랐다. 아우구스트가 말했다.

"너, 제법 마시는데. 한 병 더 할래?"

한스는 웃으면서 고개를 끄덕였다. 그는 이 정도로 마시면 지금보다 몇 배는 더 위험할 거라고 생각했었다. 이제 프랑크푸르트 출신 남자가 노래를 선창하자 모두들 장단을 맞추었고, 한스도 목이 터져라 따라 불렀다. 그러는 사이 주점 안이 손님들로 들어찼다. 그러자 주인의 딸이 여종업원을 도와주려고 왔다. 그녀는 건강하고 다부진 얼굴에 조용한 갈색 눈을 지녔으며 키가 크고 몸매가 예뻤다.

그녀가 한스 앞에 새 병을 갖다 놓자 그 즉시 곁에 앉아 있던 기능공이 가장 우아한 인사말들을 마구 던져 보았지만, 그녀는 들은 체도 하지 않았다. 기능공에게 관심이 없다는 걸 보여 주려는 건지 아니면 소년의 섬세해 보이는 얼굴이 마음에 들어서인지 모르겠지만, 그녀는 한스 쪽으로 돌아서더니 재빨리 그의 머리를 쓰다듬고는 크레덴차로 돌아갔다.

벌써 세 번째 맥주병을 들이켜고 있던 기능공은 그녀를 뒤따라가 이야기를 하려고 갖은 노력을 해 보았지만 소용이 없었다. 키 큰 소녀는 차분하게 그를 바라보았을 뿐 아무런 대꾸도 하지 않고 곧 그에게서 등을 돌렸다. 그제야 그는 테이블로 돌아와 빈 병을 들고 북을 치듯 테이블에 대고 쿵쿵 쳐 댔다. 그러더니 갑자기 열광적으로 외쳤다.

"자자, 우리 즐기러 왔잖아. 건배나 하지!"

그러곤 이번에는 여자들에 관한 외설적인 이야기를 시작했다.

한스의 귀에는 목소리들이 뒤섞여 먹먹하게 들릴 뿐이었다. 두 번째 병을 거의 다 비울 때부터 말하는 게 힘들어지더니 웃는 것조차도 힘들었다. 그는 새장으로 가서 박새들을 데리고 장난을 치려고 했다. 하지만 두 발자국이나 걸었을까, 현기증이 일어 하마터면 새장을 밀쳐 넘어뜨릴 뻔했다. 그는 조심조심 다시 자리로 돌아왔다.

그때부터 즐겁게 들떴던 기분이 차츰 누그러졌다. 그는 자신이 취했다는 걸 알았고, 그러자 술을 마시는 게 이젠 즐겁지 않았다. 저 멀리 떨어진 곳에서 갖가지 불행이 그를 기다리는 게 눈에 선했다. 집으로 돌아가는 귀로가 그랬고, 아버지와 치를 고약한 말싸움이 그랬으며, 내일 아침 일찍 다시 작업장으로 갈 일이 그랬다. 차츰 머리도 아파왔다.

다른 사람들도 마실 만큼 마신 터였다. 잠깐 맑은 정신으로 돌아왔을 때 아우구스트가 술값을 치르겠다고 나섰고, 1탈러*를 냈는데도 거스름돈은 적었다. 모두들 잡담을 나누고 소리 내어 웃으며 거리로 나왔다. 밝은 저녁 노을에 눈이 부셨다. 한스는 몸을 가누고 서 있기 힘이 들어 아우구스트에게 기대어 비틀거리며 이끌려 갔다.

다른 작업장에서 온 금속공은 감상적으로 변해 〈내일이면 나 이곳을 떠나야 한다네.〉를 부르며 눈물을 글썽였다.

원래 모두들 집으로 돌아가려고 했었다. 그러나 '백조'를 지나려는데, 기능공이 거기도 들어가야 한다고 고집을 부렸다. 입구 아래에서 한스는 그들을 뿌리치고 나왔다.

"난 집에 가야 해요."

"혼자서 걷지도 못하면서 가긴 어딜 가."

기능공이 웃으며 말했다.

---

*탈러 : 옛날 독일의 은화(銀貨). 1탈러는 약 3마르크에 해당되는 금액이었다고 한다.

“무슨 소리예요, 걸을 수 있어요. 난…… 가야…… 한다고요.”

“적어도 화주 한 잔은 하고 가야지, 꼬마 양반! 이거 한 잔 하면 다리에 힘이 생기고 속도 편안해져. 그렇다니까, 두고 보라고.”

손에 작은 잔이 쥐어지는 게 느껴졌다. 한스는 술을 거의 다 엎지르는 바람에 남은 나머지만 마셨다. 목구멍이 타들어 가는 것만 같았다. 격하게 구역질이 오르며 몸이 들먹거렸다. 그는 혼자 입구 앞의 계단을 걸어 내려와 어떻게 그랬는지도 모르게 정신없이 마을을 빠져나왔다. 집들과 울타리들과 정원들이 비스듬히 누워 빙빙 돌며 어지럽게 그의 곁을 스쳐 지나갔다.

그는 사과나무 밑 축축한 풀밭에 누웠다. 온갖 불쾌한 감정들과 고통스러운 불안과 두서없는 생각들에 잠을 이룰 수 없었다. 그는 더럽혀지고 모욕당한 것 같은 기분이 들었다. 어떻게 집으로 돌아간다지? 아버지에겐 뭐라 말해야 한단 말인가? 또 내일 나는 어떻게 될까? 그는 삶의 의지가 꺾이고 비참한 기분에 젖은 나머지, 이젠 영원히 휴식을 취하고, 잠들고, 부끄러워해야 할 것만 같았다. 머리도 아프도 눈도 아팠다. 기운이 없어 도저히 혼자 힘으로 일어서서 걸어갈 수가 없을 것 같았다.

문득 뒤늦게 몰려왔다 도망치듯 물러나는 파도처럼 아까의 즐거웠던 순간이 다시 날아들었다. 그는 얼굴을 찡그리고는 읊조리듯 노래했다.

오, 그대 사랑하는 아우구스틴,
아우구스틴, 아우구스틴이여,

오, 그대 사랑하는 아우구스틴,

모든 것이 사라져 버렸네.

노래를 다 마치기도 전에 그의 마음속 깊은 곳이 아릿하게 아파오더니 불분명한 상념들과 추억들, 수치와 자책의 탁한 물결이 그를 덮쳤다. 그는 큰 소리로 신음하고 흐느끼며 풀숲으로 가라앉듯 쓰러졌다.

한 시간 뒤 날이 이미 어두워졌을 무렵, 그는 몸을 일으키고는 위태롭고도 힘겹게 산 아래쪽을 향해 발걸음을 내디뎠다.

아들이 저녁 식사 시간까지 돌아오지 않자 기벤라트 씨는 마구 욕설을 퍼부었다. 아홉 시가 되었는데도 여전히 집에 오지 않자, 그는 오랫동안 사용하지 않았던 단단한 등나무 지팡이를 꺼내 놓았다. 이놈이 이제 다 컸다고, 아비한테 회초리 맞을 일은 없다고 생각하는 모양이지? 집에 돌아오면 회초리 맛을 보게 되어 기뻐하겠군!

열 시에 그는 현관문을 걸어 잠갔다. 아드님께서 밤에 돌아다닐 양이면 잠잘 곳쯤은 봐 두었겠지.

그래도 그는 자지 않고 점점 더 끓어오르는 화를 참으며 한 시간, 한 시간 흐를 때마다 이제나저제나 아들이 손잡이를 눌러 본 다음 머뭇거리며 벨을 잡아당기기만 기다리고 있었다. 그는 머릿속으로 그 장면을 그려 보았다. 싸돌아다니는 놈은 된맛을 좀 봐야 해! 아마도 이 못된 놈이 곤드레만드레 취했을 거라고. 아니지, 그렇담 벌써 술이 깼겠네. 건방진 놈 같으니, 에이 음흉

252

한 놈, 거지같은 놈! 그는 아들을 뼈가 으스러지도록 흠씬 두들겨 패 주리라 벼르고 있었다.

결국엔 그도, 그의 분노도 잠에게 항복하고 말았다.

같은 시각, 그렇게 위협을 받던 한스는 이미 싸늘하게 식어 말없이 어두운 강물에 잠겨 계류를 따라 천천히 흘러 내려가고 있었다. 구역질도 부끄러움도 괴로움도 그에게서 떨어져 나갔다. 어둠을 가르고 흘러 내려가는 가냘픈 그의 몸을 푸르스름하고 싸늘한 가을 하늘이 내려다보고 있었다. 검은 강물이 그의 손과 머리카락과 창백해진 입술을 쓰다듬으며 희롱했다.

동이 트기 전 사냥을 나온 겁 많은 수달이 교활한 눈길로 그를 뜯어보고는 소리 없이 그의 몸을 미끄러지듯 훑으며 지나갔을 뿐, 그를 본 이는 아무도 없었다. 어떻게 그가 물속에 빠졌는지 아무도 알지 못했다. 어쩌면 길을 잃어 가파른 곳에 들어섰다가 미끄러져 떨어졌을 수도 있다. 아니면 물을 마시려다 몸의 중심을 잃었을지도 모를 일이다. 혹은 아름다운 물을 보자 유혹에 이끌려 몸을 숙이고 바라보다가, 밤과 창백한 달이 너무도 평화롭고 깊이 휴식을 취하는 눈길로 그를 바라보아서, 피곤하고 불안한 마음에 어쩌면 말도 못하고 억지로 죽음의 그늘로 끌려 들어갔을지도 모른다.

낮에 사람들이 그를 발견하여 집으로 옮겨 왔다. 놀란 아버지는 지팡이를 치우고 쌓였던 분노를 떨쳐 버릴 수밖에 없었다. 그는 울지도 거의 내색도 하지 않았지만, 전날 밤처럼 다시 잠을 이루지 못하고 이따금 열린 문틈으로 이제는 말이 없어진 아들을 바라보곤 했다. 아들은 깨끗한 침대에 누워 있었다. 여전히 섬세한 이마에 창백하고 똑똑해 보이는 얼굴이 그는 뭔가 특별한 존재여서 태어날 때부터 다른 사람과는 다른 운명을 살 자격이 있는 것처럼 보였다. 이마와 양손의 피부가 살짝 긁혀 푸른빛이 도는 붉은색을 띠었고, 잘생긴 얼굴은 잠이 든 것 같았다. 흰 눈꺼풀이 눈을 덮고 있었고, 살짝 벌어진 입은 만족한 듯이 아니 거의 명랑해 보이기도 했다. 젊은이는 한창 꽃피울 시기에 갑자기 꺾여 즐거운 인생의 궤도에서 벗어난 것처럼 보였다. 아버지도 피곤하고 쓸쓸하고 슬픈 가운데 아들이 미소를 짓고 있다는 착각 속으로 빠져들었다.

장례식에는 관계자들과 호기심 많은 사람들까지 많은 사람들이 모여들었다. 또다시 한스 기벤라트는 유명 인사가 되어 모든 사람들의 흥미를 끌었다. 교사들과 교장과 교구 목사가 또다시 그의 운명에 함께했다. 그들은 모두 프록코트 차림에 격식에 맞게 실크 햇을 쓰고 나타나 장례 행렬을 따라갔고, 잠시 무덤가에 멈추어 서서는 서로 속삭이는 목소리로 이야기를 나누었다. 라틴어 교사는 특히 우울해 보였다. 교장이 그에게 목소리를 낮추어 말했다.

"그래요, 교수님, 이 아이는 정말 큰일을 해낼 인물이었지요. 하필이면 상위권 아이들에게 이런 불운한 일이 자주 일어나다니 비참한 일이지 않아요?"

장례식이 끝난 뒤에도 구둣방 주인 플라이크는 무덤가에 서 있는 아버지와 끊임없이 울고 있는 아나 할멈의 곁에 함께 남았다. 플라이크가 기벤라트 씨의 심정을 이해한다는 듯 이렇게 말했다.

"기벤라트 씨, 많이 힘드시겠습니다. 저도 이 아이를 사랑했답니다."

기벤라트 씨가 한숨을 쉬었다.

"이게 다 무슨 일인지 모르겠습니다. 정말 재능이 있던 아이였는데. 학교든 시험이든 전부 잘 해냈었는데. 한꺼번에 이렇게 불행이 연달아 들이닥치다니!"

플라이크가 묘지 문을 빠져나가는 프록코트 행렬을 가리켰다. 그리고 나직한 목소리로 말했다.

"저기 신사 몇 분이 걸어가는 거 보이시죠? 저 사람들도 아드님을 그 지경으로 끌고 가는 데 한몫 거들었죠."

"뭐요?"

기벤라트 씨는 펄쩍 뛰며 놀라서 구둣방 주인을 의심스러운 눈길로 바라보았다.

"아니, 젠장 맞을, 대체 어째서요?"

"진정하세요, 이웃 양반. 저는 그저 교사들을 얘기한 것뿐이니까요."

"어째서요? 교사들이 대체 어떻게요?"

"아, 그만둡시다. 당신이나 나나 아마 여러 가지 면에서 이 아이에게 소홀히 했을 겁니다. 그렇게 생각하지 않으세요?"

작은 도시 위로 밝고 푸른 하늘이 펼쳐져 있었다. 골짜기에선 강물이 반짝이며 흘렀고, 전나무 숲이 우거진 산은 짙푸른 빛을 띠고 그리움에 찬 듯 먼 데까지 부드럽게 뻗어 있었다. 플라이크는 서글픈 미소를 지으며 기벤라트 씨의 팔을 잡았다. 기벤라

트 씨는 이 시간의 고즈넉함과 이상하게 마음을 아프게 하는 갖
가지 생각에서 벗어나, 머뭇머뭇 당혹스러워하며 익숙한 자신의
삶이 있는 낮은 곳을 향해 걸음을 내디뎠다.

헤세가 헤세에게 보내는 위로의 서(書)

헤르만 헤세의 작품 『수레바퀴 아래서Unterm Rad』를 처음 만난 건 대학교 2학년 때쯤이었다. 근대 소설 강독 시간에 교재로 다루었지 싶다. 고등학교 때 제2외국어로 독일어를 배웠지만 그건 없는 듯 지나간 얕은 배움이었고, 전공으로 독문학을 선택한 상황에서도 독일어 수준은 크게 나아질 기미가 보이지 않았다. 그런 상황에서 제아무리 독문학 전공 2년차라고 해도 이 책을 ─어려운─원서로 다 소화한다는 건 불가능한 일이었다. 다행이었던 것은 문고판 번역본이라는 막강한 지원군이 있어 당시 친구들과 나는 무사히, 나름 행복하게 2학년을 보낼 수 있었다는 것이다.

그로부터 강산이 두어 번 변하고 앙상하던 독일어 실력이 시간과 노력과 경험을 먹고 살과 근육을 키워, 어느덧 풋내기 독문학도였던 나는 번역가로 활동하게 되었다. 그리고 작년 가을,

이 추억 서린 작품을 이번엔 번역 텍스트로 받아들게 되었다. 대학 때 접한 적이 있었고, 분량도 많지 않았으며, 또 차제에 헤르만 헤세의 작품을 다시 읽어 보고 싶다는 생각에 이런저런 조건 안 따지고 그렇게 긴 시간을 돌아 다시 『수레바퀴 아래서』를 만났다.

그러나 "멀리 떨어져 있다가 문득 찾아온 어린 시절"이라는 작품 속 구절처럼 그렇게 문득 재회하게 된 이 작품이 수레바퀴처럼 겨울 내내 ─과장 조금 섞어─ 나를 신음하게 할 줄 누가 알았으랴. 정색을 하고 원문 텍스트를 대하자 헤세 문체의 실체가 눈에 들어오면서 아차! 싶었다. 멋모르고 번역본에 의지했던 저 옛 시절에 미처 깨닫지 못했던─혹은 잊고 지냈던─ 원문 문체가 수레바퀴를 덜걱거리며 진면목을 드러냈다. 그 앞에서 나는 "수레바퀴에 스친 달팽이"와 다름없이 한껏 움츠러들었다.

헤세의 문체는 긴 하나의 문단에 단문과 쉼표, 다시 단문과 쉼표가 이어지며 문장들이 연속적으로 나열된다. 게다가 동사가 와야 할 자리에 동사가 생략될 때도 많고, 분명 부사가 와야 할 자리에 형용사가, 혹은 그 반대의 배치가 빈번하고 절묘하게 등장한다. 문단으로 보면 만연체이나 문장으로 보면 간결체에 더 가깝다. 문장 사이에 접속사가 등장하지 않아도 분명 '그래서'

»

내지 '그러나'의 의미가 문장과 문장 사이의 여백에 투명하게 박혀 있는 것도 특징적이다. 헤세 작품이 한 작품을 두고 다양한 색채의 번역본이 존재하게 된 이유도 아마 여기에서 연유한 것이 아닌가 싶다. 또 그런 점에서 번역하는 입장에선 난감하면서도 도전욕을 불러일으키는 매력이 있지 않을까 하는 생각도 든다.

20대 초반에 이 작품을 대할 때 아마 나는 연애 감정이나 이성에 대한 수줍은 갈망이 있었던 것 같다. 하일너와 한스의 키스 장면—그때만 해도 성적 정체성이 정립되지 않은 혼란스러운 청소년기 남학생들의 키스에 대한 묘사는 충격적이었다.—과 하일브론 출신의 쾌활하고 활력 넘치는 소녀 에마와 그녀 앞에서 새색시처럼 수줍어하며 소년에서 청년으로 성숙하는 성장통을 겪던 한스의 모습이 다른 내용들을 뒤로 밀치고 크게 각인되어 꽤 오랫동안 기억의 우위를 차지하고 있었으니 말이다. 그런데 이제 이런저런 사랑의 달고 쓴맛을 본 청춘기를 지나고, 청소년기를 관통하고 있는 자녀도 있고, 기벤라트 씨와 같은 부모의 입장, 교장 선생과 같은 기성세대가 되고 보니 줄거리가 일부분이 아닌 전체로 한눈에 들어오며 각자의 입장이 입체적으로 되살아나기 시작했다. 더불어 주인공 한스와 그의 친구 하일너를 비롯한 등장인물들의 이야기가 나의 이야기, 비극적으로 삶을 마감한 가족 구성원을 두었거나 입시에 눌려 신음하는 내 주변의 이야기 등 총체적인 인생의 이야기로 확장되었다.

그리고 궁금해졌다. 20대의 막바지에 이른 헤세가―『수레바퀴 아래서』가 발표된 것은 그가 29세 되던 해인 1906년이었다.― 과연 어떤 심정으로 이 작품에 자신을 투영시켰는지. 그의 자전적 요소와 상당 부분 겹치는 것으로 평가되는 이 작품에서 왜 주인공 한스를 끝내 죽음으로 몰아 읽는 이들의 가슴에 묻게 만든 건지. 평범한 삶을 살며 비교적 소박한 삶의 길로 향하는 한스로 살려 둘 수는 없었는지. 이 질문을 안고 헤세의 자전적 요소들을 더듬으며 작품 여행을 해 보았다.

헤세는 1877년 7월 2일, 주인공 한스처럼 슈바벤 지역의 소도시 칼브에서 태어났다. 작품 속에서도 언급이 되었지만 전통적으로 슈바벤 지방은 정치적으로 조금 뒤떨어진 경향은 있어도 종교적으로나 정신적으로는 강한 지역적 특색을 지닌 곳이었고, 특히 신비주의적인 경건주의 기독교가 강한 지방이었다. 이런 지역 풍토 속에서 외조부와 부모를 비롯하여 헤세의 친척들은 친가, 외가 할 것 없이 유난히 목회자가 많았고, 그것도 독실

한 경건주의 기독교관을 가진 사람들이 대부분이었다. 헤세의 외할아버지이자 저명한 인도학자이며 기독출판가이기도 한 헤르만 군데르트는 슈바벤 경건주의의 주요 인물로 경건주의 기독교 선교사로서 인도에서 활동한 바 있었고, 헤세의 아버지 요하네스 헤세 역시 선교사로 활동했다. 어머니 마리 군데르트 또한 인도에서 태어나 선교사와 결혼했다가 남편과 사별한 후 헤세의 아버지 요하네스 헤세와 재혼했다. 그렇다 보니 헤세는 어려서부터 이런 기독교적 환경에 젖어 살 수밖에 없었고, 그 속에서 안정을 찾을 때도 많았지만 숨 막히는 경건주의적 분위기에서 벗어나 도주하고 싶어 했던 적도 많았던 것으로 알려져 있다. 하지만 네 살 때 선교사인 아버지를 따라 바젤로 옮겨간 뒤 스위스 국적을 취득했다가, 다시 고향 칼브로 돌아와 김나지움을 다니고, 뷔르템베르크 주의 주 시험을 보기 위해 괴핑엔의 라틴어 학교로 옮겨와 독일 국적을 취득했을 때만 해도 그는 모든 면에서 모범생이었다. 학업뿐 아니라 친구와 부모와의 관계도 모두 좋았다. 재학 시절 라틴어와 그리스어 등의 어학 부분에서 두각을 나타내었는데, 이는 『수레바퀴 아래서』에 유난히 상세하게 묘사된 라틴어나 그리스어, 히브리어 부분의 문체나 어감, 새로운 언어를 접하고 익힐 때의 희열 부분을 보면 그가 얼마나 언어에 대한 관심과 감각이 특출했는지 짐작할 수 있다. 뿐만 아니라 가장 좋아하는 과목으로 종교 작문을 꼽았을 정도로 작문에도 남다른 애정이 있어 훗날 그가 작가의 길을 걷게 된 것이 결코 우연의 산물이 아니었다는 것 역시 알 수 있다.

여기까지만 보면 헤세는 영락없이 모범생에 반듯한 남학생의 전형처럼 보인다. 실제로도 집안의 관심과 사랑 안에서 모범생 헤세는 이 작품의 가장 중요한 축이 되는 마울브론 신학교에 입학하여, 부모의 기대를 저버리지 않고 외할아버지의 명성을 이어받을 가문의 기대주가 된다. 이 작품의 주인공 한스처럼 부모와 학교, 주변 어른들이 심어 준 이상에 충실한 모습을 볼 수 있다. 하지만 누가 알았으랴. 국적까지 바꾸어 가며 열심히 노력하여 들어간 마울브론 신학교가, 주의 수재들에게 안정된 미래를 보장하던 그곳이 헤세에게나 헤세의 부모에게나 커다란 시련의 장이 되고, 예상과는 전혀 다른 삶을 살게 해 준 징검다리가 될 줄!

헤세가 그동안의 착실하던 겉모습과 달리 숨 막히듯 조여 오는 마울브론 신학교의 분위기를 버티지 못하고 "시인이 아니면 아무것도 되고 싶지 않아" 거의 헐벗다시피 한 모습으로 학교에서 도망치고 말았던 것이다. 신학교에 들어간 지 7개월 뒤 열네 살 때의 일이었다.

평소 경건과 신앙의 잣대로 아들을 재고 훈육하려던 부모, 특히 헤세의 아버지는 "인간의 의지는 원래 악해서, 인간이 신의 사랑과 기독교 공동체 속에서 행복해질 수 있기 위해서는 이 의지가 우선적으로 깨지지 않으면 안 된다"는 지론 하에 개인의 기호나 재능, 천부적 소질을 폄하하였다. 이런 집안 분위기 때문에 나래를 펴지 못하고 억눌려 있던 그의 시적 재능이 아이러니하게도 마울브론 기숙 학교의 엄격한 규율과 개성에 대한 몰이해에 부딪혀 두 배의 큰 충격을 받게 되자, 더욱 강렬한 기세로 헤세 내면의 시성(詩性)에 자극을 가했다고 할 수 있겠다.

이 과정은 마울브론 신학교 입학 이전의 헤세의 모습과 꼭 닮아 있는 한스가 시적 감성의 소유자 하일너를 만나, 점점 그에게 끌려가는 과정 속에 잘 드러나 있다고 볼 수 있다. 따라서 엄격한 규율과 도식적인 교육 공식에 대한 저항의 표시로 도주를 시도하고, 마지막으로 교사 회의에서 반항과 고발의 클라이막스를 연출한 뒤 쓸쓸히 불명예 퇴진하던 하일너의 모습은 신학교 재학 7개월 만에 "학교와 신학과 전통과 권위라는 거대한 힘에 대한 고발자나 비판자역"을 자처하기로 다짐하고 학교를 자퇴한 또 하나의 헤세의 모습일 것이다. 그리고 이 하일너는 한스와 달리 살아남아 "전설이 되고 역사가 되어" "나중에 수많은 천재적 기행(奇行)과 방황을 일삼은 끝에, 삶의 고뇌를 통해 엄격"한 가르침을 받아, "영웅은 아닐지라도 어엿한 한 사람의 남자가" 된다. 하일너는 그래서 예로부터 이어져온 "천재와 선생들 사이" 혹은 "규칙과 정신 사이의 난투극"에서도 우리에게 큰 위로를 던져 준다. 어찌 보면 하일너라는 인물은 저 정신과 규칙의 싸움에서 쓰러지지 않기 위해 신학교를 도망쳐 나온 헤세가 훗날 시집과 작품으로 자기 자신의 목소리로 살게 된 그 자신을 칭찬하며 건네는 오마주가 아닐까.

예로부터 천재와 선생들 사이엔 깊은 심연이 단단히 버티고 있었다. 그래서 천재성을 가진 아이들이 학교에서 보여 주는 것들은 처음부터 교사들에겐 만행일 수밖에 없다. (…) 교사의 임무는 극단적인 지력의 소유자를 키워 내는 것이 아니라 라틴어에 능한 사람, 계산을 잘하는 사람, 성실한 소시민을 길러 내는 데 있으니까 말이다. (…) 그래도 우리에게 위로가 되는 것은, 정말로 천재적인 사람들은 거의 항상 그런 상처를 훌훌 털어 버리고, 학교에 저항하면서도 훌륭한 작품을 창작해 내는 인물이 된다는 것이다. 그리고 훗날 이들이 죽고 먼 시간이 흘러 영광스러운 명성을 누리게 되

면, 교사들은 새로운 세대들에게 이들의 작품을 걸작이요, 기품 있
는 본보기로서 제시하게 된다. (…) 학교에서 도망친 사람, 학교에
서 쫓겨났던 사람들이 나중에 우리 민족의 보화를 더 늘리는 인물
이 되는 것 역시도 계속해서 되풀이되고 있다. 그러나 속으로 조용
히 반항하느라 골병이 들고 끝내 파멸하고 마는 학생들 또한 많고
도 많다. 이들의 수가 얼마나 많을지 누가 알랴마는.(본문 136~137
쪽)

한편 조용한 성격의 한스는 이제 하일너를 떠나보내고 남은
자가 되어 "나병 환자" 취급을 받게 된다. 조직의 일원으로 머릿
수를 셀 때조차도 포함되지 않는 투명 인간 내지 죽은 목숨이나
마찬가지의 취급을 받게 된 것이다. 외롭고 고통스럽고 어디 하
나 의지할 곳 없으며 "더 이상 씨를 뿌려 봐야 훌륭한 열매가 나
올 가망이 없는 경작지"가 되어 거의 버림받은 몸이 되고 만다.
이 "속으로 조용히 반항하느라 골병이 들고 파멸하고 마는 학생
들" 축에 더 가까웠던 한스가 택한 반항이라는 것은 신경 쇠약이
고, 멍한 눈길에 의미 없는 미소로 권위에 도전하는 것이었다.

교장은 격노하면서도 품위를 잃지 않았다. 허영심 많은 그는 자

266

신의 시선에 힘이 있다고 자부해 왔는데, 위엄을 갖고 협박하듯 눈을 부라리는데도 한스가 계속해서 비굴할 정도로 공손한 미소로 되받아치자 그만 이성을 잃고 말았다. 그 미소에 점차 신경질이 났던 것이다.

"그렇게 계속해서 멍청하게 웃지 말아요. 지금은 울어도 시원찮을 때란 말입니다."(본문 165쪽)

실제로 헤세는 마울브론 신학교를 도망쳐 나온 이듬해인 1892년, 걷잡을 수 없는 감정의 소용돌이 가운데서 자살 시도에 이어 신경 쇠약으로 어렵고 힘든 시간을 보냈다. 그 시간을 거쳐 1893년, 그의 나이 16세 되던 해엔 사회주의자가 되어 술집을 돌아다니기도 하고, 시인 하이네에 빠져 지내는가 하면, 에슬링겐에서 서점 견습생으로 등록했다가 사흘 만에 서점에서 나오고 말았다. 그리고 일 년 후인 1894년, 고향 칼브의 시계 공장에 견습생으로 들어가 1년간 시계공 일을 배웠다. 이 기간의 육체적 노동은 그의 심적 방황과 쇠약증을 치유하는 데 큰 힘을 주었다. 그리하여 어느 정도 삶을 살아 낼 건강한 힘을 얻은 헤세는 1895년부터 1898년까지 튀빙엔의 한 서점에서 서점 견습생으로 일을 하며 정규 교육에서 못다 쌓은 인문학적 소양을 두루 쌓고, 1898년 첫 시집 『낭만적인 노래Romantische Lieder』를 시작으로, 이후 소설과 산문집, 신문기고문, 시집 등을 발표했다. 그사이 어머니의 죽음(1902년)과 약혼 및 결혼(1903~1904년), 득남(1905년)과 같은 개인사를 거치며 소설『페터 카멘친트 Peter Camenzind』(1904년)로 문학적 인지도를 확실히 획득하게 되었다. 이에 뒤이어 나온 작품이 바로 이『수레바퀴 아래서』(1906년)였다. 그러므로 이 작품엔 그가 20대 후반까지 경험한 인생 전부가 녹아 있다고 해도 과언이 아닐 것이며, 그런 경험들은 앞에서 살펴 본 하일너와 이 작품의 주인공인 한스에게서 약간의 문학적 변형을 통해 고스란히 반영된다. 얌전한 한스가 정신적으로 무너져 가면서 겪어야 했던 신경 쇠약 증세는 물론이고 자살 생각에 푹 빠져 오히려 마음의 안정을 찾던 모습, 플라이크 씨와 교구 목사의 대비를 통해 우직하지만 갑갑하고 편협한 경건주의 신앙관과 이성적인 믿음의 건조함을 대조하는 대목, 프로코트와 교장으로 상징되는 원칙과 규율, 공명심, 이기적인 기득권 혹은 제도, 그리고 그들이 자신들의 욕구와 체제 유지를 충족시키기 위해 자라나는 청소년들의 꿈마저 "구획 정리" 하려고 득달같이 덤벼드는 모습, 이외에 육체노동의 고통과 기쁨을 집중적으로 표현하기 위해 1년간의 시계공 경험이 '사흘'이라는 서점 견습생 경험과 결합된 점 등등, 하일너와 헤어진 후 남은 한스가 홀로 감당해야 했던 고뇌의 시간들은 약간의 변주만 있을 뿐 작가 자신의 경험을 구체적으로 곳곳에서 반영하고 있다. 헤세의 전기를 아는 사람이라면 한스가 곧 헤세이고 헤세가 곧 한스라는 착각마저 들 정도로 말이다. 그러나 이런 착각은 한스와는 좀체 어울리지 않고 겉도는 기계공들의 파티를 정점으로 급격하게 내리막길을 걸으며 극명한 반전을 예감케 한다.

노래를 다 마치기도 전에 그의 마음속 깊은 곳이 아릿하게 아파 오더니 불분명한 상념들과 추억들, 수치와 자책의 탁한 물결이 그를 덮쳤다. 그는 큰 소리로 신음하고 흐느끼며 풀숲으로 가라앉듯 쓰러졌다.

한 시간 뒤 날이 이미 어두워졌을 무렵, 그는 몸을 일으키고는 위태롭고도 힘겹게 산 아래쪽을 향해 발걸음을 내디뎠다.(본문 252쪽)

뒤이어 분기탱천한 기벤라트 씨의 서슬에 읽는 이마저 오금을 저리는 팽팽한 긴장의 순간이 지나고 나면, 기벤라트 씨는 물론이고 제3자의 입장인 독자들을 멍하게 만드는 한스의 죽음이 기다리고 있다. 결국 한스는 선택인지 우연인지 사고인지 원인이 규명되지 않은 죽음으로 못다 핀 꽃이 된다. 지금껏 겹쳐지던 한스와 헤세의 모습은 이 부분에서 완전히 궤를 달리한다. 헤세는 85세까지 살아서 훗날 노벨문학상을 수상하는 작가가 되어 "교사들이 새로운 세대들에게 이들의 작품을 걸작이요, 기품 있는 본보기로서 제시하게" 되는 인물이 되지만, 한스는 죽음으로 짧은 생애를 마감하고 마는 것이다.

이로써 20대의 헤세는 마울브론 담장을 벗어나면서 하일너가 한스와 작별을 고했듯, 마울브론 이전의 10대 시절의 모범생 헤세는 죽고 하일너처럼 문학을 사랑하고 시를 쓰는 사람으로 거듭난 자신의 삶을 한스의 죽음에 빗대어 표현한 것이라 할 수 있다. 이 죽음은 헤세가 한스처럼 세상에 나와 자신이 그토록 두려워하던 "저 평범하고 구차한 삶"을 살았더라면, 그것은 살아도 산 것이 아니었으리라는 확고한 의지를 전하는 메시지에 다름 아닐 것이다. 그렇기에 "섬세한 이마에 창백하고 똑똑해 보이는 얼굴이 그는 뭔가 특별한 존재여서 태어날 때부터 다른 사람과는 다른 운명을 살 자격"을 지닌 것처럼 보이고, "살짝 벌어진 입은 만족한 듯이 아니 거의 명랑해 보이기도" 했지만, 아버지마저 아들이 "미소를 짓고 있다는 착각 속으로 빠져"들 만큼 평

〈〈〈

범한 삶에 대해 미련을 두지 않았던 건 아니었을까. 결국 한스의 죽음은 아픈 시간을 겪으며 자신의 색깔로 살기 시작한 헤세가 그의 10대 시절, 자신의 이상보다는 남의 기대에 맞추어 수레바퀴에 깔린 듯 살던 그때를 추억하며 힘겨웠던 자신의 모습을 떠나보내고, 스스로를 치유하는 몸짓이 아니었을까 생각해 본다.

짧은 분량의 소설이지만『수레바퀴 아래서』는 많은 것을 시사하고 돌이켜보게 하고 생각하게 한다. 평균적인 수명을 채운다면 누구나 겪게 될 청소년에서 청년으로 성숙해가는 성장통을 겪는 모습, 학교라는 공간에 빗댄 제도권 혹은 교육 그 자체에 대한 통렬한 비판, 1900년대 전후 독일 슈바벤 지방의 토속적인 모습이나 신학교 풍경과 학창 시절의 다양한 에피소드 등등. 시대를 초월하여 남녀노소 누구나 공유할 수 있는 부분들을 품고 있는 이 작품은 그래서 출간된 지 100년이 훌쩍 넘는 지금까지도 늘 우리의 손길과 눈길을 끄는 소설로 자리하고 있는 것이다.

−옮긴이 함미라

<h1 align="center">《헤르만 헤세 연보》</h1>

1877년 7월 2일 독일 남부 뷔르템베르크의 소도시 칼브에서 개신교 선교사이던 아버지 요하네스 헤세와 어머니 마리 군데르트 사이의 둘째 아이로 태어남.

1881년 부모와 함께 스위스 바젤로 이사.

1883년 부모와 함께 스위스 국적을 취득(그 전에는 러시아 국적이었음.).

1886년 다시 칼브로 돌아감.

1890년 괴핑엔의 라틴어 학교에 다님. 뷔르템베르크 국적 취득.

1891년 명문 개신교 신학교인 마울브론 수도원 학교에 입학. 7개월 뒤 도망침.

1892년 6월 짝사랑으로 인한 자살 기도. 슈테텐 신경과 병원 입원. 칸슈타트 김나지움 입학.

1893년 10월 학업 중단.

1894년 칼브의 시계 공장에서 견습공으로 일함.

1895년 튀빙엔 헤켄하우어 서점에서 점원으로 일하며 글을 쓰기 시작. 삶의 안정을 찾음.

1898년 시집 『낭만적인 노래』 출간.

1899년 산문집 『한밤중 이후의 한 시간』 출간.

1901년 최초로 이탈리아 여행.

1902년 『시집』 출간. 어머니 사망.

1903년 서점 그만두고 두 번째 이탈리아 여행.

1904년 『페터 카멘친트』 출간. 경제적으로 안정되어 문학의 길에 전념함. 연구서 『보카치오』와 『프란츠 폰 아시시』 출간. 아홉 살 연상의 피아니스트 마리아 베르누이와 결혼.

1905년 첫 아들 브루노 출생.

1906년 소설 『수레바퀴 아래서』 출간. 잡지 〈삼월〉 창간.

1907년 중단편집 『이 세상에』 출간.

1908년 중단편집 『이웃들』 출간.

1909년 둘째 아들 하이너 출생. 취리히, 독일, 오스트리아로 강연 여행.

1910년 장편 『게르트루트』 출간.

1911년 시집 『도중에』 출간. 셋째 아들 마르틴 출생. 인도 여행.

1912년 단편집 『우회로들』 출간. 스위스 베른으로 이주.

1913년 『인도에서. 인도 여행의 기록』 출간.

1914년 장편 『로스할데』 출간. 제1차 세계 대전이 발발하여 군 입대를 자원하였으나 복무 부적격 판정을 받음. '독일 포로 구호' 기구에 복무하며 전쟁 포로들과 억류자들을 위하여 잡지 발행. 자신의 출판사를 만들어 1918년에서 1919년까지 스물두 권의 소책자를 펴냄.

1915년 『크눌프. 크눌프 삶의 세 가지 이야기』 출간. 단편집 『길가』, 신작 시집 『고독한 사람의 음악』, 단편집 『청춘은 아름다워라』 출간.

1916년 아버지 사망. 아내와 막내아들의 병으로 신경 쇠약 발병. 첫 심리 치료 받음.

1919년 정치평론집 『차라투스트라의 귀환』 출간. 스위스 테신 주의 몬타뇰라로 이주. 죽을 때까지 이곳에서 거주. 에밀 싱클레어라는 가명으로 『데미안』 출간. 『환상동화집』 출간.

1920년 색채 소묘를 곁들인 열 편의 시 『화가의 시들』, 『방랑』, 단편집 『클링조어의 마지막 여름』 출간. 『혼돈을 들여다보기』라는 제목으로 도스토예프스키에 대한 에세이 출간.

1921년 『시선집』 출간. 『테신에서 그린 수채화 11점』 출간.

1922년 『싯다르타』 출간.

1923년 『싱클레어의 수첩』 출간. 마리아 베르누이와 이혼.

1924년 스위스 국적 재취득. 스무 살 연하인 루트 벵어와 재혼.

1925년 『요양객』 출간.

1926년 『그림책』 출간. 프로이센 예술원 문학분과의 국제위원으로 선출됨.

1927년 『뉘른베르크 여행』, 『황야의 이리』 출간. 루트 벵어와 이혼.

1928년 수상록 『관찰』과 시집 『위기. 일기 한 토막』 출간.

1929년 시집 『밤의 위로』와 산문집 출간.

1930년 장편 『나르치스와 골드문트』 출간.

1931년 열여덟 살 연하인 미술사가 니논 돌빈과 재혼. 『내면으로의 길』 출간.

1932년 『동방순례』 출간.

1933년 『작은 세계』 출간.

1934년 시선집 『생명의 나무에서』 출간.

1935년 『우화집』 출간.

1936년 『정원에서 보낸 시간』 출간. 고트프리트 켈러 상 수상.

1937년 『기념첩』, 『신 시집』, 『마비된 소년』 출간.

1939년 제2차 세계 대전이 본격화되면서 1945년 종전까지 헤세의 작품을 독일에서 출판하는 것이 금지됨.

1942년 『시집』이 헤세의 첫 시전집으로 취리히에서 나옴.

1943년 『유리알 유희』 출간.

1945년 시선집 『꽃 핀 가지』, 동화집 『꿈의 여행』 출간.

1946년 시사평론집 『전쟁과 평화』 출간. 헤세의 작품이 독일에서 다시 나오기 시작함. 괴테상 수상. 노벨 문학상 수상.

1947년 고향 칼브의 명예 시민이 됨.

1950년 브라운슈바이크 시가 수여하는 빌헬름 라베 상 수상.

1951년 『후기 산문』과 『서간집』 출간.

1954년 동화 『픽토르의 변신』 출간. 『헤르만 헤세-로맹 롤랑 서한집』 출간.

1955년 후기 산문 『마법』 출간. 서독 출판협회로부터 평화상 수상.

1956년 헤르만 헤세상 제정.

1962년 몬타뇰라의 명예 시민이 됨. 8월 9일 뇌출혈로 몬타뇰라에서 사망.

헤르만 헤세 1877년에 독일 남부 칼브에서 선교사의 아들로 태어났다. 어린 시절 시인이 되고자 수도원 학교에서 도망친 뒤, 시계 공장과 서점에서 견습공으로 일했다. 이십대 초부터 작품 활동을 시작하여 『페터 카멘친트』, 『수레바퀴 아래서』 등을 발표했다. 1914년 제1차 세계 대전을 맞아 군 입대를 자원하나 부적격 판정을 받고 '독일 포로 구호' 기구에서 일하며 전쟁 포로들과 억류자들을 위한 잡지를 발행했다. 이후 전쟁의 비인간성을 고발하는 글들을 발표했다. 『싯다르타』, 『나르치스와 골드문트』, 『동방순례』, 『유리알 유희』 등의 수준 높은 작품을 잇달아 발표하였고, 1946년 노벨 문학상을 수상했다. 1962년 8월, 제2의 고향 몬타뇰라에서 숨졌다.

함미라 1966년 강원도 강릉에서 태어났으며, 동덕여자대학교와 서강대학교 대학원에서 독어독문학을 공부했다. 1994년부터 8년간 독일에 머무르며 방송활동과 더불어 재외동포 교육기관에서 일했으며, 현재 번역문학가로 활동 중이다. 옮긴 책으로 『핵 폭발 뒤 최후의 아이들』, 『모네, 순간을 그린 화가들』, 『레크리스』, 『8월의 7번째 일요일』, 『위처』, 『수레바퀴 아래서』 외 다수가 있다.

1. 이상한 나라의 앨리스 루이스 캐럴 지음 | 황윤영 옮김

특유의 유쾌한 상상력과 말놀이, 시적인 묘사와 개성적인 캐릭터, 재치 넘치는 패러디와 날카로운 사회 풍자로 아동청소년문학사와 영문학사에 큰 획을 그은 루이스 캐럴의 환상동화.

★ BBC 선정 영국인 애독서 100선

2. 키다리 아저씨 진 웹스터 지음 | 원지인 옮김

서간문이라는 독특한 형식과 소녀적 감성이 결합된 성장기이자 로맨스 소설! 20세기 초 사회의 모순을 고발하고 개혁을 주장했던 작가의 진보적인 사상은 페미니즘 문학으로서의 의미를 더한다.

3. 보물섬 로버트 루이스 스티븐슨 지음 | 민예령 옮김

인간이 가진 절대적인 선과 악을 그린 세계 최초의 해양모험소설. 영국 빅토리아 시대의 흥미진진한 꿈과 낭만을 대변하는 동시에 선악의 경계를 아슬아슬하게 줄타기하는 인간의 욕망을 고찰한다.

★ BBC 선정 영국인 애독서 100선

4. 노인과 바다 어니스트 헤밍웨이 지음 | 민예령 옮김

헤밍웨이 문학의 총 결산이자 미국 현대문학의 중추로 일컬어지는 걸작. 생애의 모든 역경을 불굴의 투지로 부딪쳐 이겨 내는 인간의 모습을 하드보일드한 서사 기법과 절제미가 돋보이는 문체로 형상화했다.

★ 노벨 문학상 수상작가   ★ 퓰리처상 수상작   ★ 노벨연구소 선정 세계문학 100선
★ 대학수학능력시험 출제 작품

5. 하늘과 바람과 별과 시 윤동주 지음 | 신형건 엮음

우리나라 사람들이 가장 많이 애송하는 '민족 시인' 윤동주의 문학 세계를 엿볼 수 있는 시와 산문을 한데 모았다. 시대의 아픔을 성찰하며 정면으로 돌파하려 한 저항 정신은 물론이고 인간 윤동주의 맨얼굴을 만날 수 있다.

★ 연세대 필독도서 200선

6. 봄봄 동백꽃 김유정 지음

어려운 현실을 풍자와 해학으로 극복한 한국 근대소설의 정수, 김유정의 대표작을 모았다. 원전을 충실하게 살려 아름다운 우리말을 풍요롭게 담고, 토속적 어휘는 풀이말을 달아 이해를 도왔다.

7. 거울 나라의 앨리스 루이스 캐럴 지음 | 황윤영 옮김

『이상한 나라의 앨리스』보다 한층 탄탄해진 구성과 논리적인 비유를 통해 보다 깊고 넓어진 재미와 감동을 선사하는 후속작. 현실 속의 정상과 비정상, 논리와 비논리, 의미와 무의미의 경계를 고찰한다.

★ BBC 선정 영국인 애독서 100선   ★ 명사 101명이 추천한 파워클래식

8. 변신 프란츠 카프카 지음 | 이옥용 옮김

현대인의 고독과 불안을 그림으로써 20세기 실존주의 문학의 발전에 커다란 영향을 끼친, 20세기 문학계에서 가장 난해한 '문제작가'로 꼽히는 프란츠 카프카의 대표작을 모았다. 원전에 충실한 번역으로 특유의 문체가 지닌 묘미를 만끽할 수 있다.

★ 서울대 권장도서 100선   ★ 연세대 필독도서 200선   ★ 미국대학위원회 SAT 권장도서

9. 오즈의 마법사 L. 프랭크 바움 지음 | 최지현 옮김

영화, 뮤지컬, 온라인 게임 등 다양한 장르로 재생산되어 지구촌 대중문화를 견인함으로써 문화 콘텐츠가 가지는 파급력의 정도를 생생하게 보여 주는 세기의 고전. 짜릿한 모험담 속에 담긴 치유의 기운이 마법 같은 순간을 선물한다.

10. 위대한 개츠비 F. 스콧 피츠제럴드 지음 | 민예령 옮김

미국 현대 문학의 거장으로 꼽히는 F. 스콧 피츠제럴드의 대표작. 미국에서만 한 해 30만 부 이상 팔리는 스테디셀러로, 재즈 시대를 살았던 젊은이들의 욕망과 물질문명의 싸늘한 이면을 담아 낸 명실공히 미국 현대 문학의 최고작.

★ 〈타임〉지 선정 100대 영문 소설   ★ 미국대학위원회 SAT 권장도서
★ 〈뉴스위크〉지 선정 100대 명저   ★ BBC 선정 꼭 읽어야 할 책

11. 오 헨리 단편선 오 헨리 지음 | 전하림 옮김

평범한 소시민의 일상과 삶의 애환을 따뜻한 시선으로 그린 세계적인 단편작가 오 헨리 문학의 정수로 손꼽히는 작품을 모았다. 인도주의적 가치관 위에 부조된 작가적 개성의 특출함을 만끽할 수 있다.

12. 셜록 홈즈 걸작선 아서 코난 도일 지음 | 민예령 옮김

세기의 캐릭터와 함께 펼치는 짜릿한 두뇌 게임. 치밀한 구성과 개연성 있는 전개, 호기심을 자극하는 독특한 설정이 포진되어 있음은 물론, 추리의 과정부터 카타르시스가 느껴지는 결말이 펼쳐져 있는 매력적인 소설.

13. 소공자 프랜시스 호즈슨 버넷 지음 | 원지인 옮김

사랑의 입자를 뭉쳐 만들어 놓은 것 같은 캐릭터를 통해 사랑의 선순환을 형상화한 소설. 순수한 직관과 무한한 잠재력을 지닌 동심의 세계를 느낄 수 있다.

14. 왕자와 거지 마크 트웨인 지음 | 황윤영 옮김

대중성과 작품성을 겸비해 '미국 현대문학의 아버지'로 평가받는 마크 트웨인의 대표작으로 '뒤바뀐 신분'이라는 숱한 드라마의 원조 격인 소설. 부조리하고 불합리한 사회상에 대한 날카로운 비판과 통쾌한 풍자 속에 역사적 지식과 상상력을 담아 냈다.

15. 데미안 헤르만 헤세 지음 | 이옥용 옮김

자신의 내면세계를 향해 고집스럽게 걸음을 옮긴 주인공 싱클레어의 성장을 그린 영원한 청춘의 성서. 철학, 종교, 인간을 끊임없이 탐구했던 작가의 깊이 있는 시선과 인간 내면의 양면성에 대한 치밀한 묘사가 시선을 사로잡는다.

★ 노벨 문학상 수상작가

16. 말괄량이와 철학자들 F. 스콧 피츠제럴드 지음 | 김율희 옮김

재즈 시대의 자유분방한 젊은이들의 풍속도를 그린 F. 스콧 피츠제럴드의 소설집. 1920년대 고동치는 젊은이의 맥박을 생생하게 전달했다는 평가를 받는 작품들을 모았다.

17. 벤자민 버튼의 시간은 거꾸로 간다 F. 스콧 피츠제럴드 지음 | 김율희 옮김

70세의 노인으로 태어나 결국 태아 상태가 되어 삶을 마감하는 벤자민 버튼의 일생을 그린 환상소설을 비롯해 『위대한 개츠비』의 전신이라고 할 수 있는 F. 스콧 피츠제럴드의 작품들을 모았다. 실험적이고 혁신적인 화법으로 생생하게 형상화한 재즈 시대를 만끽할 수 있다.

18. 이방인 알베르 카뮈 지음 | 이효숙 옮김

출간과 동시에 하나의 사회적 사건으로까지 이야기된 알베르 카뮈의 대표작. 부조리하고 기계적인 시스템 속에서 인간이 부딪치게 되는 절망적 상황을 짧고 거친 문장 속에 상징적으로 담아낸, 작품 자체가 '이방인'인 소설.

★ 노벨 문학상 수상작가   ★ 노벨연구소 선정 세계문학 100선

19. 크리스마스 캐럴 찰스 디킨스 지음 | 김율희 옮김

영국의 대문호 찰스 디킨스의 작가 정신과 개성이 고스란히 담겨 있는 대표작. 19세기 영국 사회의 구조적 모순과 크리스마스 정신, 인간성의 회복을 그린 영원한 고전이자 크리스마스의 상징이 되어 버린 소설.

★ BBC 선정 영국인 애독서 100선

20. 이솝 우화 이솝 지음 | 민예령 옮김

2,500년 동안 이어져 온 삶의 지혜와 철학을 담은 인생 지침서이자 최고(最古)의 고전! 오랜 세월 인류가 축적해 온 지식과 철학이 함축되어 있으며 남녀노소 누구나 읽을 수 있는 인류의 고전이라 할 수 있다.

21. 수레바퀴 아래서 헤르만 헤세 지음 | 함미라 옮김

작가의 자전적 경험이 녹아들어 있는 헤르만 헤세의 대표적인 성장소설. 총명한 한 소년이 개인의 자유와 개성을 억압하는 딱딱한 교육 제도와 권위적인 기성 사회의 벽에 부딪혀 비극으로 치닫는 이야기를 섬세하게 그리고 있다.

★ 노벨 문학상 수상작가   ★ 서울대 선정 고전 200선   ★ 국립중앙도서관 선정 청소년 권장도서

22. 너새니얼 호손 단편선 너새니얼 호손 지음 | 한지윤 옮김

『주홍 글자』로 유명한 호손은 에드거 앨런 포, 허먼 멜빌과 더불어 미국 낭만주의 문학의 3대 거장으로 꼽힌다. 이 책은 45년간 우리나라 교과서에 실리기도 했던 「큰 바위 얼굴」을 비롯해 호손 문학의 대표 단편소설 11편을 실었다.

＊'클래식 보물창고'는 끝없이 이어집니다.